SERIE ∞ INFINITA

MINECRAFT

LA ISLA

WITHDRAWN

montena

Minecraft. La isla

Título original: *Minecraft. The Island*

Primera edición en España: febrero de 2018
Primera edición en México: junio de 2018

D. R. © 2017, Mojang AB And Mojang Synergies AB
Minecraft es una marca comercial o una marca registrada de Mojang Synergies AB
Edición publicada por acuerdo con Del Rey, un sello de Random House
de la división de Penguin Random House LLC

D.R. © 2018, Penguin Random House Grupo Editorial, S. A. U.
Travessera de Gràcia, 47-49, 08021, Barcelona

D. R. © 2018, de la presente edición en castellano para todo el mundo:
Penguin Random House Grupo Editorial, S. A. de C. V.
Blvd. Miguel de Cervantes Saavedra núm. 301, 1er piso,
colonia Granada, delegación Miguel Hidalgo, C. P. 11520,
Ciudad de México

www.megustaleer.mx

D. R. © 2018, Raúl Sastre Letona, por la traducción

ISBN: 978-607-31-6582-2

Impreso en México – *Printed in Mexico*

El papel utilizado para la impresión de este libro ha sido fabricado a partir de madera procedente
de bosques y plantaciones gestionadas con los más altos estándares ambientales, garantizando
una explotación de los recursos sostenible con el medio ambiente y beneficiosa para las personas.

Penguin
Random House
Grupo Editorial

A Michelle y Henry,
que impidieron que me convirtiera en una isla

LA SIGUIENTE HISTORIA
ESTÁ BASADA EN HECHOS REALES

Introducción

No esperaría que creyeras que existe el mundo que estoy a punto de describir, aunque si estás leyendo estas palabras eso significa que ya estás aquí. Quizá lleves en este mundo un tiempo, pero acabes de descubrir la isla. O quizá, como me sucedió a mí, la isla sea la puerta de acceso a este mundo para ti. Si estás solo, confuso y tremendamente asustado, entonces te encuentras en la misma situación en la que me hallé yo el primer día. Este mundo puede parecer un laberinto y, a veces, un minotauro intimidante. Pero lo cierto es que es un maestro y sus pruebas no son más que lecciones disfrazadas.

Por eso dejé este libro, para que mi viaje pueda ayudarte con el tuyo.

1

Nunca te rindas

«¡Me ahogo!»

Me desperté bajo el agua, a mucha profundidad, y ése fue mi primer pensamiento consciente. Frío. Oscuridad. ¿Dónde estaba la superficie? Agité las piernas con desesperación, mientras intentaba hallar el camino hacia arriba. Me giré y, entonces, la vi: una luz. Tenue, pálida y lejana.

Instintivamente, fui hacia ella lo más rápido que pude y enseguida me di cuenta de que el agua que me rodeaba se volvía más brillante. Eso tenía que ser la superficie, el sol.

Pero ¿cómo era posible que el sol fuera... cuadrado? Debía de estar alucinando. Quizá fuera una ilusión óptica del mar.

«¡Y eso qué más da! ¿Cuánto aire me queda? Céntrate en esto. ¡Nada!»

Se me hincharon los pulmones y unas burbujitas que se me escaparon de los labios se alejaron de mí dirigiéndose a toda velocidad hacia la luz distante. Pateé y arañé el agua como si fuera un animal enjaulado. Ahora podía verlo, un techo de olas que se aproximaba con cada una de mis desesperadas brazadas. Pese a que estaba más cerca, aún me hallaba lejos. Me dolía todo el cuerpo, los pulmones me iban a estallar.

«¡Nada! ¡¡Nada!!»

¡Crac!

Me retorcí al sentir una súbita oleada de dolor que me recorrió desde la cabeza a los pies. Abrí la boca para lanzar un grito ahogado. Intenté alcanzar ese brillo, para tomar aire, para aferrarme a la vida.

Irrumpí en un aire frío y limpio.

Tosí. Me atraganté. Jadeé. Me reí.

Respiré.

Por un momento, gocé de la sensación; cerré los ojos y dejé que el sol me acariciara el rostro. Pero cuando los volví a abrir, no pude creer lo que estaba viendo. ¡El sol era cuadrado! Parpadeé sin parar. ¿Y las nubes también? En vez de ser unas bolas de algodón hinchadas, eran unos objetos rectangulares y finos que flotaban perezosamente sobre mí.

«Sigues alucinando —pensé—. Te golpeaste la cabeza cuando te caíste del bote y ahora estás un poco aturdido.»

Pero ¿de verdad me había caído de un bote? No lo podía recordar. De hecho, no podía recordar nada; ni cómo había llegado hasta ahí, ni siquiera dónde era «aquí».

—¡Socorro! —grité, a la vez que escrutaba el horizonte en busca de un barco, un avión o incluso una mota de tierra—. ¡Por favor, que alguien me ayude! ¡Quien sea! ¡¡Socorro!!

Pero la única respuesta que recibí fue el silencio. Lo único que podía ver era el mar y el cielo.

Estaba solo.

Bueno, casi.

Algo chapoteó a unos centímetros de mi cara, una visión fugaz compuesta de tentáculos y una cabeza gruesa, negra y grisácea.

Solté un alarido y, agitando las piernas, retrocedí. Aunque se parecía a un calamar, era cuadrado como todo lo demás en este extraño lugar. Giró sus tentáculos hacia mí y los separó ampliamente. Clavé la mirada en una boca roja y enormemente abierta, rodeada de unos dientes blancos y afilados.

—¡Lárgate de aquí! —grité. Tenía la boca pastosa y el pulso acelerado. Me alejé de la criatura chapoteando con torpeza, pero podría haberme ahorrado el esfuerzo, ya que, en ese momento, el calamar volvió a juntar los tentáculos y se fue a toda velocidad en dirección contraria.

Me quedé flotando ahí, paralizado, pataleando en el agua unos segundos, hasta que el animal desapareció en las profundidades. Fue entonces cuando lancé un «aghhh» largo y gutural para liberar la tensión acumulada.

Respiré hondo una vez más y luego otra vez, y después muchas veces más. Por fin, recuperé unas pulsaciones normales, dejé de temblar y, por primera vez desde que desperté, me puse a pensar.

—Okey —dije en voz alta—. Estás en un lago u océano o lo que sea, lejos de la orilla. No va a venir nadie a salvarte y no puedes nadar eternamente.

Giré muy despacio trescientos sesenta grados, con la esperanza de poder ver a lo lejos la costa que no había divisado antes. Nada. Desesperado, intenté escrutar el cielo una última vez. No había ningún avión, ni siquiera una fina estela blanca. ¿En qué cielo no hay ninguna estela de ésas? En uno con un sol cuadrado y unas nubes rectangulares.

Las nubes.

Me di cuenta de que todas se movían a un ritmo constante en una dirección, distanciándose de ese sol que se elevaba. Iban hacia el oeste.

—Es una dirección tan buena como cualquier otra —dije, dando otro profundo suspiro y, a continuación, nadé lentamente hacia el oeste.

Aunque no lo veía nada claro, supuse que el viento podría ayudarme un poco a avanzar, o al menos no me ralentizaría. Y si iba al norte o al sur, la brisa podría lentamente obligarme a trazar un arco, de tal modo que acabaría nadando en círculos. No sé si estaba en lo cierto o no. Y sigo sin saberlo. O sea, vamos, acababa de recuperar la consciencia en el fondo del océano, a pesar de que casi seguro tenía una herida grave en la cabeza, y estaba intentando con todas, todas mis fuerzas no volver a acabar ahí abajo.

«Tú sigue —me dije a mí mismo—. Céntrate en lo que tienes delante.» Entonces me fijé en lo raro que estaba «nadando»; no seguía la cadencia normal de brazada, pausa, brazada, sino que tenía la sensación de deslizarme sobre el agua mientras mis extremidades se dejaban llevar.

«Tengo una lesión en la cabeza», deduje, intentando no pensar en lo grave que podría ser.

Aunque me di cuenta de algo muy positivo: al parecer, no me estaba cansando. ¿No se supone que nadar es agotador? ¿Que los músculos te duelen y se rinden pasado un tiempo? «Será cosa de la adrenalina», pensé, e intenté apartar de mi mente la idea de que esa reserva de energía de emergencia pudiera agotarse.

Pero se agotaría. Tarde o temprano, me fatigaría, me darían calambres, pasaría de nadar a intentar patalear en el agua y de patalear en el agua a mantenerme a flote. Y, sí, intentaría descansar, por supuesto, limitándome a bambolearme para guardar fuerzas, pero ¿cuánto tiempo podría estar así? ¿Cuánto tardarían las frías aguas en vencerme al fin? ¿Cuánto tardaría en volver a hundirme por fin en la oscuridad, con los dientes castañeteando y temblando de arriba abajo?

—¡Aún no! —exclamé—. ¡Aún no voy a rendirme!

Me bastó con gritar a pleno pulmón para espabilarme.

—¡Mantén la concentración! ¡Sigue avanzando!

Y eso hice. Continué nadando con todas mis fuerzas. También procuré prestar mucha atención a todo lo que me rodeaba. Con suerte, divisaría el mástil de un barco o la sombra de un helicóptero. No confiaba demasiado en ello, pero al menos ¡me distraería y no pensaría en el grave apuro en el que estaba!

Me fijé en que reinaba la calma en el mar, y eso me dio una razón para sentirme bien. Si no había olas, no tendría que esforzarme tanto, lo cual significaba que podría llegar más lejos nadando, ¿no? También reparé en que el agua era dulce, no salada, lo cual quería decir que tenía que estar en un lago y no en un océano, y los lagos son mucho más pequeños que los océanos. De acuerdo, un lago grande es tan peligroso como un océano, pero vaya, ¿te parece mal que intentara ver las cosas con cierto optimismo?

Además, me di cuenta de que podía ver el fondo. A pesar de que era profundo (no me malinterpretes, ahí abajo se podría haber hundido un edificio de oficinas bastante grande y nunca hubieras visto su parte superior), no era insondable como se supone que es el océano. También pude ver que no era plano. Ahí había montones de pequeños valles y colinas.

Fue entonces cuando, a mi derecha, me percaté de que una de las colinas había llegado a ser tan alta que su cima se perdía en el horizonte. ¿Acaso sobresalía de la superficie? Viré hacia el norte, al noroeste, supongo, y nadé en línea recta hacia la colina.

Antes de que pudiera darme cuenta, la colina creció hasta convertirse en una montaña subacuática. Y unos segundos más tarde, realmente me pareció ver que su cima emergía del agua.

«Eso tiene que ser tierra firme —pensé, a la vez que intentaba no esperanzarme demasiado—. Aunque podría ser un espejismo, una ilusión óptica o un banco de niebla o...»

Fue entonces cuando vi el árbol. Al menos pensé que era un árbol, porque, desde donde estaba, lo único que era capaz de distinguir era una angulosa masa verde oscura que se alzaba sobre una línea café oscura.

La emoción me propulsó como un torpedo. Con la mirada clavada en lo que tenía delante, pronto vi que había otros árboles desperdigados por una playa color canela. Y entonces, de repente, vi la pendiente verde y café de una colina.

—¡Tierra! —grité—. ¡¡¡Tieeerra!!!

¡Lo había conseguido! ¡Estaba cerca de un suelo firme, sólido y acogedor! Unas cuantas brazadas más y estaría ahí. Una tremenda oleada de alivio se apoderó de mí... pero, como si fuera una ola de verdad, se rompió.

Apenas había tenido un segundo para celebrarlo cuando pude contemplar la isla en todo su esplendor. Al llegar a la orilla, estaba tan confuso como cuando me desperté.

La isla era cuadrada. O, más bien, estaba hecha de cuadrados. Todo: la arena, el suelo, las rocas, incluso esas cosas que en un principio había creído que eran árboles. Todo era una combinación de cubos.

—Okey —dije, negándome a creer lo que estaba viendo—. Sólo necesito un minuto, nada más, sólo un minuto.

Me encontraba de pie en un lugar donde el agua me llegaba a la cintura, donde, mientras me limitaba a respirar y parpadear, esperaba a que se me aclarara la vista. Estaba seguro de que en cualquier momento todos esos ángulos tan duros y rectos pasarían a ser suaves y curvos como era normal.

Pero no fue así.

—Esto debe de ser cosa de la herida de la cabeza —me dije, al mismo tiempo que vadeaba hacia la orilla—. No pasa nada. Asegúrate de que no te estás desangrando mucho y...

De manera instintiva, me llevé la mano a la cabeza para palpar la supuesta herida y, en cuanto la tuve delante de la cara, di un grito ahogado.

—¿Que...? —ahí tenía un cubo carnoso que remataba un brazo rectangular, un cubo que no se abría por mucho que lo intentara—. ¡¿Dónde está mi mano?! —pregunté a voz en grito, presa del pánico.

Mientras me daba vueltas la cabeza y se me formaba un nudo en la garganta, bajé nerviosamente la mirada para examinar el resto de mi cuerpo.

Tenía unos pies con forma de ladrillo, unas piernas rectangulares, un torso con forma de caja de zapatos y, además, todo eso estaba cubierto por una ropa pintada.

—Pero ¡¿qué me pasa?! —le grité a una playa vacía—. ¡Esto no es real! —grité, a la vez que corría de aquí para allá, intentando arrancarme esas prendas pintadas.

Hiperventilando, corrí hacia el mar, desesperado por poder contemplar el tranquilizador reflejo de mi cara en él. Pero ahí no vi nada.

—¿Dónde estoy? —le pregunté a voz en grito a ese mar brillante—. ¿Qué es este sitio?

Pensé en el agua, en cómo me había despertado... pero ¿de verdad lo había hecho?

—¡Esto es un sueño! —exclamé. Noté que el alivio se imponía al pánico en mi tono de voz; intentaba agarrarme a un clavo ardiendo—. ¡Por supuesto! —y durante un segundo estuve a punto de recuperar la compostura—. Sólo se trata de un sueño disparatado, enseguida te vas a despertar y...

¿Y qué? Intenté imaginarme despertando en casa, retomando mi vida, pero fue imposible. Aunque podía recordar el mundo, ese mundo real de formas suaves y redondas, repleto de gente y casas y coches y vidas, no podía recordar que yo hubiera formado parte de él.

Mi campo de visión se estrechó al mismo tiempo que un puño invisible me aplastaba los pulmones.

—¿Quién soy?

Por culpa de la tensión, se me hincharon las venas del cuello. Se me tensó hasta la piel de la cara y parecía que las raíces de mis dientes iban a estallar. Mareado y con ganas de vomitar, retrocedí tambaleándome hasta la base de la colina. ¿Cómo me llamaba? ¿Qué aspecto tenía? ¿Era viejo? ¿Era joven?

Al contemplar mi cuerpo con forma de caja, no obtuve ninguna respuesta. ¿Era un hombre o una mujer? ¿Era siquiera un ser humano?

—¿Qué soy?

La cuerda que me ataba a la cordura se rompió. Me derrumbé.

¿Dónde? ¿Quién? ¿Qué? Y entonces me planteé la pregunta definitiva.

—¡¿Por qué?! —le grité a ese brillante sol cuadrado—. ¿Por qué no puedo recordar nada? ¿Por qué soy distinto? ¿Por qué estoy aquí? ¿Por qué me está pasando todo esto? ¡¿Por quééé?!

La única respuesta que obtuve fue el silencio. Ni pájaros, ni olas, ni siquiera el susurro del viento al atravesar esas formas angulosas que intentaban imitar patéticamente a unos árboles. Nada, salvo un silencio sepulcral.

Y entonces.

Grrr.

Era un ruido tan débil que no estaba seguro de si lo había oído o no.

Grrr.

No cabía duda de que esta vez lo había oído; sí, y también lo había notado. Venía de dentro de mí. Me rugían las tripas.

«Tengo hambre.»

Eso era todo lo que necesitaba para detener mi descenso a los infiernos. Tenía algo que hacer, algo sencillo y claro en lo que centrarme y, aparte de respirar, no hay nada más sencillo y claro que comer.

«Grrr», me rugió el estómago, como si dijera: «Estoy esperando».

Sacudí la cabeza violentamente, intentando así que la sangre volviera a mis mejillas y miré hacia abajo para ver si tenía algo para comer, ya que la primera vez que me miré estuve tan alucinado que se me podía haber pasado algo por alto. A lo mejor llevaba un celular sumergible en el bolsillo o una cartera con mi identificación.

Pero no tenía ninguna de ambas cosas, ni siquiera tenía bolsillos. Pero lo que sí vi es que llevaba un cinturón estrecho, pintado del mismo color que mis pantalones (ésa era otra razón por la que no había reparado en él la primera vez), con cuatro faltriqueras a cada lado. Aunque todas estaban vacías, mientras rebuscaba en ellas, me di cuenta súbitamente de que podía notar la ligera presión de algo que llevaba encima, en la espalda.

A pesar de que no tenía ninguna correa o gancho o cualquier otra cosa para poder mantenerse en su sitio, decidí llamarlo «mochila». La llevaba ahí pegada y, al igual que el cin-

21

turón y mi ropa pintada, no me la podía quitar. Lo único que podía hacer era agarrarla y girarla hacia delante.

—Qué sueño tan demencial —dije, recurriendo así de nuevo a la única explicación racional que encontraba a todo esto. En el interior de la mochila, había veintisiete pequeñas faltriqueras, como las del cinturón, que también estaban vacías.

«Al menos no tengo que hacer inventario», pensé, mientras la sensación de hambre no paraba de crecer. Eso quería decir que tenía que buscar comida. Miré alrededor de mí en busca de algo, cualquier cosa, que pareciera remotamente comestible. En un primer momento, lo único que encontré fue un bloque de altas briznas de hierba rectangular. Crecían en solitario o en parejas en el suelo cubierto de verde que había detrás de la playa. Me agaché para cortar una que brotaba justo a mis pies, pero no pude agarrarla, sino que moví la mano rápida y torpemente, como si fuera a dar un puñetazo.

La ansiedad volvió a dominarme. Una cosa era tener un cuerpo de aspecto extraño, ¡y otra muy distinta descubrir que ese cuerpo no te obedecía! Intenté agarrar la hierba una y otra vez y, cuando por fin entré en contacto con ella, la desintegré de un puñetazo. Y, sí, uso la palabra desintegrar sabiendo perfectamente lo que digo. Esos altos tallos verdes no sólo se desmenuzaban o rompían, sino que desaparecían. Después de un rápido crujido, puf, se esfumaban.

—¡Ay, vamos! —exclamé, poniendo mala cara, mientras contemplaba mi anguloso apéndice—. Cumple con tu misión, ¿quieres?

Por alguna razón, suplicarle a mi mano no sirvió de nada, como tampoco sirvió de nada intentar repetir la misma acción inútil con otro puñado de hierba.

Tengo entendido, aunque no recuerdo dónde lo escuché, que la locura se puede definir como hacer lo mismo una y otra vez esperando un resultado distinto. No sé si es una definición acertada para todo el mundo, pero en mi caso, sí que lo era, maldita sea.

—¡Haz lo que tienes que hacer! —gruñí furioso, dando puñetazos a la hierba como si me hubiera atacado primero—. Hazlo. Hazlo ¡¡Hazlo!!

Volvía a descender por la pendiente de la locura. En ese momento, mi mente hacía equilibrios sobre una fina cuerda floja y realmente necesitaba obtener algún tipo de victoria.

Aunque no logré una, exactamente, sí que conseguí romper ese círculo vicioso por casualidad, con un golpe de suerte, literalmente. Al cuarto intento, lancé un puñetazo tan fuerte y tan prolongado que no sólo destrocé esas pequeñas briznas verdes, sino que reventé el bloque de tierra que se hallaba debajo.

—Ó-ó-rale... —tartamudeé, mientras la frustración daba paso a la curiosidad.

Al principio, no vi el bloque, sólo el agujero del tamaño de un bloque en el que había desaparecido. Contemplé detenidamente el terrón y vi que un cubo flotaba en el fondo (en realidad flotaba por encima del suelo), el cual era mucho más pequeño de lo que había sido antes. Me agaché para levantarlo y, justo cuando estaba haciendo este movimiento, voló hacia mí.

Me tambaleé hacia atrás, lanzando un sorprendido «¡vaya!», y luego observé el cubo que tenía en la mano. Al tacto, parecía ser un terrón de tierra áspera y seca con unos cuantos guijarros. Intenté apretarlo y noté que cedía a la presión, pero no se desmenuzó. Me lo acerqué a la cara y lo olisqueé. Olía a tierra, ni más ni menos.

Volví a olerlo y, de repente, me sentí reconfortado. Todo me había resultado tan extraño hasta entonces; todo lo que me rodeaba e incluso yo mismo. Sin embargo, esto no lo era. Esta sensación me resultaba muy familiar. Noté que se me relajaban los músculos del cuello y dejé de apretar los dientes. Ey, no me avergüenza reconocer que olí ese bloque de tierra otras cuatro o cinco veces durante un buen rato, y que eso me tranquilizó, y tampoco me abochorna admitir que, entre una aspiración y otra, miré hacia atrás para asegurarme de que nadie me estaba viendo.

No puedo decir que eso mejorara las cosas, pero sí me dio la confianza necesaria para intentar separar los dedos con el fin de que el bloque cayera al suelo. Y así fue. Y eso me hizo sentir mejor incluso.

—Muy bien —exhalé—. Al menos soy capaz de dejar caer cosas al suelo.

No es que fuera una gran victoria, lo sé, pero era algo. Eso me proporcionaba un cierto grado de control, aunque fuera muy pequeño.

Observé cómo ese diminuto cubo de tierra flotaba sobre mis pies durante un segundo y, acto seguido, me agaché para agarrarlo de nuevo. Ni me inmuté cuando saltó hacia mí por segunda vez.

—Okey —dije, tomando aire con cautela—. Si puedo dejarte caer, tal vez pueda...

Moví el cubo hasta una de las faltriqueras del cinturón y solté un hondo suspiro cuando, obedientemente, cayó dentro de ella.

—Bueno —dije, sonriendo al cinturón—, así que las cosas (bueno, la tierra, al menos) se encogen lo suficiente como para que puedas llevarlas encima. Es raro, pero quizá te resulte útil en este mun... sueño.

No podía decir «mundo» aún, ya que me hallaba en un estado mental muy frágil.

«Grrr», bramó mi estómago, recordándome que seguía ahí.

—Okey —respondí, y saqué el cubo del cinturón—. Y como no te puedo comer, no se me ocurre ninguna razón por la que deba llevarte encima...

Estiré el brazo y sostuve el cubo encogido en dirección hacia el agujero del que lo había sacado. Cuando me encontraba a un par de pasos, abandonó súbitamente mi mano, aumentó de tamaño hasta recobrar su forma original y se colocó con un golpe seco en su sitio, como si nada hubiera ocurrido. Bueno, casi nada; al extraerlo, le había quitado su revestimiento verde.

—Hummm —cavilé, e intenté sacarlo de ahí de nuevo. Como cabía esperar, tras unos cuantos golpes, acabó de nuevo en mi mano. Pero esta vez, cuando lo dejé en el suelo, intenté colocarlo junto al agujero en vez de adentro. Una vez más, recuperó su tamaño normal y se posó firmemente sobre el suelo.

Volvía a cavilar, ya que mi recién recuperada calma me permitía pensar con claridad. Había algo en el hecho de colocar ese bloque en un sitio nuevo que despertó en mí un recuerdo enterrado. No creo que fuera un recuerdo en concreto sobre mí, sino más bien sobre el mundo no onírico. Algo relacionado con niños jugando con bloques, creando, construyendo cosas.

—Si aquí todo está hecho de bloques —le dije al cubo que acababa de replantar—, y todos estos bloques conservan su forma, ¿podría juntarlos para crear cosas que quiera construir?

«Grrr», protestó de manera particularmente furiosa algo situado allá abajo.

—Está bien —le dije a mi estómago y, dirigiéndome al cubo, añadí—: tal vez luego. Ahora tengo que comer.

Pensé en volver a probar con la hierba antes de pasar a otra cosa. Menos mal que lo hice. En el quinto intento, cuando el puñado de hierba se desvaneció, apareció en su lugar un conjunto de semillas flotantes. «Por fin», pensé e intenté agarrarlas. Uno de los pequeños detalles raros de este sueño era que sólo podía coger las seis semillas a la vez, pero no podía agarrarlas individualmente. Otro detalle extraño y ridículamente importante era que no podía comerlas. La mano se me quedaba paralizada, a centímetros de la boca, y no me dejaba ingerirlas.

—¿De verdad? —pregunté.

A continuación, intenté acercar la cara a la mano, pero eso tampoco funcionó, era como si un campo de fuerza invisible lo mantuviera todo alejado de mí.

—¿De verdad? —repetí sarcásticamente. Cada vez me sentía más furioso y frustrado—. ¡Okey!

Hice ademán de arrojar las semillas.

Sin embargo, me detuve, ya que el bloque de tierra con el que había estado jugueteando había recuperado su revestimiento verde, ése que no tenía cuando lo había dejado en el suelo unos minutos antes. Le había vuelto a crecer una capa de hierba.

«¿Tan rápido?», pensé mientras contemplaba las semillas. «¿Aquí todas las plantas crecen tan rápido? A lo mejor si intento plantar estas semillas...»

¡Y, vaya, sí que lo intenté! Lo intenté de todas las formas que se me ocurrieron. Dejé caer las semillas al suelo, pero se quedaron flotando en el aire. Aunque las hice bajar a la tierra a golpes, lo único que logré fue desenterrar otro bloque. Y tras dejar ese bloque en un nuevo lugar encima del suelo, incluso intenté meterle las semillas en uno de sus lados. Pero nada funcionó.

—¿Por qué no...? —murmuré, apretando los dientes, entonces me quedé quieto. Continuar por la senda del «por qué» me llevaría de nuevo a que me derrumbara por entero—. Sigue adelante —añadí con un resoplido—. No te rindas.

Metí las semillas en una faltriquera del cinturón y busqué desesperadamente otra alternativa alrededor de mí. Otra posible fuente de comida, alguna distracción...

¡Los árboles!

Me acerqué corriendo al más cercano e intenté arrancarle varios trozos de corteza. ¿La gente come corteza? Quizá sí, pero yo no podía. Mis propias manos no me dejaban agarrar esa capa en la que se alternaban el café claro y el café oscuro. Tampoco me permitían trepar por ese tronco tan grueso como mi cintura para alcanzar los manojos cuadrados de pequeñas hojas hechas de minicubos.

No me rendí; no podía permitirme ese lujo.

—Si esto es un sueño —dije—, ¡podré volar y agarrar algunas, sin más!

Con los puños levantados y mirando hacia arriba, salté en el aire... y bajé igual de rápido que había subido. Pero en ese momento crucial, mientras estaba suspendido en el aire, pasó algo realmente mágico. Intenté golpear las hojas que tenía encima y, aunque se hallaban a un bloque o dos de distancia, noté el impacto de mi puño contra ellas.

Dubitativo, lancé varios golpes hacia arriba.

—¿Llego?

Pues sí, aunque no lograba estirar el brazo, era capaz de alcanzar los cubos moteados que se hallaban sobre mi cabeza a cuatro bloques enteros de distancia.

—¡Sí llego! —grité, y me puse a golpear esas hojas. Con cada reconfortante puñetazo, el fantasma de la locura se esfumaba—. ¡Sí! —exclamé en cuanto el primer cubo se desvaneció, dejando caer una fruta roja, brillante y medio redonda en mi mano—. ¡Sí, eso es lo que quería!

Y esta vez, mi cuerpo me dejó comer. «Tal vez ésa sea la clave», pensé, al morder esa crujiente y dulce fruta y notar cómo el zumo me recorría la garganta. «A lo mejor mi mano sólo me deja comer lo que es comestible.»

Aunque no parecía ser exactamente una manzana, sí sabía como una. Si antes había pensado que el aroma de la tierra era muy reconfortante, esta nueva sensación fue tan abrumadora que casi se me saltaron las lágrimas.

—Sigue adelante —dije mientras la manzana entera desaparecía en mi agradecido estómago—. ¡Nunca te rindas!

Sin darme cuenta, acababa de aprender algo. Llámalo mantra, lección vital o como quieras, pero esas palabras encerraban una gran enseñanza para la vida, que sería la primera de las muchas que he aprendido en este extraño y maravilloso viaje: nunca te rindas.

2

El pánico ahoga la razón

Utilicé mi nuevo «poder» para golpear los demás bloques de hojas del resto de los árboles. Así, no sólo obtuve dos manzanas más, sino que descubrí algo muy importante sobre el cinturón y la mochila.

Sucedió justo después de caer la primera manzana, cuando estaba golpeando las hojas. En vez de caer una fruta, obtuve un pequeño retoño.

—¿Volviste para declararte en huelga? —le pregunté a mi mano paralizada y dejé caer el miniárbol en el cinturón. Instantes después, en cuanto obtuve el segundo, lo metí distraídamente en la misma faltriquera. Fue entonces cuando me di cuenta de que no sólo se encogían, sino que se aplanaban y se apilaban como si fueran los naipes de una baraja—. Vaya —añadí con una sonrisa—, esto podría ser realmente útil.

No sabía bien hasta qué punto lo sería. Para cuando terminé con los tres árboles, tenía guardados doce retoños comprimidos en un único compartimento. Y, he de añadir, ¡que no pesaban nada!

Al echar un vistazo a los demás bolsillos de la mochila, pensé: «¡Esto es como un almacén! ¡Puedo llevar un montón de cosas encima! Lo cual quiere decir...»

—Lo cual quiere decir —dije en voz alta, con el ceño fruncido, contemplando el cinturón, mientras mi ánimo se desinflaba tanto como se habían encogido los retoños que había guardado juntos— que, hasta que dé con cosas que merezca la pena llevar, eres tan útil como un ventilador eólico.

«Tiene que haber más manzanos», pensé, elevando la vista hacia el acantilado. Como el pánico me dominó cuando lo vi por primera vez, me había dado la impresión de que era una barrera infranqueable. Ahora, con más calma y confianza, y tras haber comido, podía ver que no era más que una pendiente empinada y no un muro vertical.

«Quién sabe qué más puede haber ahí», pensé a la vez que levantaba unos cubos de tierra cuadrada. Si hubiera pensado con claridad en vez de portarme como un tonto integral, no me habría quedado atrapado en esta parte de la isla en un principio.

De hecho, quizá no fuera una isla después de todo. ¡Quizás esta playa formara parte de un continente entero! No me malinterpretes, aún no había desechado la idea de que todo esto no fuera más que un sueño. Aun así, a una parte de mí le resultó imposible no ceder a la tentación de subir a la cima de la colina, desde la cual tal vez podría ver un puesto de guardias forestales o un pueblo o una ciudad gigantesca o...

Pero ahí no había nada de eso.

Me hallaba sobre una cumbre verde y plana, desde la que contemplaba con una inmensa decepción el resto de una isla deshabitada.

La tierra se extendía como una garra, con dos tenazas boscosas que casi rodeaban una laguna redonda de poca profundidad. No podía calcular lo grande que era la isla. En esos momentos, aún no era capaz de medir bien las distancias usando los bloques como referencia. Pero no podía ser muy grande porque, sin duda, era capaz de ver dónde acababa bajo el sol del atardecer. Y junto a ese cuadrado naranja que se hundía en el horizonte, se fueron mis esperanzas.

Al igual que cuando estaba en el mar, pensé que estaba solo.

Y al igual que cuando estaba en el mar, me equivoqué.

—Muu.

El ruido me sobresaltó.

—¿Qué...? —inquirí, mirando a todos lados muy nervioso—. ¿Quién...? ¿Quién está ahí?

—Muu —obtuve como respuesta de nuevo.

El ruido atrajo mi mirada hacia la base de la colina. Se trataba de un animal, blanco y negro, con un cuerpo tan rectangular como su entorno.

Descendí por la pendiente oeste, que era más fácil de bajar porque tenía una inclinación más gradual que el traicionero lado este, y me acerqué hasta esa valiente criatura. Al observarla con más detenimiento, pude ver que no era del todo blanca y negra. «Tiene unos cuernos grises, la parte interior de sus orejas es rosa y eso rosa que tiene bajo la tripa parece un saco...»

—Tienes que ser una vaca —afirmé, y ese «muu» fue lo mejor que había oído en todo el día—. No sabes cuánto me alegro de verte —suspiré—. O sea, eh, ya sé que esto es sólo un sueño y todo eso, pero me siento tan bien al saber que no estoy... —se me formó un nudo en la garganta que me impedía pronunciar esa palabra e hizo que me entraran ganas de llorar— solo.

—Bee —respondió la vaca.

—Espera, ¿qué? —pregunté, acercándome más—. ¿Es que eres bilingüe o...?

—Bee —contestó el animal, pero no el que tenía delante. Dirigí la vista a un lugar situado más allá de aquella vaca, donde se hallaba el que había contestado en realidad. Se trataba de otro ser rectangular, cómo no, pero un poco más pequeño y casi totalmente negro.

Apenas lograba verlo bajo la escasa luz del anochecer. Ahora, mientras me aproximaba a ese bosque que se iba sumiendo en la oscuridad, otro animal, tan blanco como las nubes del cielo, surgió de detrás de su gemelo negro. A pesar de que sus siluetas eran rectas y planas, pude distinguir que tenían un pelaje de lana.

—Son unas ovejas —afirmé, con una sonrisa, y estiré el brazo para acariciar a una de ellas. No lo pensé. No tenía intención de darle un puñetazo.

El animal chilló, parpadeó brevemente con un color rojo rosáceo y huyó a todo correr por el bosque.

—¡Ay, lo siento! —le grité—. ¡Lo siento, ovejita! —me sentía tan mal que volteé hacia su impávida amiga y balbuceé—. No era mi intención, en serio. Aún no sé cómo manejar este cuerpo, ¿sabes?

—Cloc, cloc, cloc —obtuve como respuesta a la izquierda.

Dos pequeñas aves, cada una de un bloque de altura, estaban picoteando en el suelo cerca de mí. Tenían unas patas cortas y delgadas, unos cuerpos rollizos cubiertos de plumas blancas y unas cabecitas que acababan en unos picos naranjas y planos.

—No estoy seguro de si son unas gallinas o no —admití—. Aunque se parecen un poco a los patos —elevaron la vista hacia mí un segundo y cacarearon—. Pero por cómo cacarean, yo diría que son unas gallinas —continué—, así que supongo que llamarlas gallinas tiene más sentido que... gallipatos.

Esa palabra provocó que me riera levemente entre dientes, y esa risa rápidamente dio paso a auténticas carcajadas. Me sentía tan bien al reírme, al soltar toda la disparatada tensión que había ido acumulando ese día.

Fue entonces cuando oí un nuevo ruido.

—Aaarrrgggh.

Me recorrió un escalofrío al oír ese gruñido flemoso y gutural. Miré alrededor de mí, intentando dar con el punto de origen de ese sonido. En aquella isla, daba la sensación de que los ruidos procedían de todas partes. Me quedé ahí, escuchando, deseando que las gallinas se callaran.

Entonces, lo olí. Olía a moho y podredumbre. Como una rata muerta metida en un calcetín viejo. No vi su figura hasta que se halló únicamente a una docena de pasos, más o menos. Al principio, pensé que se trataba de una persona vestida como yo, y di un paso hacia delante de forma automática.

Entonces, de manera igualmente instintiva, me detuve y retrocedí. Aquel ser vestía unas ropas sucias y hechas harapos. Tenía la piel cubierta de motas verdes. Sus ojos, si es que a eso se podía llamar ojos, no eran más que puntos negros desprovistos de vida insertos en una cara plana e impasible. Una avalancha de recuerdos irrumpió en mi mente, unas imágenes de criaturas a las que conocía gracias a historias de ficción, pero a las que nunca había visto en persona. Y ahora aquí estaba, aproximándose con los brazos abiertos.

¡Era un zombi!

Intenté retroceder, pero choqué con un árbol. El zombi se me acercó, y aunque me agaché, logró pegarme en el pecho con sus puños podridos, empujándome hacia atrás. El dolor me recorrió todo el cuerpo. Jadeé. Se abalanzó sobre mí. Hui.

Aterrado, corrí lo más rápido que pude hacia la colina. Era incapaz de pensar, de urdir un plan. El terror era lo único que impulsaba todos mis pasos. Algo hizo clac en la oscuridad, a mis espaldas, y a continuación alguna cosa rasgó el aire y se estampó contra el árbol que tenía delante. Era un palo tembloroso, con plumas en un extremo. ¡Una flecha! ¿Acaso el zombi iba armado? No me había fijado. Seguí corriendo.

Algo rojo, con un montón de ojos, pasó raudo y veloz a mi derecha lanzando un siseo entrecortado. Subí corriendo la pendiente de la colina y sólo miré hacia atrás cuando me encontré en la cima. Bajo la pálida luz de una luna cuadrada que se elevaba en el cielo, pude ver que el zombi seguía acercándose. Había alcanzado ya la parte baja de la pendiente, cuyo ascenso iniciaba siguiendo mis pasos.

Aterrorizado, y con un nudo en la garganta, bajé por el acantilado este como alma que lleva el diablo. Me resbalé, caí hasta el fondo y oí un crujido espantoso.

Murmuré una maldición al notar que una oleada de agonía me atravesaba el tobillo.

¿Adónde podía ir? ¿Qué podía hacer? ¿Debería arrojarme al océano para intentar huir a nado? Me detuve en la orilla de las aguas negras. ¿Y si aquel calamar seguía ahí? ¿Y si le había entrado hambre?

Otro gemido retumbó en la noche estrellada. Me giré y vi que el zombi asomaba la cabeza por la parte superior de la colina.

Busqué frenéticamente algún lugar al que ir, algún lugar en el que esconderme.

Recorrí con la mirada todo cuanto me rodeaba y me detuve en el bloque de tierra que había sacado del suelo antes, ese mismo día. Eso me inspiró una idea desesperada. ¡Debía excavar!

Mientras el zombi bajaba por la pendiente, corrí hacia el acantilado que había debajo de ésta y me puse a escarbar el suelo furiosamente. Di uno, dos, tres, cuatro puñetazos, hasta que el primer bloque que tenía delante se soltó. Uno, dos, tres, cuatro, y el que estaba detrás se salió de su sitio.

Podía oír cómo ese muerto viviente se aproximaba, cómo sus gemidos eran cada vez más fuertes. Uno, dos, tres, cuatro; uno, dos, tres, cuatro. Logré extraer cuatro bloques de tierra que tenía justo delante, dos arriba y dos abajo. Los justos para que pudiera caber muy apretado en ese hueco.

«¡Cava más! —exclamé mentalmente—. ¡Más hondo!»

Si el destino hubiera podido hablar, me habría sonreído burlonamente y habría dicho:

—Tú no vas a ir a ninguna parte.

Mis puños impactaron contra algo frío y duro. Me había topado con una roca muy sólida. Tras dar unos cuantos golpes en vano, me di cuenta de que estaba atrapado y que el monstruo me alcanzaría en unos segundos.

Me giré, vi al zombi y coloqué un bloque de tierra entre él y yo. El muerto viviente se abalanzó sobre mí y me golpeó en el tórax. Salí volando hacia atrás y choqué contra la piedra del acantilado. Jadeando y con un fuerte dolor en el pecho, coloqué el segundo cubo de tierra sobre el primero.

Me envolvió la oscuridad. Estaba enterrado vivo.

Como mi tumba impedía el paso a la luz pero no al ruido, los gemidos del zombi aún retumbaban en mis oídos. ¿Y si era capaz de excavar? ¿Y si sólo había pospuesto mi muerte unos segundos?

—¡Vete! —grité con impotencia—. ¡Por favor, déjame en paz!

Sólo recibí unos gruñidos ahogados como respuesta.

—¡Por favor! —imploré.

Esta vez me contestó con unos gemidos indiferentes, impasibles e imparables.

—Despierta —susurré—. Tengo que despertarme, despierta, ¡despierta!

Desesperado, salté arriba y abajo, golpeándome la cabeza contra el techo, para intentar despertarme.

—¡¡¡Despiertadespiertadespierta!!!

Caí de espaldas sobre la pared de piedra, con un tremendo dolor de cabeza y los ojos llorosos, sollozando presa del pánico y respirando agitadamente.

—¿Por qué? —gimoteé—. ¿Por qué no puedo despertarme?

Justo entonces, el zombi lanzó un gruñido profundo y violento.

«Porque no es un sueño.»

No, la criatura no me estaba hablando. Era yo quien había puesto esas palabras en su boca pútrida, unas palabras que sabía que tenía que oír.

«Esto no es un sueño —me imaginé que decía ese cadáver reanimado—, y no se trata de una alucinación provocada por una herida. Estás en un sitio real, en un mundo real y vas a tener que aceptarlo si quieres sobrevivir.»

—Tienes razón —le dije al muerto viviente, sabiendo que estaba hablando conmigo mismo, aunque seguía pensando que hablar con un muerto era, en cierto modo, algo más cuerdo—. Esto no está pasando en mi mente. Está pasando en la realidad.

Un fragmento de una canción medio recordada flotó por la niebla de mi amnesia. Hablaba sobre hallarte en un sitio extraño.

No podía recordar la letra entera, pero un verso se me había quedado grabado en la memoria con claridad:

«Y puede que te preguntes: bueno, ¿cómo llegué aquí?»

—No lo sé —admití—. No sé cómo llegué aquí, ni siquiera sé qué es «aquí». ¿Otro planeta? ¿Otra dimensión? No lo sé, pero sí sé que no tiene sentido seguir negando la realidad.

Y tras aceptar esa verdad, me invadió una enorme oleada de calma, y esa calma trajo consigo un nuevo mantra.

—El pánico ahoga la razón —le dije al zombi—, así que ha llegado la hora de no dejarse llevar más por el pánico y de pensar en cómo sobrevivir.

3

No des nada por sentado

—¿Qué voy a hacer a continuación? —le pregunté a la oscuridad.
Dado que me hallaba atrapado entre la espada y la pared, con un
cadáver gruñendo a sólo un puñado de tierra de distancia, me
daba la impresión de que mis opciones eran muy limitadas.

Durante un largo rato, intenté concentrarme en mi respiración, en despejar la mente, en dejar que las ideas fluyeran.
Irónicamente, el primer pensamiento claro que tuve fue que
se me podía agotar el aire.

¿Cuánto me quedaba? ¿Me estaba ahogando ya? ¿Cómo se
sentía uno al asfixiarse? Intenté percibir cualquier cambio en
mi organismo, cualquier sensación que no hubiera notado antes. Fue entonces cuando me di cuenta de que ya no sentía
ningún dolor por las heridas. Tenía bien tanto la cabeza como
el tobillo. Por otro lado, tenía una sensación de vacío en el estómago. Le di un mordisco a otra manzana, a la vez que intentaba encontrar un sentido a lo que estaba ocurriendo.

«¿Se me está quedando el cerebro sin oxígeno o acabo de
curarme súper rápido? —me pregunté—. En serio, ¿soy un su-
perhéroe?» Esa reflexión despertó mis esperanzas de repente.

El zombi gruñó.

—¿Es eso? —le pregunté al muerto viviente—. ¿Este mundo me ha dado el poder de la hipercuración, o acaso las manzanas, o cualquier otra comida, tienen algo que ver?

Otro gruñido evasivo.

—No tienes que responderme —dije—. Ya lo averiguaré, porque eso es lo que hay que hacer para sobrevivir aquí, ¿no? Me hallo en un mundo regido por un conjunto de reglas totalmente nuevas, en el que puedo dar puñetazos desde cierta distancia o tener una pequeña bolsa en la que caben un montón de cosas.

Al respirar más hondo, me calmé mucho más y, al estar más calmado, pensé con más claridad.

—Sólo tengo que averiguar de qué trata todo esto —afirmé lacónicamente—, ¡y eso lo voy a hacer en cuanto logre salir de aquí!

En ese preciso instante, el zombi lanzó un gruñido.

—Y cuando lo haga, me estarás esperando, así que necesitaré algún tipo de arma para defenderme. Un garrote o una lanza o...

El zombi berreó, algo que nunca antes había hecho.

—Ey —dije, pegando el oído a la tierra—, ¿qué pasa?

¿Me había escuchado? ¿Estábamos teniendo una conversación de verdad?

Seguía gruñendo de forma aguda y estridente. Era como si la criatura estuviera reaccionando ante algo, como si estuviera sufriendo.

—¿Estás bien? —pregunté sin pensar—. Oye, lo siento si al hablar sobre armas herí tus sentimientos o algo así, pero, si he de ser justo, como intentas matarme...

Mientras parloteaba, me di cuenta de que ya no se oía ningún ruido.

—¿Hola? —grité al silencio.

Tuve la sensación de que podía oler algo que se filtraba por la tierra. ¿Era humo?

¿Acaso el zombi había hecho un fuego junto a mi agujero para que el humo me obligara a salir? ¿Los zombis eran capaces de hacer algo así?

Tenía que averiguarlo. Tenía que arriesgarme a salir de ahí, ya que, si me quedaba en ese lugar de brazos cruzados, podía morir asfixiado por el humo. Con las pulsaciones a mil por hora, le di un puñetazo al cubo de tierra que tenía delante de la cara y parpadeé sin parar bajo la luz matutina del sol cuadrado.

Aunque no podía ver al zombi, sí podía oler su peste a podrido, mezclada ahora con el fuerte hedor a humo. Arranqué el segundo bloque de su sitio y pisé con cautela la playa. Miré primero a la derecha, luego a la izquierda y después abajo. Arrugué la nariz. Un montón de carne putrefacta flotaba en el aire a la altura de mis pies. Hecho un manojo de nervios, la agarré y contemplé con repugnancia esa tremenda asquerosidad.

En cuanto vi que tenía los bordes chamuscados como una hamburguesa quemada, supe que ya no tenía que preguntarme de dónde había surgido ese olor a humo.

Corrí por la arena, pensando que se trataba de una trampa y que el zombi podría estar esperándome en la colina que se alzaba sobre mí. Pero no fue así. No había moros, o zombis, en la costa.

—¡Ey, tú, cadáver! —exclamé sosteniendo en alto el trozo de carne podrida—. ¡Olvidaste esto!

Aguardé un tenso minuto, con la esperanza de que el dueño de ese trozo de carne no apareciera por la colina encorvado y arrastrando los pies. Y no, no apareció. Ese asqueroso fragmento de entrañas quemadas tenía que ser lo único que quedaba de él.

Pero ¿por qué?

Por el sol. Pero ¿no se suponía que la luz diurna sólo mataba a los vampiros? A lo mejor en mi mundo eso era así.

—Pero —le dije al trozo de carne— no estamos en mi mundo, y no puedo dar nada por sentado.

Nada más decir eso, posé la vista en el agujerito donde me había escondido en un lateral del acantilado. En concreto, me fijé en ese techo de tierra formado por dos bloques de largo y un bloque de ancho. ¿Por qué no se me había caído encima? ¿Qué era lo que lo sostenía?

Regresé al interior del agujero y di unos puñetazos a los dos bloques de tierra que tenía sobre la cabeza. Después me aparté para que no me cayeran encima y los coloqué de nuevo en su sitio. ¡Y ahí se quedaron pegados!

—¡Genial! —exclamé con una sonrisa, sintiendo que recuperaba la confianza. Al igual que sucedía con el poder de hipercuración, la capacidad de poder pegar bloques de tierra unos a otros era una gran ventaja que me ofrecía este mundo. Eso significaba que podría construir un refugio sin usar clavos o cemento o lo que fuera que mantuviera aquí las casas en pie.

Aunque, claro, eso suponía dar por sentado que no habría ningún santuario natural esperándome por ahí, en algún sitio. Subí hasta la cima de la colina, escruté toda la isla a lo largo (deteniéndome en las pendientes norte y sur para asegurarme), y entonces lancé un profundo suspiro de decepción. Ahí no había ninguna cueva, ningún agujero, ninguna fortaleza en la que poder entrar a vivir inmediatamente.

Me fijé en que había una vaca... Bueno, en realidad, había dos pastando en la parte inferior de la pendiente oeste, masticando y mugiendo con suma felicidad.

—Bueno —les grité, con la mirada clavada ahora en los árboles—, al menos tenía razón en lo de que el sol espantaría a esos monstruos.

Sin duda alguna, la luz había expulsado a lo que fuera que había estado merodeando por el bosque la noche anterior. Pero ¿adónde se habían ido esas criaturas? Es más, ¿de dónde venían? ¿Salían del mar al atardecer o emergían del suelo como en una peli de terror de mala calidad?

Probablemente, sabría esas respuestas mucho antes de lo que quisiera. A pesar de que había amanecido hacía sólo unos minutos, el sol ya se hallaba a medio camino de alcanzar su cúspide al mediodía.

—Aquí los días son muy cortos, ¿no? —les pregunté a las satisfechas vacas, las cuales, si hubieran podido hablar, casi seguro me habrían contestado: «Lo bastante cortos como para que uno no pueda darse el lujo de perder el tiempo»—. Gracias —dije sarcásticamente y, a continuación, me volví para bajar lo que ahora llamaba la Colina de la Decepción. Por un momento, me pregunté si debía encender una hoguera para hacer saber que estaba ahí y que alguien viniera a rescatarme. ¿No es eso lo que hace la gente cuando naufraga en una isla? Quizá sí, pero no tenía ni idea de cómo encender una hoguera.

Aunque lo que sí sabía hacer era excavar. Usando únicamente las manos, saqué de su sitio a golpes bastantes bloques de tierra como para poder escribir la palabra «¡Socorro!». «A lo mejor un avión que vuele bajo o incluso un satélite, por muy alto que esté, son capaces de ver mi mensaje —pensé—. Alguien vendrá.» Todavía me aferraba a la idea de que alguien iba a caer del cielo y salvarme, que lo único que tenía que hacer era aguantar una noche o dos hasta que apareciera. Tal vez hubiera aceptado que me encontraba en un mundo nuevo, pero no me había parado a pensar en lo que eso significaba realmente. Aunque lo acabaría haciendo más adelante, cuando me perdí en el mar... otra vez.

Pero estoy adelantándome a los acontecimientos.

Sin perder de vista el sol, bajé fatigosamente por la pendiente este. Pensé en construir una choza de tierra donde se hallaba el agujero que había abierto en el acantilado. Sin embargo, en cuanto contemplé la estrecha abertura, deduje que mi refugio sería mucho más seguro si excavaba más profundamente. De esa forma, una colina entera se interpondría entre el peligro y un servidor, en vez de unas pocas paredes de tierra endebles. Pero ¿cómo podía hacerlo?

No podía abrir un túnel en la piedra con las manos desnudas, ¿verdad? «No des nada por sentado», me recordé, a la vez que alzaba el puño hacia la pared gris y lisa. «A lo mejor puedes romper la piedras con tu nuevo superpoder del puñetazo lejano.»

Pero no, resultó que no podía.

—¡Ay, ay, ay...! —aullé con cada golpe.

Sí, es cierto que en este mundo la blanda carne puede hacer mella en la dura piedra, y sí, después de lanzar unos cuantos puñetazos durante un rato, me dio la impresión de que estaba avanzando. Sin embargo, el cubo gris no se resquebrajó, no como lo habría hecho en mi mundo. Lo que vi fue que unos pequeños minibloques multicolores se dispersaban a partir del punto de impacto. Pero en cuanto dejé de golpearlo con mis manos doloridas y magulladas, la piedra recuperó su estado original como si no le hubiera hecho nada.

—¡Mierda, amigo! —exclamé, y volví a golpear con fuerza la roca, como consecuencia de lo cual lancé otro grito de dolor—: ¡¡¡ayyy!!!

43

Al parecer, yo no era la única cosa en este mundo que poseía el poder de la hipercuración.

—¿Qué necesito para sacarte de tu sitio? —le pregunté a la silenciosa y burlona piedra.

La respuesta obvia era que alguna clase de herramienta, como las que usan los náufragos en todas las historias de náufragos. Pero normalmente ellos cuentan con todos los suministros y provisiones que han sobrevivido al naufragio del barco, o con un hacha de mano o al menos con un balón de voleibol parlante.

Pero ¿qué tenía yo? Unos recuerdos vagos y una mochila vacía.

Bueno, casi vacía.

Probé a arrojar contra la pared de piedra las cosas que había recogido: los retoños, los cubos de tierra e incluso la carne de zombi. Por lo que sabía, este mundo era capaz de conferir a cualquiera de esos elementos la potencia de una taladradora. Pero no funcionó. Aun así, el retoño me inspiró la idea de que tal vez debería arrancar un trozo de madera más dura y robusta a los árboles sin hojas que tenía detrás.

Me acerqué al tronco más próximo y le di un puñetazo en la parte inferior, que se salió de su sitio.

—¡Tronco vaaaaaa! —grité y, acto seguido, resoplé desconcertado.

El árbol seguía en pie, pero ahora se mantenía en su lugar sin que nada lo conectara al suelo.

—Mira —le dije a esa columna suspendida en el aire, con la que estaba intentando negociar—, una cosa es lo de los bloques y los zombis, ¡pero lo de no respetar la ley de la gravedad ya es demasiado!

El tronco flotante no se movió.

—De acuerdo —asentí, y elevé unas manos con forma de dados—, tu mundo, tus reglas.

Unos segundos después, comprobé lo ciertas que eran esas palabras.

Intenté golpear el tronco cúbico contra el acantilado y lo único que conseguí fue lastimarme la mano.

Con gesto de dolor, y sin pensar, me pasé el tronco a la mano izquierda para dar un descanso a la derecha.

—¿Qu-qué...?

Se me abrieron los ojos como platos cuadrados cuando al abrir la mano izquierda vi una cuadrícula luminosa. Ahí había dos líneas, una que iba de arriba abajo y otra de lado a lado, que me dividían la palma de la mano en cuatro secciones. Mientras el tronco encogido caía en la sección izquierda de abajo, una brillante imagen, en la que se veían cuatro tablones de madera colocados uno sobre otro, flotó sobre mi mano derecha abierta.

—Muy bien —dije nervioso, sin estar seguro de si lo que estaba pasando era bueno o malo. Intenté cerrar lentamente los dedos. Los tablones se volvieron sólidos justo a la vez que el tronco de mi mano izquierda se desvanecía.

—¡Muy bien! —repetí con mayor entusiasmo.

Además de tener la habilidad de curarme rápido, de dar golpes a las cosas desde cierta distancia y de pegar bloques unos a otros sin necesidad de que algo los uniera, de algún modo, este planeta me permitía transformar materias primas en productos acabados en cuestión de segundos. ¿Cuánto me habría llevado completar esa tarea en mi mundo? ¿Cuántas horas habría perdido cortando, midiendo, serrando y lijando? Y eso dando por sentado que supiera hacer cualquiera de esas tareas. ¡Este mundo me permitía ser todo un maestro de la carpintería con sólo pasar algo de una mano a otra!

«¿Qué seré capaz de hacer con esto?», me pregunté mientras me pasaba los tablones, colocados unos sobre otros, a la mano izquierda. Esta vez un diminuto minicubo de madera flotó sobre mi mano derecha.

—Un botón —susurré. No era uno de los que se usan para la ropa, sino de los que se aprietan. La cabeza me daba vueltas, pues estos nuevos descubrimientos me habían llevado a sentirme realmente mareado, mientras intentaba imaginar qué pasaría si lo apretaba. ¿Transformaría el botón aquello a lo que afectara, fuera lo que fuera, en algo completamente distinto? ¿O me transformaría a mí? ¿O quizás erigiera una fortaleza gigantesca y reluciente que albergara algún espíritu de pelo cano que respondería todas mis preguntas y me enseñaría a usar mis poderes? ¿No era eso lo que pasaba en las pelis?

Tras agarrar el botón en el aire, lo pegué al árbol flotante.

¡¿Acaso gracias a ese elemento clave podría volver a casa?!

—Estoy listo —le grité al cielo, a la vez que acercaba una temblorosa mano hacia ese botón tan poderoso y tan importante.

¡Clic!

—Okey —suspiré, mientras oía el gua-gua de un trombón en mi cabeza—. Con esto, no voy a tener ninguna respuesta, está claro.

No obstante, al mirar los tablones de madera, dije:

—Pero a lo mejor ustedes aún tienen unas cuantas.

Distribuí los tres tablones por los cuatro espacios que tenía en la mano y no conseguí nada. Pero en cuanto quité uno, los otros dos (que se hallaban el uno sobre el otro), proyectaron la imagen de cuatro palos robustos y largos.

—¡Un garrote! —exclamé, tomándolos del aire. Me metí tres en el cinturón y blandí el cuarto como un neandertal demente—. ¡Yo fuerte! ¡Yo tener arma!

Entonces, metido aún en ese papel, miré hacia atrás, hacia el muro de piedra y gruñí:

—¡Yo también tener rompepiedras!

En ese mismo instante, debería haber dejado de hacer experimentos. Debería haber vuelto a excavar mi refugio subterráneo. Pero, oh, sorpresa, no lo hice.

—Voy a hacer unos cuantos experimentos más —dije, dando la espalda a la pared de roca— y luego me pondré a trabajar.

Como el único tablón que me quedaba sólo servía para hacer botones, me lo metí en el bolsillo y me puse a golpear al resto del árbol suspendido en el aire.

Distribuí los nuevos tablones entre las cuatro secciones de mi mano y di un grito ahogado de asombro al ver la imagen etérea que generaron. Este cubo parecía tener toda clase de herramientas que pendían de sus lados.

—¡Vaya! —exclamé, a la vez que agarraba ese elemento que lo cambiaba todo. Daba igual que esas herramientas estuvieran tan pintadas como mi ropa. El banco de trabajo, o «mesa de trabajo», era una herramienta, cuya parte superior estaba dividida en nueve secciones que tenían el mismo aspecto y actuaban del mismo modo que mi mano izquierda.

—¡Oh, sí! —canturreé, mientras hacía lo que acabaría convirtiéndose en mi peculiar danza de la victoria. Salté unas cuantas veces, giré una sola, volví a brincar y, acto seguido, tomé el resto de tablones y los lancé sobre la mesa.

—¡A trabajar!

Digamos que lo primero que logré fabricar no fue algo de lo que sentirse demasiado orgulloso. Al colocar dos tablones uno al lado del otro, logré tener un fino cuadrado con una anchura de casi un bloque entero. Al colocar el cuadrado sobre el suelo y pisarlo, oí el mismo anticlimático ¡clic! que había oído al apretar el botón. Si cruzaba tres tablones, obtenía seis tablas de medio cubo de grosor. Si usaba el doble, seis, conseguía dos tablas similares, pero con unos agujeros cuadrados en las esquinas. Dejé una en el suelo, di vueltas a su alrededor, la pisé sin conseguir nada y luego le di un golpe para intentar que se elevara de nuevo.

Sin embargo, en vez de encogerse y adentrarse en mi mano, la tabla se giró hacia arriba como una trampilla. «Genial —pensé—, ahora ya sé que no necesito bisagras.»

Y esta teoría quedó corroborada cuando probé con una combinación de seis tablones verticales y obtuve tres puertas de tamaño real.

Coloqué una en el suelo, vi que seguía de pie y, entonces, fui a abrirla. Y sí, esa puerta que se sostenía sola se abrió con un crujido totalmente normal.

Sé lo que estás pensando, ¿okey? ¿Por qué no dejé de probar cosas y me puse directamente a construir una casa para esta puerta, o, al menos, a cavar una madriguera en el suelo que pudiera cerrar con una trampilla? Créeme, lo pensé, y realmente iba a empezar con eso en algún momento. Pero primero tenía que fabricar las herramientas que veía en los lados de la mesa de trabajo. O sea, si este mundo las había puesto ahí, tenían que existir. Así que ¿por qué era incapaz de fabricarlas?

Tenía la sensación de que esas herramientas se hallaban a sólo una combinación de distancia. Después de todo, había avanzado mucho e incluso había aprendido otra lección por el camino: cuando conoces las reglas, éstas dejan de ser tus enemigas y pasan a ser tus amigas.

—Voy a probar un poco más y paro —me prometí, colocando un tablón en cada sección de la mesa. Cuando vi que así no conseguía nada, por pura casualidad, quité la del medio primero.

Al instante, apareció la imagen de una caja, y no me refiero a algo con forma de caja, sino a una caja de verdad. La coloqué delante de mí y abrí esa tapa sin bisagras. Parecía ser una versión mejorada de mi mochila que tenía tantos compartimentos como ésta.

—Mira tú qué bien —resoplé—. Con esto, tengo aún mucho más espacio para guardar cosas, pero sigo sin tener nada que guardar.

Y ya que hablamos de cosas vacías, he de señalar que, gracias al nuevo experimento que llevé a cabo a continuación (coloqué tres tablones en V), conseguí fabricar cuatro cuencos de madera vacíos. Instintivamente, me los imaginé llenos de toda clase de sopas y guisos. Como se me hizo la boca agua, estiré el brazo para agarrar una manzana.

Sin embargo, por primera vez, mi mano se negó a moverse y, un segundo después, me di cuenta de por qué. Porque no tenía hambre. Este mundo sólo me dejaba comer cuando lo necesitaba, no cuando yo quería.

—Bueno, eso no tiene gracia —le dije a la manzana—. Pero así al menos nunca desperdiciaré la comida... si encuentro más, claro.

Mientras contemplaba los troncos de esos árboles sin hojas, me pregunté si no debería intentar dar con más manzanas antes de que oscureciera. Pero antes de hacer eso, tenía que ponerme de verdad a construir el refugio. Pero antes de empezar con eso...

«Sólo un intento más.»

Coloqué otro montón de tablones sobre la mesa de trabajo y añadí unas cuantas más para transformar la V en una U.

Al principio, pensé que sólo lograría obtener otro cuenco, pero más grande y más ovalado, algo parecido a una barca o...

—¡¡Un bote!! —exclamé, a la vez que lo arrancaba del éter.

Con la embarcación en miniatura en la mano, subí corriendo la Colina de la Decepción.

—¡Ey, chicos! —les grité a los animales que pastaban—. ¡Miren esto! ¡Tengo un bote!

Las ovejas y las vacas alzaron la vista despreocupadamente y, acto seguido, volvieron a centrarse en algo mucho más importante: seguir comiendo hierba.

—¡Yo también me despido con mucho pesar! —añadí, dejándolas atrás a toda velocidad mientras me dirigía a la playa norte.

Coloqué esa diminuta maqueta de una barca en el agua y, al instante, creció hasta convertirse en un esquife de tamaño natural. Cuando subí a bordo, no podía creer lo estable que era. No se balanceaba ni se bamboleaba, tenía un equilibrio perfecto. Como no tenía ni un motor ni una vela, supuse que la única manera de menearlo era remando. Me incliné hacia delante para meter las manos en el agua y, de repente, el bote se movió. «Lo único que tengo que hacer es inclinarme», pensé, sonriendo al mismo tiempo que la pequeña embarcación aceleraba.

¡Escapaba! ¡Era libre!

—¡Sí! —grité, girándome para darle el adiós definitivo a esa isla prisión. Aunque pretendía gritar algo sarcástico como «¡Hasta nunca, desgraciados!», me callé en cuanto vi cómo el último fragmento de tierra se encogía hasta ser una mota en el horizonte. Me incorporé levemente, ralentizando así el avance del bote. Oteé el horizonte en busca de tierra firme. Pero ahí delante no había nada. Miré hacia atrás, a la isla, pero había desaparecido. Frené la embarcación por completo, miré en todas direcciones y lo único que vi fue el cielo y el mar.

Fue entonces cuando comprendí realmente en qué situación me hallaba.

¿En qué había estado pensando? ¿Adónde iba? Escapar de la isla no suponía que fuera a escapar de este mundo. En ella, al menos, sabía a qué me enfrentaba. Aquí, sin embargo, me hallaba en un entorno desconocido. Debería haber reflexionado sobre todo esto cuando tallé las letras de «¡Socorro!» en la colina. Cuando estaba a salvo en tierra firme.

¿Y si no había más tierra firme? O ¿y si las había, pero no había nadie en ellas? ¿Y si sus pobladores eran tan peligrosos como los zombis? ¿Y si no había más que zombis y esos otros monstruos que había visto la noche anterior? ¿O cosas aún peores?

Tras tragarme el reflujo estomacal, me di la vuelta y volví a toda velocidad hacia la isla. Pero la isla no estaba ahí. ¿Iba en la dirección correcta? Zigzagueé de aquí para allá, con la esperanza de divisar alguna diminuta mota verde.

Pero no vi nada.

Estaba perdido.

—Seré estúpido —mascullé, furioso conmigo mismo por haber sido tan inconsciente y haber metido la pata hasta el fondo.

Tenía tantas ganas de regresar a casa que había tirado por la borda mi única oportunidad de sobrevivir. Ahora me encontraba en la misma situación que había estado al principio, indefenso y desesperanzado. No iba a salir vivo de ésta. Era imposible.

Tarde o temprano, me comería la última manzana y, entonces, moriría de hambre lentamente bajo el sol abrasador. O a lo mejor un calamar me devoraba. ¡Quizás uno estuviera viniendo por mí en esos mismos instantes!

Casi podía notar cómo esos brazos hambrientos se alzaban de las profundidades, dispuestos a destrozar mi bote y arrastrarme hacia abajo. Con suerte, me ahogaría antes de que me despedazara.

Me ahogaría...

—¡El pánico ahoga la razón! —exclamé—. ¡Y yo no voy a ahogarme!

Entonces rebusqué en el cinturón, pero no para sacar una manzana, sino un cubo de tierra. Por suerte, todavía me quedaban muchos de los que había recogido para hacer la señal de «¡Socorro!». Cerré los ojos e inhalé su intenso aroma a suelo.

—Vayamos en busca del resto de tus compañeros —le dije—. Tenemos que estar cerca. No hay corriente y la brisa no ha podido desviarnos demasiado de rumbo.

La brisa.

Hasta entonces, había notado que soplaba únicamente de este a oeste. Elevé la vista a las nubes y observé cómo se movían en relación con la línea que trazaba al sol al ponerse.

—Ya sabemos dónde está el este y el oeste —aseveré con una confianza cada vez mayor—, y, como hemos partido de la playa norte de la isla, siempre que tengamos el sol a la derecha, nos dirigiremos al sur.

Metí el cubo de tierra de nuevo en el cinturón y me agaché hacia delante con cautela...

... Y ahí estaba, la cima de la Colina de la Decepción. Suspiré aliviado mientras me inclinaba hacia delante lo máximo posible.

El bote se dirigió a toda velocidad a la playa y se deshizo en una nube de tablones y palos al chocar contra la arena de la orilla norte.

Pero me daba igual.

—Lo logré —susurré, a la vez que deseaba que mi cuerpo me permitiera besar el suelo.

—Muu —mugió una vaca que se aproximaba, cuya voz estaba teñida de reproche.

—Lo sé —contesté, mientras salía del agua y recogía los restos del bote—. No pensaba con claridad.

—Muu —dijo la vaca.

—Tienes razón —respondí—. Tengo que pensar antes de actuar, y eso implica que no sólo tengo que saber qué es lo próximo que voy a hacer, sino también que debo tener una estrategia clara a largo plazo si quiero sobrevivir en este mundo.

—Muu —mugió la vaca.

—Tengo que centrarme en cubrir mis necesidades básicas —continué—. Debo hacer acopio de víveres, construir un refugio seguro, fabricar herramientas y armas y cualquier otra cosa más que necesitaré para que mi vida sea más cómoda.

Iba de aquí para allá, a la vez que gesticulaba exageradamente ante el animal que me observaba.

—Tengo que transformar esta isla en un lugar donde me sienta cómodo, en un sitio seguro donde pueda aprender todo lo posible sobre cómo funciona este mundo. Entonces, cuando tenga todas las necesidades básicas cubiertas, podré empezar a hacerme las preguntas realmente importantes, del tipo cómo llegué aquí y cómo podré volver a casa.

Y justo mientras cavilaba sobre estas cuestiones esenciales, otra más relevante y aterradora me vino a la mente.

—¿Podré hacerlo? —me pregunté—. ¿Yo solo, sin nadie que me ayude?

Bajé la mirada hacia el suelo, hacia mis zapatos pintados.

—¿Sin nadie que me proteja, o guíe o... —tenía un nudo en la garganta que impedía que me brotaran las palabras— cuide de mí?

Cerré los ojos, intentando recordar algo, lo que fuera, sobre quién era.

—Si soy un niño —dije, temblando—, entonces seguro que los adultos me lo hacían casi todo. Y si soy un adulto, sigo sin recordar que hiciera muchas cosas por mí mismo.

Los recuerdos de ese otro mundo pasaron fugazmente ante mi mirada angustiada, recuerdos de máquinas y lujos y de pulsar una pantalla para pedir cualquier cosa que quisiera.

—Creo que mi mundo me lo hacía casi todo, ya que había en él tanta gente trabajando en tantos trabajos distintos que nadie tenía que preocuparse de hacerlo todo.

Alcé la vista y miré a la vaca a la cara.

—¿Seré capaz de hacerlo todo? ¿Seré capaz de cuidar de mí?

El animal cuadrado lanzó un «muu» largo y grave, lo cual interpreté como un «¿Acaso tienes otra alternativa?».

—Sólo una —contesté—. Hacerme bolita y morir.

Suspiré con fuerza.

—Pero no voy a hacer eso. Escojo cuidar de mí mismo —proclamé mientras mi desesperación se transformaba en determinación—. ¡Escojo creer en mí mismo!

—Muu —dijo la vaca, lo cual traduje como «¡Así se habla!».

—¡Puedo hacerlo! —exclamé audaz—. ¡Puedo y lo haré! Tengo... tengo... —me fijé en que el sol estaba a punto de ocultarse—. ¡Tengo que largarme de aquí!

La confianza me abandonó mientras corría hacia el bosque. ¿Cuánto tiempo quedaba para que esos aterradores monstruos nocturnos se levantaran de nuevo? ¿Cuánto tiempo quedaba para que salieran a cazarme?

4

Los detalles marcan la diferencia

Para cuando llegué a la cumbre de la colina, estaba hecho un manojo de nervios.

Me giré hacia el sol del atardecer e imploré:

—Aún no. Por favor, no me dejes a solas con los monstruos. Quédate un poco más. ¡Por favor, no me abandones!

—¡Muu! —mugió la vaca en la lejanía, como si quisiera decir: «¡Deja de quejarte y mueve el trasero!».

Y eso hice. Bajé corriendo la pendiente este hacia la playa, hasta mi poco profundo agujero. Golpeé el acantilado rocoso con mi palo de cavar y, de repente, me deprimí. Así iba a tardar una eternidad. Si hubiera probado el palo antes, si no hubiera dado por sentado que funcionaría...

—Aaah.

El leve gemido flotó por el aire nocturno. Otro zombi se acercaba.

Me sobresalté al oírlo, solté el palo y miré frenéticamente alrededor de mí. Al igual que la lección de no dar nada por sentado, también me había olvidado por completo del mantra de que el pánico ahoga la razón. Ahora me dominaba por entero, era una rata atrapada que esperaba a un gato no muerto.

—Aaargh —gimió con más fuerza y más cerca.

Bajé la vista en busca del palo. Había desaparecido, quizás estuviera flotando en las proximidades, pero en esa oscuridad cada vez mayor no podía verlo.

—Aaargh —balbuceó el muerto viviente.

Miré hacia la cima de la colina y vi a mi enemigo.

Busqué a tientas en mi cinturón uno de los otros tres palos y rocé los cubos de tierra.

«¡Construye algo!» El zombi estaba descendiendo por la pendiente en dirección hacia mí y llevaba algo que relucía en la mano. ¿Un arma?

Levanté un refugio improvisado alrededor de mí a toda velocidad, metiendo bloques de tierra a golpes en las paredes. Sí, supongo que podría haberme metido en el agujero y haberme protegido con los bloques como la otra vez, y eso es lo que debería haber hecho, ya que habría sido la opción más rápida y fácil. Pero con sólo pensar en estar enterrado vivo otra vez, en estar atrapado en una tumba en vertical, sentí que me asfixiaba.

El zombi se hallaba sólo a veinte pasos. Coloqué la puerta en su sitio y la atranqué.

Diez pasos. Completé las paredes y me di cuenta de que no tenía tierra suficiente para el techo.

Cinco pasos.

Agarré una tabla de madera del cinturón y la lancé hacia la pared de la esquina. Retumbó con un golpe sordo al recibir la patada de un pie podrido.

Aunque ya sólo me separaba un paso del encorvado muerto viviente, seguí colocando losas y tablones de madera. Cuando puse el último tablón en la esquina, tapando así las estrellas, pensé que ya estaba a salvo. Entonces escuché un «uuuf» al caer el zombi al suelo.

Unos puños fétidos golpearon la puerta. Con las pulsaciones a mil por hora, retrocedí hasta la pared más lejana y noté el contacto de la fría y dura piedra en la espalda. La puerta que tenía delante estaba cediendo. Pude ver unas grietas oscuras compuestas de minicubos extendiéndose por toda su superficie. Unos cuantos golpes más y la derribaría.

—¡Okey! —vociferé—. ¿Quieres pelear? ¡Vamos, adelante!

Con un palo en la mano, esperé a que la puerta se astillara. Y esperé, y esperé, y esperé... Entonces vi que la madera, al igual que la piedra y al igual que yo, podía regenerarse. Pude ver que el zombi estaba a quizá sólo un puñetazo o dos de romper esa fina barrera que se combaba, pero entonces tuvo que empezar de nuevo.

—Sí —me burlé—, eso es. Ahora ya sabes lo que se siente.

Me puse muy gallito y me acerqué pavoneándome a la puerta.

—No vas a entrar —canturreé—, no vas a...

Me había acercado demasiado.

Un brazo mohoso atravesó uno de los cuadrados abiertos y me golpeó justo en la garganta.

—Mensaje captado —tosí, trastabillando hacia atrás. Al menos no me había atacado con lo que fuera que tuviera en la otra mano.

Desde una distancia segura, intenté ver mejor el arma. No fue fácil, sobre todo por la oscuridad que reinaba en la choza que había improvisado. Creí ver un mango de madera largo y fino, similar a mis propios palos. La tenue luz de la luna brillaba en algo que había en su punta. Algo plano y con una punta redonda.

—¡Eso es una pala! —exclamé—. ¿De dónde la sacaste? —acto seguido, añadí rápidamente—: ¿Cómo es que yo no tengo una?

No me avergüenza admitir que le tenía envidia. Había fabricado de todo menos el tipo de herramientas por las que me había puesto a fabricar cosas en un principio. Y ahora el objeto que tanto deseaba se encontraba justo al otro lado de esa puerta.

—Eso no es justo —me quejé, haciendo pucheros.

El zombi gruñó, para decirme lo que estoy seguro que cualquiera me habría dicho en ese momento: «La vida no es justa y, por mucho que gimotees, no lo va a ser».

—Ya, bueno... —contesté, a la vez que me calmaba y examinaba con los ojos entornados la pala—. Pero ¿de dónde la sacaste?

La cabeza de la herramienta no parecía estar hecha de madera, sino de algo más ligero, más brillante.

—¿Eso es metal? —pregunté.

El muerto viviente gruñó.

—Aunque lo sea, no me servirá de mucho aquí dentro, ¿verdad? Pero...

Con los ojos entornados de nuevo, observé la pala con detenimiento, enfocando el problema desde otro ángulo.

—Pero si este mundo te deja combinar un mango de madera con algo más para fabricar la cabeza de una herramienta —inquirí al zombi—, entonces esa cabeza también podría estar hecha de madera, ¿no?

El zombi volvió a gruñir, y estoy seguro al noventa y nueve por ciento de que ese gruñido sonó como un «¡Cómo no!».

Monté otra mesa de trabajo (la original seguía afuera) y coloqué un palo en el cuadrado central y un tablón de madera encima.

Y no conseguí nada de nada.

Esta vez, los gemidos del zombi sonaron como si fueran carcajadas.

—¿Qué esperabas? —le espeté—. ¿Que tuviera un éxito instantáneo? —aunque en el caso de que hubiera conseguido mi objetivo, no habría dejado que mi torturador no muerto lo supiera—. Casi nunca uno logra acertar a la primera.

Intenté invertir el orden de los factores, así que puse el palo sobre el tablón y lo que conseguí fue nada de nada otra vez.

—Ya le agarré el modo —le aseguré al muerto viviente—. No voy a rendirme.

Eché un vistazo de nuevo a la pala, para cerciorarme de que no se me estaba pasando por alto algún detalle menor, pero importante. Y así era. Al examinarla con más detenimiento, reparé en que el mango de la pala era dos veces más largo que mis palos.

Moví el tablón al cuadrado central superior y coloqué dos palos debajo.

—¡¡Yuujuu!! —bramé al conseguir un duplicado casi exacto de la pala del zombi.

Lo agarré en el aire, lancé otro yuju, hice mi danza de la victoria y, al instante, me golpeé la cabeza con el bajo techo.

—Ríete cuanto quieras —le dije al zombi—. Nada va a fastidiarme este momento.

Apunté con la cabeza de la pala al suelo de tierra y saqué un cubo de él con unas cuantas paladas rápidas.

—No ignores los detalles —me aconsejé a mí mismo—. Los detalles marcan la diferencia.

Me acerqué a la pared del fondo y di un palazo a la piedra. La hoja de madera rebotó en ella sin hacer ninguna mella.

—Sólo quería asegurarme —comenté, mirando para atrás—. Si esto funciona con la tierra, alguna otra cosa tiene que funcionar con las piedras.

Fui a la mesa de trabajo y saqué todos los tablones que me quedaban.

—No tienes ningún consejo que darme al respecto, ¿verdad? —le pregunté al zombi—. ¿Cómo hacer, no sé, un martillo y un cincel o un taladro de vapor?

Unos furiosos ojos muertos me devolvieron la mirada en silencio.

—No importa —dije—. Ya lo tengo.

Hice otros dos palos e intenté colocarlos con dos tablones más en forma de L invertida. Lo que conseguí fue una herramienta similar a una pala, pero con una hoja más larga, fina y en ángulo recto.

—¿Qué es esto? —le pregunté al zombi, al mismo tiempo que le mostraba la extraña herramienta. Me pareció recordar haber visto algo similar en mi mundo, algo que tenía que ver con la tierra. Intenté usarlo como una pala, para extraer un bloque del suelo. Funcionó, pero no fue tan rápido como antes.

»¿Por qué querría darme este mundo dos herramientas para excavar, eh? ¿Y por qué una funciona mejor que la otra?

Intenté usar el nuevo cacharro cuyo nombre no recordaba para golpear la piedra. El resultado fue casi el mismo que el que había obtenido con los puños.

—Pero ¿qué le pasa a este cacharro? —gruñí, a la vez que recordaba la frustración que había sentido al dar puñetazos a la hierba con mis nuevas manos.

De un modo disparatado, al rememorar esa sensación, me dio por pensar seriamente en cómo estaba utilizando mi cuerpo.

—Es como si... —acerté a decir, mientras buscaba las palabras adecuadas—. Es como si pensara de dos formas distintas cuando hago las cosas. Es como si hubiera... no sé... un modo agresivo en el que no paro de dar golpes y luego otro más pasivo. ¿Tiene eso algún sentido?

—Aaargh —contestó el zombi.

—Ya sé que suena ridículo, como si fuera algo que le oirías contar a un gurú en la cumbre de una montaña o a un marcianito verde, que es capaz de elevar una nave espacial con su mente, en un pantano. Pero ¿esto tiene alguna lógica?

Mientras intentaba concentrarme, con el extraño artilugio en la mano, coloqué su punta sobre un cuadrado del suelo de tierra. No cedí a la tentación de usarlo como una pala, sino que me concentré al máximo. De repente, la herramienta trazó un arco con rapidez y delicadeza sobre la parte superior del cuadrado, llevándose consigo la primera capa de tierra.

—Equilibrio —afirmé—. La supervivencia requiere tanto de agresividad como de reflexión, temperamento y templanza, de yin y... como se llame lo otro. La cuestión es mantener ambos extremos en equilibrio.

—Aaargh —balbuceó el cadáver.

—Deberías probarlo alguna vez —le aconsejé—. Me refiero a lo de reflexionar.

Y el mero hecho de bromear con mi posible asesino desbloqueó otro recuerdo sobre esta herramienta.

—¡A esta cosa se le llama azadón!

Saqué del cinturón las semillas que había intentado plantar antes con tanto esfuerzo y había estado a punto de tirar. Las sostuve sobre la suave y húmeda tierra que acababa de abrir con el azadón. Las semillas desaparecieron de mi mano y llenaron el cuadrado del suelo con multitud de pequeños brotes verdes.

—¡Acabo de descubrir la agricultura! —exclamé—. ¡Ésa era la pieza que faltaba! ¡Por eso ayer no pude plantar las semillas! ¡Y si se transforman en algo comestible al crecer, tendré una fuente constante de comida!

—Aaargh —gruñó el zombi, que golpeaba la puerta sin causar daño alguno.

—Lo siento, ¿qué decías? —pregunté de broma—. Oh, sí, tienes razón, esta noche es una mierda para ti y alucinante para mí. Porque mientras tú estás ahí afuera, haciendo lo mismo una y otra vez, yo acabo de aprender a fabricar herramientas y a cultivar, lo cual quiere decir que en sólo diez minutos he progresado tanto como la humanidad en un millón de años, ¿no? —me aproximé con tranquilidad a la mesa de trabajo—. ¡Quién sabe, a lo mejor para cuando amanezca, ya habré desentrañado el misterio de la fusión fría!

Tres segundos más tarde, creé algo mejor aún que un reactor nuclear.

—¡Un pico! —anuncié, alzando triunfal el objeto con forma de T—. ¡Y lo único que necesité fue un tablón extra!

Di la espalda al zombi y volví a la pared del fondo, para picar con la nueva herramienta la testaruda piedra. El pico funcionó de maravilla; logré que el primer bloque se desencajara de inmediato.

—Por fin —suspiré, mientras examinaba la piedra suelta.

No era un cubo de una pieza, como sucedía con los trozos de tierra, sino que parecía más bien algo hecho con unos guijarros que se habían unido para formar una roca.

—Y ahora —añadí, mirando hacia atrás, a la pala del zombi—, veamos si puedo mejorar mis herramientas.

Tal como había pensado, este mundo me dejaba combinar el bloque de roca que acababa de extraer con un par de palos para dar forma a una pala con punta de piedra.

—Sí, estoy descubriendo qué reglas se aplican en este lugar —alardeé, e intenté usarla en el suelo de tierra. La punta de piedra cumplía su cometido aún más rápido que la versión de madera, lo cual sólo podía significar que esa norma podía aplicarse a todas las demás herramientas.

Tomé más rocas y regresé a la mesa de trabajo.

—¡Hay que actualizarse! —exclamé con una sonrisa de oreja a oreja, agarrando con júbilo un pico de piedra.

Tal como había pensado, la nueva herramienta atravesó la pared del acantilado como una pala de madera habría atravesado la blanda tierra.

Lo cierto es que no podía ver adónde iba, ya que el túnel que cavaba estaba muy oscuro. Pero el flujo constante de rocas al interior de mi mochila me indicaba que estaba avanzando mucho.

—¡Ahora sí que vamos en serio! —grité, y seguí cavando más y más profundamente en la colina—. ¡¿Cómo te sientes —pregunté, mirando hacia atrás— al saber que tú y todas esas otras bestias nunca van a entrar aquí?!

La respuesta llegó en forma de un «aaargh» agudo que me resultaba muy familiar.

—Allá vamos —dije, mientras salía de ese agujero negro como el carbón y me adentraba en la luz cada vez más intensa de la choza de tierra.

A través de los agujeros cuadrados de la puerta, pude ver cómo se elevaba el sol y cómo se quemaba el zombi.

—¡Así que mueres al amanecer! —exclamé, sintiendo casi un poco de lástima por el moribundo muerto viviente.

—Aaargh-aaargh-aaargh —jadeó, envuelto en una capa de llamas mientras parpadeada con un color rosa.

Como me picaba la curiosidad, me acerqué más y más hacia la puerta.

—Uy —dije, al ver que con los pies había desplantado sin querer los pequeños brotes que había en el suelo de tierra. «Da igual —pensé mientras veía cómo volvían de un salto a mi cinturón—, los volveré a plantar afuera en cuanto el zombi...»

Ni siquiera logré finalizar ese pensamiento. La bestia en llamas se desvaneció de repente en una nube de humo.

5

Siéntete agradecido
por lo que tienes

Abrí la puerta justo a tiempo para ver cómo los restos del humo se disolvían. A mis pies, tenía otro montón de carne putrefacta... pero ahí no había ninguna pala. No sabía si se había quemado con su dueño o si se había desvanecido siguiendo alguna regla de este mundo. Tampoco podía perder ni un minuto lamentando su pérdida. Éste iba a ser un día genial; podía intuirlo. Anoche, había solucionado el problema del cobijo y ahora estaba a punto de despedirme del hambre.

Con un azadón de madera en la mano, llevé las semillas a una zona de tierra cultivable situada cerca de la orilla. Del mismo modo que antes, saltaron directamente al suelo recién labrado. ¿Cuánto tardarían en madurar? No había forma de saberlo. Pero si resultaban ser comestibles, lo más lógico sería que plantara muchas más.

Como no conseguí nada al dar puñetazos a otros montones de hierba, decidí pasar la mañana haraganeando. Subí corriendo por la pendiente de la Colina de la Decepción y bajé trotando despreocupadamente hasta el prado central. Esta vez, no me inquietaban los zombis porque sabía que el alba se había ocupado de ellos. «Un buen comienzo para un buen día», pensé, al mismo tiempo que daba golpes a la hierba alta. En poco tiempo, había logrado desbrozar todo aquel campo y tenía tres puñados de semillas a cambio.

—Muu —sonó un mugido en el cercano bosque, seguido de un «bee» y dos rápidos «cloc, cloc».

—¡Ey, buenos días! —saludé con la mano a los animales—. No van a creer qué nochecita tuve, chicas.

Mientras brincaba feliz de aquí para allá, les expliqué que había descubierto que era capaz de fabricar cosas y les enseñé mis herramientas.

—Maravilloso, ¿eh? —pregunté, esperando que me mostraran sus habituales miradas de desinterés—. Sí, lo entiendo —añadí—, ustedes pueden comer hierba sin más, pero yo tengo que intentar replantar esto.

Les enseñé las semillas. Las vacas y las ovejas se fueron arrastrando las pezuñas. Aunque las gallinas no, pues alzaron súbitamente la cabeza con suma atención.

Les pregunté:

—¿Qué quieren?

Respondieron con un cloqueo entusiasta.

—¿Esto? —inquirí, mostrándoles las semillas—. ¿Es esto lo que...?

Me callé al ver que un objeto blanco y ovalado salía de la parte trasera de una de las aves.

—¡Un huevo! —grité, cambiando las semillas por la bola del tamaño de una mano—. Esto sí que tiene que ser comida de verdad, ¿no? —les pregunté a las gallinas—. O sea, este mundo no les dejaría poner huevos si no fuera para que yo pueda...

Entonces me di cuenta de que las aves se alejaban. ¿Por qué habían perdido el interés de repente?

—Ey, ¿adónde van? —inquirí—. ¿Es por algo que dije?

Aparté la vista de las aves justo a tiempo para ver la criatura silenciosa que se estaba interponiendo entre ellas y yo. Carecía de brazos y piernas, y poseía un tronco moteado de color verde, así como unos pies cortos y rechonchos.

Todo sucedió muy rápido. El crepitante siseo, el olor a fuegos artificiales, las vibraciones intermitentes a medida que el espantoso monstruo se hinchaba como un globo.

La explosión me empujó violentamente hacia atrás y me levantó del suelo. Mientras me ardían los ojos y me retumbaban los tímpanos, volé por los aires, hasta caer en la laguna, cuya agua me llegaba hasta la cintura. Unas oleadas de dolor me recorrieron por entero: tenía la piel quemada, los huesos rotos, los músculos desgarrados y las articulaciones destrozadas. Intenté gritar, pero sólo logré toser secamente, ya que tenía uno de los pulmones perforado y, en consecuencia, su compañero debía hacer un sobresfuerzo.

Respiraba y me movía con mucha dificultad. Podía notar que el agua de la laguna me empujaba hacia delante y hacia abajo. Parpadeé intensamente para aclararme la vista, y contemplé el cráter que había creado la detonación, en el que había acabado junto a unos fragmentos sueltos de arena y tierra. Algo más daba vueltas en el agua alrededor de mí: la espantosa evidencia de la muerte. Un trozo de piel de vaca, un pedazo de carne de res de color rojo, dos cadáveres de aves de un color rosa intenso y una sola pluma blanca eran lo único que quedaba de los tres pobres animales.

Mientras esos restos atroces se metían volando en mi mochila, logré salir trepando del cráter, a pesar del mareo. Aturdido por la conmoción, avancé dando tumbos hacia la colina. Me temblaban las rodillas y me dolían los muslos. Me tambaleaba entre una oleada y otra de palpitante agonía. ¿Cómo iba a poder escapar de más espantosas bombas como ésa? Miré para atrás, me tropecé y me estampé contra un sólido y duro árbol. El impacto generó una serie de ondas expansivas que se me propagaron por las heridas. Al instante, abrí mis labios agrietados para lanzar otro grito y esta vez lo logré.

Un largo y profundo alarido de angustia brotó violentamente de mis dos pulmones, y no de uno solo, ya que se estaban regenerando. ¡Me estaba hipercurando!

Pasé de caminar a correr, y enseguida estaba acelerando, mientras podía notar que los huesos se me soldaban, que las venas se me sellaban. Podía ver que mi piel se unía sobre unos tejidos que se rejuvenecían rápidamente.

Para cuando cerré con fuerza la puerta de la choza tras de mí, mi cuerpo destrozado se encontraba casi regenerado por completo.

Casi.

Aún tenía heridas que pedían a gritos ser curadas y noté que mi poder de hipercuración me estaba fallando.

«¡Comida!»

Busqué algunas manzanas en la mochila. Sólo me quedaba una, así como los restos de los animales. Engullí la manzana, pero seguía teniendo hambre. A continuación, saqué una gallina entera y la devoré sin contemplaciones.

¿Alguna vez alguien me había advertido sobre los peligros que conlleva comer carne de ave cruda? Y si así hubiera sido, ¿eso habría supuesto alguna diferencia en estos momentos? No podía pensar en otra cosa que no fuera recuperarme. Necesitaba desesperadamente dejar de sentir dolor.

En cuanto tragué el último trozo de esa carne fría y gomosa, una avalancha de náuseas emergió de mi estómago revuelto.

Tuve arcadas. Me atraganté. Incluso pude ver unas burbujas verdes flotando ante mis ojos llorosos. Corrí hacia la playa, intentando vomitar esa porquería infecta.

Pero este mundo no me dejaría hacerlo. Durante una eternidad horrible no paré de tener arcadas y tuve que soportar esa tortura como pude.

Y por si sufrir el ataque de mi propio tracto digestivo no fuera ya bastante malo, entonces me di cuenta de que todo ese calvario que acababa de soportar a duras penas me había ayudado a curarme.

—Vamos de mal en peor —gruñí.

Aunque seguía teniendo arcadas con sólo recordarlo, eché un vistazo con amargura a mi mochila.

—De acuerdo —dije a los demás restos de animales—. Capto el mensaje. Tengo que cocinarlos.

Hacer un fuego había pasado de ser una posibilidad a ser una prioridad, pero, tal y como mencioné antes, seguía sin tener ni idea de cómo hacerlo. Me devané los sesos para ver si recordaba algo que me diera alguna pista y entonces se me ocurrió la idea de frotar dos palos. «Si las intoxicaciones alimentarias son posibles en este mundo —razoné—, ¿por qué no va a funcionar esto?»

¿Que por qué no? Bueno, para empezar, ni siquiera era capaz de sostener dos palos en las manos. Podía sostener uno con la derecha, pero no con la izquierda, ya que siempre que algo acababa en mi mano izquierda, terminaba inmediatamente en una de las cuatro esquinitas de la mesa de trabajo.

—Genial —resoplé y, acto seguido, intenté hacerlo sólo con un palo.

Pero lo único que acabé quemando fue el tiempo.

No podía frotar el palo contra nada. Lo único que podía hacer era golpear. En cierto momento, le pegué a un bloque de tierra de la pared de la choza y lo saqué de su sitio, dejando así que entrara mucha más luz, pero eso también me recordó que ya había transcurrido la mitad del día. Después de sellar de nuevo el agujero con más tierra, probé con la última opción que me quedaba: golpear un tablón de madera con el palo.

—Ufff... —resoplé, mientras el estómago me rugía y las heridas me ardían.

Me gustara o no, tenía que correr el riesgo de comer carne cruda. Ignoré a la otra gallina y contemplé con cautela el filete. ¿Acaso toda la carne sin cocinar no era segura o sólo la de las aves? «Lo que daría yo en estos momentos —pensé—, para que pasara por aquí un inspector de alimentos autorizado.»

Me acerqué la carne a la cara y la olfateé como un perro. Intenté imaginarme qué aspecto tenía la carne de vacuno en mi mundo, en las vitrinas de supermercados brillantes y fríos o humeando en un plato acompañada de unas verduras y un puré de papa. La imagen de un filete humeante cobró forma en mi mente y me pareció recordar que por dentro seguía siendo rosa, lo cual quería decir que no estaba hecho del todo.

Ese pensamiento provocó que otra sensación muy intensa emergiera de lo más hondo de mis entrañas. Pero esta vez no eran náuseas, sino tristeza. Sin querer, me acordé de lo poco que sabía sobre mí mismo.

¿Por qué no podía recordar nada que no fuera ese filete en un plato? ¿Por qué no me acordaba de la mesa, de la habitación, de las caras del resto de la gente que estaba disfrutando de la cena? ¿Estaba cenando con mis padres, con mis hijos, con mis amigos? ¿O estaba comiendo solo, como ahora?

Ese razonamiento me estaba llevando a un agujero muy profundo y oscuro y, por el bien de mi cordura, volví a centrarme en el aquí y ahora.

—Está bien —le dije a ese trozo de vaca muerta—. Por favor, no me hagas vomitar, ¿de acuerdo?

No diré que la carne de vaca era mejor que la de gallina; quizá sí un poco más dura, con una textura más áspera para la lengua. Y sí tenía un poco más de sabor. Pero lo que realmente importaba, por supuesto, era que no me enfermara y que todas mis heridas se terminaran de curar.

Aún no podía creer que poseyera este nuevo superpoder. ¿De verdad había estado a punto de estallar en pedazos hacía sólo unos minutos? ¿Cuánto tiempo habría tardado la medicina de mi mundo en curarme? ¿Cuántas horas de cirugía, semanas de cuidados intensivos y meses (quizás incluso años) de rehabilitación física habría necesitado para recuperarme? Por no hablar de todos los medios que se necesitarían para atenderme, las vendas y yesos y máquinas de la era espacial, y del ejército de profesionales muy bien formados necesarios para usar esos medios como es debido. ¿Y qué hay del dinero para pagar a esos profesionales? ¿Y si no hubiera tenido ese dinero?

Incluso mis prendas pintadas se habían arreglado milagrosamente ellas solas. Al mirarme los zapatos autorreparados, me acordé de la historia de un hombre que no tenía zapatos y que se dio cuenta de lo afortunado que era al ver a otro hombre que no tenía pies.

—Siéntete agradecido por lo que tienes —dije, a la vez que asentía hacia mis miembros curados.

«Grrr», gruñó mi estómago vacío, recordándome que, aunque volviera a estar sano, seguía teniendo mucha hambre.

—Pues vas a tener que esperar —le advertí, mientras contemplaba con desdén la gallina, cuyo huevo, por cierto, había logrado sobrevivir de algún modo a la explosión sin una sola grieta.

Las semillas, que habían sido la causa de toda esta experiencia cercana a la muerte, también habían sobrevivido al ataque del *creeper*. Las planté en una hilera detrás del primer cuadrado que había cultivado, con la esperanza de que esto no fuera una enorme pérdida de tiempo.

Mientras los últimos brotes se alzaban de la tierra cultivada, un repentino escalofrío me recorrió por entero. Alcé la vista hacia el sol, que estaba iniciando su descenso por debajo del borde oeste de la Colina de la Decepción. «Un día de estos —pensé, mientras me dirigía a la choza—, tengo que averiguar cuánto duran aquí los días.»

Me estremecí de nuevo bajo la sombra de la tarde, confuso ante ese repentino escalofrío. ¿Se estaba produciendo un cambio de estación? No había notado que la temperatura descendiera por la noche... Ninguna de estas hipótesis resultó ser cierta, pero aún tardaría un tiempo en comprender que estaba sufriendo los síntomas iniciales de la inanición.

Por un momento, me planteé la posibilidad de subir a la colina para gozar de la cálida caricia de los rayos del sol; además, tal vez podría divisar desde allí algunos más de esos elusivos manzanos.

Sin embargo, otro escalofrío me mantuvo donde estaba, uno cuyo origen era el miedo. Ya me habían sorprendido en campo abierto en dos ocasiones. Eso no iba a ocurrir de nuevo. Esta noche, me refugiaría en la choza mucho antes de que los monstruos merodearan por ahí. Hoy me había dado cuenta de que necesitaba un búnker a prueba de bombas. «Y yo que creía que éste iba a ser un gran día», pensé, mientras volvía deprimido a mi choza arrastrando los pies.

Para cuando saqué a golpes de su sitio varios bloques más de roca, la luz que entraba por la puerta estaba adquiriendo una tonalidad púrpura. Al igual que en la noche anterior, la oscuridad que reinaba en la cueva me obligaba a moverme con lentitud. En el plano racional, era consciente de que la mera oscuridad no podía lastimarme. Pero cuéntale eso a mi parte irracional. Este miedo no tenía nada de lógico. Era algo primario.

En cierto momento, pensé en apartar de un golpe un cuadrado del techo de madera de la choza para que así entrara un poco de luz de la luna. Entonces me imaginé esa zona iluminada oscureciéndose por culpa de un zombi o un *creeper* que se dejara caer literalmente por ese agujero. «Sigan —les dije a mis brazos, con los que no paraba de picar el suelo—. Caven más hondo, más fuerte, para que pueda estar más a salvo.»

Aunque había avanzado bastante, como excavar era una tarea muy monótona, me puse a divagar, y la oscuridad vacía se llenó de amenazas informes.

Noté que me iba poniendo cada vez más y más nervioso y que, a este paso, estaría histérico antes de que amaneciera.

—Tómate un descanso —dije al fin—. Fabrica algo, ve si puedes confeccionar alguna clase de arma.

Coloqué dos palos en el centro de la mesa de trabajo y probé a combinar las rocas de formas distintas. Esa pala, que ahora me era tan familiar, flotó delante de mí y luego el azadón y después el pico. Pero entonces, después de colocar tres bloques en L sobre la parte superior de los palos, vi la imagen de un hacha.

—Así igual mato dos pájaros de un tiro —asentí, a la vez que agarraba el arma que pendía en el aire—. A lo mejor vales tanto para cortar un árbol como para cortar el cuello de un zombi.

Me sentía bien al saber que ahora tenía algo con lo que defenderme, pero era mejor aún saber que mantener mi mente ocupada era la mejor posible defensa ante los tembleques.

Así que seguí fabricando en vez de cavando, y enseguida me alegré mucho de haber tomado esa decisión. Probé a usar sólo roca, para ver si podía fabricar una versión de la puerta que fuera de piedra a prueba de bombas. En vez de eso, lo que obtuve fue una caja gris muy vulgar con dos ranuras verticales en la parte frontal.

Supuse que tenía que ser otro elemento que me ayudaría a fabricar cosas, quizás un «actualizador instantáneo» que transformara las herramientas viejas en unas mejores. Coloqué una roca en la ranura superior y mi viejo pico de madera debajo. Súbitamente, la herramienta se desvaneció en un estallido de llamas naranjas y amarillas.

—¡Fue...! —acerté a decir, antes de golpearme la cabeza de nuevo.

Me eché a reír, hice la danza de la felicidad, pero sin dar saltos, y luego me incliné hacia ese brillo que me calentaba la cara.

—Fuego.

Ésta era la pieza final de la sagrada trinidad de la evolución humana. ¡Primero había aprendido a fabricar herramientas, luego había descubierto la agricultura y ahora poseía un trocito de sol! Sí, eso fue lo que salvó a nuestros ancestros de los fríos inviernos, lo que los protegió de los depredadores más fieros. Me imaginé a un grupo de cavernícolas peludos, sucios y agradecidos apiñados alrededor del reconfortante brillo del fuego, calentándose las manos y asando la comida.

«¡Asando!»

Este nuevo artilugio era un horno, en cuya ranura inferior se introducía el combustible mientras que en la superior se ponía lo que se necesitara calentar. Como cabía esperar, la roca que había colocado en la ranura de encima había vuelto a ser un monolito sólido.

Mientras el fuego se apagaba, tomé el bloque con cuidado, dispuesto a soltarlo antes de que me quemara la mano. Pero no hizo falta que lo hiciera. Otra rareza de este mundo era que los objetos se enfriaban en el mismo momento en que abandonaban el horno.

—Y ahora la prueba definitiva —dije, a la vez que ponía la última gallina cruda sobre la ranura superior con un tablón de madera fresca debajo. Una vez más, y sin nada que las prendiera, las rugientes llamas cobraron vida. El pequeño refugio se llenó de los ruidos y olores propios de la grasa hirviendo. Saqué el ave totalmente asada incluso antes de que las últimas llamas se extinguieran—. Mmm —gemí entre un bocado salado y jugoso y otro—. Mmm-mmm-mmm...

Luz, calor y ahora comida cocinada.

—¿Sabes qué? —añadí, arrojando unos cuantos tablones más al horno—. Al final, ha resultado ser un día realmente bueno.

6

Exceso de confianza

La gallina estaba deliciosa, pero no me llenó del todo.

—Te toca —le dije al huevo, a lo cual el huevo podría haber contestado: «Eso te crees tú».

¿Has oído alguna vez la expresión: «No se puede hacer un omelette sin romper unos cuantos huevos»? Bueno, pues la versión de este mundo era: «No se puede hacer un omelette». Punto.

No puedes meter el huevo en el horno. No puedes romperlo golpeándolo con el borde de un cuenco. Ni siquiera puedes pisarlo; aquí no se puede andar pisando huevos. Como último recurso, probé a lanzarlo al aire para pegarle con un palo. Sin embargo, antes de que pudiera darle, el increíble huevo incomible voló por la estancia, se estrelló contra la pared y se desintegró como si fuera un montón de hierba alta.

—Genial —refunfuñé justo cuando el fuego se apagaba.

La oscuridad regresó, acompañada de todos mis miedos irracionales. Al escrutar el interior de la ranura inferior del horno, vi que aún había ahí unos cuantos tablones de madera sin tocar. ¿Por qué no ardían? ¿Acaso el horno sólo funcionaba cuando tenía algo que calentar? Temblando por el frío y los nervios, busqué en mi cinturón alguna otra cosa que quemar. Lo primero que agarré resultó ser un bloque de arena.

Por suerte, el horno aceptó mi ofrenda, proporcionándome luz, calor y, unos segundos más tarde, un artilugio moderno totalmente nuevo. Debería haberme imaginado qué era lo que estaba fabricando. En mi mundo, eso estaba por todas partes; en todos los edificios, en todas las casas, en todos los vehículos, incluso en los ojos de la gente para ayudarla a ver mejor. Era uno de los componentes más importantes de la civilización humana y no tenía ni idea de cómo se fabricaba. Hasta que no saqué ese bloque transparente y liso del horno, no me di cuenta de que, si calientas arena, obtienes cristal.

—Seré imbécil —murmuré, abriendo un agujero de un puñetazo en la pared, donde coloqué el cubo transparente—. ¿Alguna vez te preguntas de dónde sale cualquier cosa?

Qué cosa tan asombrosa es una ventana. Te permite contemplar el mundo exterior, a la vez que te brinda la seguridad de que ese mundo no podrá entrar. Al menos, esperaba que eso fuera así. En las historias de zombis de mi hogar, ¿la gente no solía colocar tablones de madera en las ventanas en cuanto veían a los muertos vivientes? ¿Tendría que hacer eso mismo cuando mis propios cadáveres cúbicos aparecieran?

Por ahora, no oía a ningún muerto viviente, ni tampoco veía a ninguno a través de mi nueva ventana que daba al sur.

Fue entonces cuando me di cuenta de que la había colocado en el lado equivocado. Mi huerto, lo único que merecía la pena ver, se hallaba al norte de mi choza. Me puse a darle puñetazos al cristal, con la esperanza de que se saliera de su sitio y se quedara flotando en el aire como todos los demás bloques, pero en vez de eso, se hizo añicos como el huevo.

—Uy —dije—. No hay problema, tengo toda una playa repleta de arena ahí afuera.

Si hubiera sido más cauto o asustadizo, o incluso sólo un poco más paciente, habría tomado la decisión más inteligente y habría esperado al amanecer.

Pero ¿lo hice?

Esa noche me había ido todo tan genial, había conseguido tantas victorias (fuego, comida cocinada y ahora cristal para las ventanas) que, por primera vez desde que había llegado a la isla, sentía que tenía la situación totalmente bajo control. Me estaba dejando llevar por el exceso de confianza, y eso fue lo que hizo que acabara en un aprieto.

«Voy a fabricar una antorcha —pensé, alzando un palo hacia el horno—. A los monstruos debe darles miedo el fuego.

Cuando el palo se negó a prenderse, debería habérmelo tomado como una señal y haber reflexionado.

Pero ¿lo hice?

«La luz que sale de la choza tiene que bastar para mantenerlos a raya», razoné, mientras salía sin prisa para caminar por la orilla iluminada por la luna. Con la pala en la mano, intenté silbar con esos labios finos y planos que tengo; cegado por mi arrogancia, me moría de ganas de cometer toda clase de errores.

Y cometí una barbaridad de ellos.

En vez de ponerme a cavar cerca de la puerta, escogí un lugar situado a medio camino de la pendiente de la playa. En vez de coger unos cuantos cubos y volver a todo correr, seguí cavando hasta que acabé enterrándome en un agujero. En vez de mantener los ojos y los oídos bien abiertos (mucho después de que el fuego se apagara en la choza, he de añadir), me perdí en mis ensoñaciones sobre todas las cosas alucinantes que podría construir con el cristal. Un tragaluz, unas ventanas envolventes o incluso un invernadero si lograba sacar bastante arena de ahí.

—Sssp.

Un siseo nítido y estridente me sacó de mis ensoñaciones nocturnas. Me quedé paralizado y miré hacia arriba.

—¡Sssp!

Volví a oírlo y, aterrado, se me hizo un nudo en el estómago al recordar lo que era. Era el mismo sonido desagradable que había oído mi primera noche en el bosque, cuando había visto aquellos ojos terribles.

Y aquí estaban de nuevo, clavándose en mí: un conjunto de rubíes pequeños y relucientes incrustados en una bestia negra de ocho patas del tamaño de una vaca.

«¡Una araña!»

Antes de que pudiera huir, moverme o pensar, saltó hacia el interior del agujero donde me hallaba. Unas mandíbulas que se abrían y cerraban sin parar intentaron destrozarme el pecho. Me caí hacia atrás y solté la pala. La araña se abalanzó sobre mí. La esquivé. La bestia se giró para lanzar otro ataque mientras yo gateaba frenéticamente intentando salir de la fosa.

—¡Sssp!

Noté unas patas que me arañaban por detrás y ascendían a toda velocidad.

El hacha... estaba en la choza... ¡Estaba muy lejos!

—¡Sssp!

Noté un mordisco en la pierna... y sentí dolor... miedo...

Busqué algo en el cinturón, cualquier cosa... ¡Pero sólo hallé arena!

Quizá si pudiera construir un tejado, si pudiera dejarla atrapada bajo tierra... Llegué a la parte superior del agujero, con la araña pisándome los talones. Me giré, la golpeé con un bloque de arena y luego coloqué ese bloque en el borde del agujero. Pero la arena no se quedó pegada, sino que se cayó.

—¡Sssp! —siseó el depredador cuando el cubo café le golpeó en la cabeza.

Coloqué otro bloque y luego otro y otro más, pero todos se cayeron. La araña siseó furiosa porque cada vez le costaba más moverse, sepultada por más y más escombros. No sabía si le estaba haciendo algún daño o no; simplemente, quería mantenerla enterrada el tiempo suficiente para que yo pudiera escapar. La bestia rugió, y yo seguí en lo mío. Parpadeó con un color rojizo, y yo seguí en lo mío. Ese cazador surgido de una pesadilla lanzó un iracundo siseo final y luego desapareció envuelto en una nube de humo blanco.

Durante un momento, me quedé mirando incrédulo, jadeando mientras se me curaban las heridas, me rugía el estómago y mi mente asimilaba una nueva revelación: pecar de exceso de confianza puede ser tan peligroso como carecer de ella.

Temblando por el efecto de la adrenalina, recorrí rápidamente con la mirada todo cuanto me rodeaba en busca de más criaturas. Pero nada se movía en la playa, la colina o el mar. Bajé corriendo por la fosa para recuperar la pala y, mientras salía de ella, noté que algo se me metía de un salto en la mochila. No supe lo que era hasta que estuve de vuelta sano y salvo en mi choza y arrojé los bloques de arena que me quedaban al fuego.

La araña me había dejado un regalo de despedida: una hebra corta y pegajosa. Examiné el hilo unos segundos, intentando pensar en qué uso podía darle mientras el último tablón que había en el horno se quemaba por entero.

—¡Ay, mierda! —exclamé, y fui al arcón para agarrar más madera. Me di cuenta de que no quedaban muchos tablones, no si los comparábamos con todos los retoños inútiles que había guardado junto a ellos. Entonces se me ocurrió lo que creí que era una idea brillante.

Metí esa docena, más o menos, de miniárboles verdes en el horno, y todos ardieron al instante. «Tú sí que sabes cómo aprovechar tus recursos al máximo», pensé con una sonrisa jactanciosa. Creía que estaba siendo muy inteligente. No tenía ni idea de que estaba provocando lo que acabaría siendo una auténtica tragedia medioambiental que, más tarde, se volvería en mi contra. Esa noche, mientras esos pequeños retoños verdes crepitaban y ardían con una luz intensa, no pude haberme sentido más encantado de haberme conocido.

—Misión cumplida —dije a la vez que alzaba mi pico con punta de piedra. Ahora que tenía luz, pude permitirme el lujo de ponerme a pensar en qué aspecto quería que tuviera la habitación una vez acabada. Dada mi altura y el espacio que necesitaba para los artilugios más modernos (la mesa de trabajo, el arcón y el horno), me imaginé una zona de siete por siete bloques, con un techo más alto que me permitiera saltar cuando hiciera la danza de la victoria. Esa noche, tenía muchas ganas de hacer ese baile.

Sin embargo, la montaña rusa emocional en la que estaba embarcado volvió a ir hacia abajo poco más de un minuto después cuando el horno chisporroteó y se apagó.

—¿Tan pronto? —refunfuñé al ver que los retoños ya se habían consumido por entero. Había metido muchos en el horno y, sin embargo, habían durado quizás una tercera parte de lo que había durado la madera. «Pongamos toda la carne en el asador —pensé, mientras arrojaba al fuego el resto de los tablones—. Mañana podré talar más árboles —pensé—. Ahora mismo, lo que necesito es luz.»

Aquí la palabra clave era «necesito». Había empezado la noche dominado por un abrumador temor a la oscuridad, pero ahora, tras haber sido atacado por la gigantesca araña y haber descubierto cómo hacer fuego, ya no podía dejar que la noche volviera a entrar en la choza.

Lo que sucedió a continuación fue una especie de carrera a contrarreloj, plagada de una tensión sudorosa y frenética, para mantener iluminado mi refugio. Al principio, pensé que me las estaba arreglando bien, hasta que el último trozo de arena se fundió para convertirse en cristal.

«Las rocas», pensé, al acordarme del primer material que había empleado para descubrir cómo hacer fuego. Me daba igual que después de calentarlo obtuviera el mismo material del que ahora intentaba deshacerme, ya que era ese proceso lo que me mantenía calientito y a salvo. Pero justo cuando acababa de lograr que el fuego prendiera, los últimos tablones se apagaron.

—¡Más madera! —susurré entre dientes, al mismo tiempo que dirigía la vista hacia el techo, hecho de tablones y losas.

A toda velocidad, separé con un muro el búnker de la choza y me puse a cortar la madera del techo de esta última. No quise pensar en qué pasaría si una criatura descubriera que me encontraba tan expuesto. ¡Necesitaba más madera, más luz!

Pero lo que realmente necesitaba era superar ese bajón y acordarme de ese mantra que decía que el pánico ahoga la razón, así como de uno nuevo que se aplica a todo lo demás: la inteligencia no sirve para nada si uno no la usa cuando está bajo presión. Avivé el fuego de la ranura inferior del horno y fui corriendo a agarrar más rocas para meterlas en la parte superior. Tuve que hacer ambas tareas a la vez sin desatender ninguna de ellas.

¿Cuánto tiempo quedaba para que amaneciera?

El último tablón crepitó y se apagó. Desesperadamente, busque en mi mochila algo que quemar. Arrojé las trampillas, las puertas, ese cacharro delgado y plano que parecía una placa de presión, incluso el botoncito de apretar, que no duró más que unos pocos segundos.

Entonces eché al fuego las herramientas. «Sólo las de madera —prometí—. De todas formas, no las necesito.» Pero en cuanto se consumieron, arrojé las de piedra. Ahí acabaron primero la pala, luego el azadón y por último el hacha, para alimentar las llamas menguantes, así como mi paranoia, que no paraba de crecer.

Irónicamente, fue esa paranoia lo que evitó que lanzara los dos últimos objetos de madera que me quedaban: un par de palos normales. Como mi pico de punta de piedra, desgastado y agrietado, parecía estar a punto de romperse, pensé que, en breve, tendría que fabricarme otro para poder extraer más rocas con las que alimentar el horno.

«Habrá que ver qué se consume primero —pensé, mientras picaba la pared posterior del búnker—. Si se apagan primero las llamas, usaré los palos. Si el pico se rompe, entonces...»

El fuego se apagó. La oscuridad regresó. Pero en el último segundo en que la luz se desvanecía, a la vez que el último bloque de piedra salía volando de la pared, me pareció ver algo diferente ahí detrás. ¿Eran unos puntos negros incrustados?

Seguí picando a ciegas, hasta que oí el crujido de un golpe certero. Pero esta vez no voló una nueva piedra hasta el interior de mi mochila, sino que obtuve un trocito de un material duro y negro.

No me resultaba familiar, no me recordaba a nada, al contrario de lo que me había sucedido al oler el primer bloque de tierra. Se trataba de un recuerdo más lejano, era como si hubiera oído hablar de esta sustancia, pero nunca la hubiera visto de cerca.

¿Se trataba de un recurso natural que mi gente había extraído de la tierra durante siglos? ¿No había suscitado mucha controversia, porque era sucio y peligroso, pero también abundante y barato? No era petróleo. El petróleo era líquido. Esto podía ser...

—¿Carbón? —le pregunté a aquel trozo—. ¿Eres carbón?

Lo coloqué en la ranura inferior del horno y me retiré a la vez que el aparato se encendía de inmediato.

—No sé si lo eres o no —dije con una amplia sonrisa—. ¡Pero bienvenido seas!

Gracias a la luz que me proporcionaba, pude volver corriendo al punto de extracción original, donde hallé un bloque idéntico con motas negras. Cogí ese nódulo y regresé a toda velocidad al horno.

Aunque no me habría hecho falta, ¡puesto que el primer carbón seguía ardiendo y ardiendo sin parar! A ese ritmo, duraría cinco veces más que la madera normal. «Y se encendió solo, sin necesidad de cerillos.» Esa última reflexión me llevó a pensar que tenía que fabricar otra antorcha.

Por suerte, aún tenía esos dos palos para fabricar un pico de repuesto. Sostuve uno en alto en dirección hacia el horno, como había hecho antes esa noche. Con suerte, estas llamas más brillantes y calientes, alimentadas por el carbón, serían capaces de conseguir lo que el fuego menos intenso alimentado por la madera no había podido lograr.

Sin embargo, al igual que antes, no logré que el palo se encendiera.

Sí, se me había agotado la suerte, pero no las ideas. Me detuve a pensar en las reglas de este mundo sobre cómo se combinaban los materiales. Entonces coloqué un palo en el cuadrado central de la mesa de trabajo y luego puse encima el segundo trozo de carbón.

—¡Allá vamos! —exclamé, y cuatro antorchas de gran tamaño y con forma de cerillo saltaron hasta mi mano—. ¡Hágase la luz!

Me sentí como si fuera la persona más inteligente del mundo (lo cual podría ser cierto si en este mundo no hubiera nadie más que yo) y, exultante, me acerqué de un salto al horno que aún ardía y aproximé una antorcha a las llamas.

Y una vez más...

Bueno, ya te lo imaginas.

—Grrr —gruñí, en un tono que habría hecho sentirse orgulloso a cualquier zombi—. ¿Qué fue lo que pasé por alto?

Sabía que la antorcha tendría que acabar ardiendo, ya que este mundo no permitiría que las cosas fueran de otra manera, ¿verdad? Tenía que despejar la incógnita de esa ecuación; tal vez necesitara algún tipo de encendedor que aún no había aprendido a fabricar.

—O a lo mejor no necesito ningún artilugio nuevo —dije, recordando mi experiencia con el azadón—. Quizá deba usar de otra forma lo que tengo.

Pensé que, teniendo en cuenta cómo funcionaba el fuego en mi mundo, tal vez no le había dado tiempo suficiente a la antorcha para prenderse. Al igual que había hecho con los palos, la había metido en las llamas sólo unos segundos. Quizá necesitaba estar un poco más ahí dentro.

Intenté de nuevo acercar esa especie de garrote cuya punta era de carbón al horno, y esta vez conté sesenta segundos enteros. «¿Tal vez necesite más?», me pregunté, pero me di cuenta de que se me agotaba el tiempo porque las llamas se apagaban. No me podía quedar más de un minuto. Tendría que aprovechar esa luz tan valiosa para extraer más carbón. Tomé el pico y decidí, en ese mismo momento, colocar la antorcha sobre el suelo, cerca del horno. Quién sabe, tal vez el calor que irradiaba acabara encendiéndola. Aunque era una posibilidad muy remota, era mejor que dejarla en el cinturón.

En cuanto coloqué la antorcha junto al horno, chisporroteó y se encendió luminosamente.

—¿Qu-qué...? —balbuceé mientras alargaba el brazo hacia la pequeña llama humeante.

La antorcha se apagó en cuanto la agarré y, a continuación, se encendió cuando la volví a colocar en el suelo.

—¿Cómo? —pregunté incrédulo, a la vez que la levantaba y la pegaba en la pared, lo que provocó que chisporroteara de nuevo. ¿Cómo podía entrar una antorcha en combustión espontánea cuando se la dejaba en un sitio y luego apagarse y encenderse como una linterna?

La única respuesta que tenía era aceptar que el hecho de que esas reglas no tuvieran sentido para mí no quería decir que no tuvieran ningún sentido.

¡Y, en esta ocasión, no podía sentirme más feliz de que eso fuera así! No sólo las antorchas se encendían en cualquier lugar donde las dejara, no sólo se apagaban cuando las quitaba de ese lugar, no sólo no tenía que preocuparme de si me iba a quemar o no porque no desprendían calor, sino que su característica más práctica, espectacular y completamente absurda era su capacidad de arder eternamente.

Ya me oíste. ¡Eternamente!

¡Olvídate de la física, olvídate de la lógica, e-ter-na-men-te! Mucho después de que se enfriara el horno, observé que seguían manteniendo el búnker tan iluminado como si fuera de día.

«Estoy bastante seguro —pensé asombrado—, de que esto es algo que no pasa en mi mundo.»

Quizás en mi hogar eso mismo podía parecer igual de sencillo, ya que con sólo apretar un interruptor, uno tenía luz y podía centrarse en sus cosas, pero para que ese interruptor funcionara tenía que haber una central eléctrica en alguna parte que extrajera energía de alguna clase de combustible almacenado. Incluso las energías renovables de las que recordaba haber oído hablar necesitaban una fuente natural: el sol, el viento o las olas. Pero aquí no hacía falta. Con estas antorchas, no. Sí, iba a necesitar más carbón para fabricar más antorchas, pero en cuanto las hiciera, ¡arderían durante tanto tiempo como las estrellas!

—¡Se acabó la oscuridad! —canturreé—. ¡Se acabó la noche! —hice la danza de la victoria, brinqué y di vueltas por mi escondite—. Se acabó la oscuridad, se acabó la noche, se acabó el terror, se acabó el mie...

Me detuve ante la puerta del búnker, parpadeando por culpa de la luz diurna que ahora entraba por ella.

—¡Ja! —me reí felizmente entre dientes, al reparar en que mi batalla nocturna se había prolongado hasta bien entrado el día.

Salí al patio amurallado de mi choza demolida a medias. Miré primero hacia el lugar donde había estado la puerta de madera antes de quemarla en medio de mi ataque de locura, y luego contemplé el sol con los ojos entornados. Hasta ese momento, no me había percatado de que este mundo me dejaba mirar directamente al sol sin lastimarme los ojos. No pude evitar tener la sensación de que debía haber alguna razón que lo justificara.

—No te preocupes —le dije a ese cálido cuadrado cuya presencia era bienvenida—. Esta noche, no te voy a necesitar.

Volví al interior de la choza, di un puñetazo a una antorcha colocada en la pared para que acabara en mi mano y, a continuación, salí con ella.

—Ya puedes descansar tranquilo —le aseguré, sosteniendo en alto la antorcha hacia el sol—. Ya no tendré más miedo a la oscuridad.

7

En la vida, hay que ir paso a paso

Mientras contemplaba sonriente el sol, mi estómago me hizo volver a poner los pies en el suelo. Aunque aún no tenía hambre, ya me había comido todo lo que me quedaba, por lo que la búsqueda de víveres tenía que ser el objetivo del día de hoy.

Las primeras semillas que había plantado estaban más altas que las demás; no por mucho, pero sí lo bastante como para que intentara recolectarlas. La gente comía brotes, ¿no? Brotes de alfalfa, brotes de soya, a lo mejor había ahí algún nuevo tipo de...

No logré concluir esa reflexión. En el mismo instante en que toqué los brotes, volvieron a ser semillas.

«Okey —pensé, mientras las colocaba de nuevo en el suelo—, sólo necesitan un poco más de tiempo, no pasa nada. Aún tiene que haber más manzanos —razoné, a la vez que subía la colina—. Aún no me pongo a buscarlos en serio.» Alcé la cabeza por encima de la cima y me topé cara a cara con otra araña gigante.

—¡¡Aaah!! —grité ahogadamente, al mismo tiempo que saltaba hacia atrás de un modo instintivo. Caí por la colina descontroladamente, reboté en una roca, oí un chasquido atroz y me estampé violentamente contra la arena de allá abajo.

Sentí un dolor muy grande en la pierna mientras cojeaba hacia el búnker en busca de protección. «Esto no puede ser —pensé, cerrando con fuerza la puerta a mis espaldas—. Pero si es de día.»

Miré a través del resquicio de la puerta, a la espera de la irrupción repentina de un montón de patas y ojos. Pero eso no sucedió. Abrí la puerta, nervioso, y, tras mirar en todas direcciones, me atreví a dar un vacilante paso afuera.

Ese primer paso me aterró aún más que cualquier araña. Todavía me dolía el tobillo. Mi poder de hipercuración no estaba funcionando.

Aunque, claro, debería habérmelo imaginado, puesto que tenía el estómago vacío, pero ver que no funcionaba era algo aterrador. La inquietud me dominó al ser consciente de lo que ocurría. Ahora sólo era un mero mortal. Cualquier herida grave, cualquier accidente o ataque de un monstruo, podría suponer mi fin. Intenté apoyarme en la pierna herida. Las uñas al rojo vivo del dolor se me clavaron en el tobillo.

¿Qué iba a hacer ahora, si no podía dejar atrás a la araña, si con sólo uno de sus feroces mordiscos podría acabar conmigo? No obstante, si me quedaba donde estaba, si no comía, si no me curaba, también acabaría muerto.

Tomé mi pico machacado y prácticamente roto y, armándome del poco valor que aún me quedaba, salí cojeando con cautela y me dirigí a la playa.

Nada se movía en la colina. Escuché con atención, por si oía el siseo familiar del arácnido. Pero reinaba el silencio. Esta vez, en lugar de volver a subir por el acantilado, pensé que quizá sería más seguro rodearlo a nado.

Nadé de perrito lentamente, hasta dejar atrás la pendiente sur, con la mirada clavada en la cima. Cuando ya había rodeado la mitad de la colina, divisé las puntas de dos patas negras. Me quedé helado y, acto seguido, me mantuve flotando en el agua lo más silenciosamente posible. La araña se arrastró de un modo espantoso hasta quedar a la vista, con sus antenas de color rojo cereza clavadas en mí.

Retrocedí a nado, dispuesto a dirigirme a mar abierto. Si esa criatura no sabía nadar, a lo mejor podría tener la oportunidad de volver sobre mis pasos hasta llegar a la otra parte de la isla. Había dado ya unas cuantas brazadas cuando me di cuenta de que el arácnido no me perseguía. Por un momento, nos quedamos paralizados, intercambiando miradas en silencio. No cabía duda de que me estaba viendo, entonces, ¿por qué no me atacaba?

¿La cegaba la luz o se lo impedía alguna otra cosa relacionada con el hecho de que fuera de día? ¿Acaso las arañas sólo eran hostiles de noche? Seguimos mirándonos unos cuantos segundos más y entonces esa atrocidad de ocho patas se movió y desapareció. No hubo fuego ni humo. Un segundo antes había estado ahí y al siguiente se esfumó.

Regresé nadando a la orilla, mientras una avalancha de preguntas irrumpía en mi mente. ¿Por qué había desaparecido sin arder? ¿Por qué no se había mostrado amenazadora bajo la luz diurna? ¿Y por qué había logrado sobrevivir bajo la luz del día después de que todos los zombis se quemaron?

Volví renqueando a la playa del sur mientras me preguntaba si los *creepers* duraban aún más que los zombis y si esa era la razón por la que uno de ellos había estado a punto de matarme. Escruté la densa línea que conformaban los árboles, para cerciorarme de que ninguno de ellos fuera una de esas criaturas con motas verdes. Por suerte, no vi a ningún *creeper*, pero sí me percaté de lo oscuro que era ese bosque sombrío. ¿El *creeper* podía haberse refugiado ahí para protegerse del sol?

Si era así y si había otros monstruos escondiéndose bajo esas hojas, ése sería el último lugar al que iría a buscar comida. Fui cojeando hacia el oeste, recorriendo toda la orilla sur, en busca de marisco o incluso de algas. La playa era un yermo absoluto. Por primera vez fui consciente de que, aparte de aquel calamar siniestro, no había visto ningún pez, ni ballenas ni focas ni ningún otro ser acuático.

Al doblar el extremo de la garra sur de la isla, vi que el agua de la laguna estaba tan desprovista de vida como el mar abierto. Atravesé chapoteando su suave fondo de lodo y ascendí hasta la garra norte, desde donde contemplé la playa y divisé una planta que nunca antes había visto.

Tenía varios tallos (tres, en concreto), que eran altos y de un verde claro, que brotaban de la misma arena junto al mar.

—¡Eso es bambú! —exclamé, acercándome dando unos dolorosos saltitos. La gente comía bambú, ¿no? Algunos menús incluían los brotes de bambú... Si ésta era la versión madura de esa planta, seguramente podría averiguar cómo podría replantarla para poder comerme luego los brotes.

Me bastó con darle un golpe en la sección inferior para que cayera todo el tallo, al contrario de lo que me había pasado en su momento con los árboles. Agarré con la mano izquierda los tres segmentos y, en la derecha, se formó una imagen en la que vi un montón de granos blancos.

—Es azúcar —afirmé con alegría—. Esto no es bambú, sino caña de azúcar.

Tras los múltiples fracasos que había sufrido con el huevo, debería haber esperado en cierto modo que esta nueva comida no quisiera ser comida.

—De acuerdo, como quieras —le espeté enfurruñado, al mismo tiempo que metía el montón de granos y los dos tallos restantes en la mochila—. De todas formas, eres muy malo para los dientes.

Como intentaba mantener una actitud positiva, me pregunté si el azúcar todavía podría serme útil si lo combinaba con otro ingrediente... pero ¿cuál? No podía ver nada más que me recordara remotamente a comida. Ahí no había ni bayas ni setas. Ni siquiera había gusanos o bichos y, créeme, en el estado en que me hallaba, me los habría zampado con mucho gusto.

Hasta intenté mordisquear algunas de esas flores rojas y amarillas que crecían en los confines del bosque. Pero no sólo se negaron a que me las comiera, sino que, cuando las sostenía con la mano izquierda, se me presentaba la opción de convertirlas en un tinte inútil.

—¿Qué más podría ir mal? —gruñí, justo cuando se puso a llover—. Esto me pasa por hablar —añadí abatido. Esa llovizna cálida reflejaba perfectamente mi estado de ánimo.

Nervioso, crucé el bosque cojeando sin dejar de mirar para todos lados. Procuré prestar atención a los propios árboles y no pensar en lo que podría acecharme detrás de ellos. Tener que pasar por el cráter que por un pelo no se había convertido en mi tumba no ayudó precisamente a subirme el ánimo.

Era raro que no se hubiera llenado ya de agua, a pesar de que un riachuelo fluía hasta su interior de forma constante.

—Aquí hasta el agua actúa de un modo extraño —mascullé, y seguí avanzando en busca de un manzano.

Pero no lo encontré. Los únicos árboles que continuaban creciendo en la isla tenían unas hojas de una tonalidad apagada y una corteza blanca y negra que recordaba a la de los abedules. No pude dar con un solo manzano, a los cuales ahora llamaba «robles» porque ya no quería pensar en manzanas. Siempre había dado por sentado que tenía que haber al menos un roble más enclavado en algún lugar del bosque. Me imaginaba, esperaba, que si no lo había encontrado era porque no había buscado con suficiente ahínco.

Como me había quedado sin excusas, ya no tuve más remedio que seguir hacia delante. «A lo mejor estos abedules dan fruto —me dije, al mismo tiempo que agarraba unas pajas, las cuales, por cierto, también me habría intentado comer si hubiera podido—. A lo mejor dan nueces o bellotas... o algo.»

Me dejé llevar tanto por una desesperación cada vez mayor que acabé dando puñetazos a unos cuantos bloques del árbol más cercano, los cuales saqué de su sitio. Después fabriqué una mesa de trabajo y un hacha de piedra, y, como un loco, empecé a golpear con ella los abedules de alrededor, tanto los troncos como las hojas.

Sin embargo, no cayó nada, salvo más leños y un retoño de motas blancas.

—No pasa nada —dije, intentando mantener la calma—. Quizás esta especie dé menos frutos. Nada más; sólo tengo que seguir buscando.

Me metí los leños en los bolsillos y coloqué el retoño inútil en el suelo. Di un grito de sobresalto cuando, de repente, creció justo delante de mí. Talar ese árbol resultó igualmente infructuoso.

—Quizás éste —gruñí, dándome la vuelta hacia el siguiente abedul— o quizás este otro —la frustración dio paso al miedo mientras me abría camino a hachazos por el bosque—. Éste —jadeé, a la vez que atravesaba otro árbol hasta la mitad; justo en ese instante, mi hacha se partió. Volví a la mesa de trabajo, olvidándome por completo del dolor que sentía en la pierna lastimada.

Noté unos pinchazos agónicos en el tobillo y me desplomé sobre el árbol a medio talar, conteniendo las lágrimas, esperando que ese dolor palpitante cesara. Podía lidiar con la herida, pero no con el dolor. ¿Acaso alguien habría podido si se sintiera así todos los días en todo momento? ¿Cómo no te ibas a volver loco? ¿No era ésa la razón por la que en mi mundo había estanterías enteras llenas de una amplia variedad de calmantes? Aunque no te curaran, al menos te sentías mejor, y ahora mismo eso era lo único que quería.

—Haz que pare —susurré—. Por favor. Por favor, haz que pare.

—Cloc, cloc, cloc —se oyó cacarear a una gallina que se acercaba.

—Vete de aquí —grité, indicándole con la mano a ese incordio de ave que se marchara.

Ella alzó la vista hacia mí un segundo, puso otro huevo irrompible y luego picoteó testarudamente la hierba que tenía a mis pies.

—¡Que te esfumes! —exclamé al tiempo que agitaba las manos justo delante de su cara.

Era lo que menos me hacía falta en esos momentos, no quería ver cómo comía otra criatura, no quería que me recordara lo delicioso que sabía el pollo frito.

—¡Lárgate ya, hablo en serio! —le ordené, y me acerqué arrastrando los pies hasta la mesa de trabajo.

Pero continuó siguiéndome, picoteando, mientras su cacareo resonaba en mis tímpanos.

—¡Vete! —grité, golpeándola en el pico.

—¡Clag! —graznó el ave, que se alejó a todo correr parpadeando con un color rojo.

—No pretendía... —acerté a decir, notando que la culpa reemplazaba rápidamente la ira.

—Muu —oí mugir afablemente a mi derecha. Miré a los ojos a esa vaca tan familiar. En ellos, en su cara serena, hallé la calma que necesitaba.

—Lo sé —suspiré—. Tengo que recobrar la compostura.

—Muu —corroboró el animal.

—No debo olvidar —proseguí— que nadie se ha muerto nunca por haberse torcido el tobillo y que, si los brotes crecen hasta convertirse en comida, podré curármelo con ellos.

Una vez más, la vaca lanzó un grato «Muu».

Pude notar que me serenaba, que mi respiración recuperaba un ritmo normal.

—Aquí estoy, actuando como el primer día cuando, bueno, mira todo lo que he avanzado desde entonces. No debo olvidar todos los avances que he hecho ni la promesa que te hice el día que casi me pierdo en el mar.

—Muu —replicó ella, lo que me llevó a corregirme al instante.

—Está bien, quizá no fueras tú, quizás estuve hablando con tu amiga, aquella a la que mató el *creeper*... Por cierto, siento haberme comido ese filete, pero, ya sabes, tenía hambre y como ya estaba muerta... Bueno, no importa, volvamos a lo de la promesa.

Caminé de un lado a otro, como había hecho el primer día que me topé con la vaca, aunque esta vez arrastrando los pies exageradamente.

—Me dije a mí mismo que tenía que descubrir qué reglas regían este mundo, pero ahora entiendo que tengo que ir más allá. Tengo que dar con unas reglas que rijan mi propio comportamiento.

—¿Muu? —me preguntó mi bovina compañera, que me inspiraba a ser mejor.

—No, no me refiero únicamente a las lecciones que he estado aprendiendo —contesté— ni a concebir una gran estrategia como hablamos en su momento. Necesito establecer un método con el que pueda implementar esa estrategia; una disciplina detallada, con unos pasos definidos, que me permita realizar cada tarea individual.

Me detuve y me giré, apoyándome en el talón que no me dolía.

—Sé que eso no son más que palabras grandilocuentes, pero todo se reduce a que debo saber no sólo qué tengo que hacer, sino cómo voy a hacerlo.

—Muu —comentó la vaca, que por fin entendía lo que le estaba diciendo.

—¿No es así como la gente se las arregla en la vida en mi mundo? —inquirí—. Se levantan todos los días sabiendo cómo van a encarar la nueva jornada. Sí, eso es lo que necesito.

Mientras la vaca hacía un rápido paréntesis para pastar, yo seguí pontificando.

—Y lo primero que debo hacer es definir cuál va a ser nuestra estrategia. Primero hay que cubrir las necesidades básicas, ¿no? Comida, cobijo, seguridad. Bueno, tengo cobijo y comida... bueno, me acabo de dar cuenta de que no queda nada para comer en esta isla, aparte de unos brotes que necesitan tiempo para crecer. Pero ¿seguridad? —elevé mi pie herido—. La razón por la que estoy tan histérico por el tema de la comida es porque ya no puedo hipercurarme, pero no necesitaría ese poder si supiera más sobre las criaturas que pueden lastimarme.

—Muu —dijo la vaca, lo cual interpreté como «Okey, te apoyo en este aspecto, pero ¿eso qué tiene que ver con tu nuevo método de hacer las cosas?».

—A eso iba —respondí—. Si pudiera estudiar esas criaturas desde un lugar seguro y descubrir de dónde vienen, cómo cazan y cuánto tiempo son capaces de sobrevivir una vez que el sol ha salido, sabría cómo evitarlas durante el tiempo necesario para poder conseguir comida.

En ese momento, dejó de llover. Alcé la mirada al sol y luego la bajé hacia la colina; después volví a contemplar a la vaca.

—Descubrí cómo fabricar cristal, así que ¿qué pasaría si construyo otra habitación en este lado de la colina para poder estudiar, seguro y a salvo, esas criaturas? Ahí —sostuve el puño en alto de manera triunfal— es donde el método, o el «camino», entraría en juego.

—Bee —baló la oveja blanca, mientras se nos acercaba sin prisa.

—¿Se lo explicarás? —le pregunté a la vaca, y me dirigí a la colina cojeando. Detrás de mí, pude oír el confuso «bee» de la oveja y el exasperado «muu» de la vaca.

—Debo ir paso a paso —grité, mirando hacia atrás—. En la vida, hay que ir paso a paso.

8

El camino

Estuve pensando en cómo se fabricaban objetos en este mundo, en cómo ese proceso podía tener tanto una vertiente física como mental.

Para cuando volví nadando a la playa, tenía tres pasos muy claramente definidos:

PLANEAR: ¿Qué quiero hacer? (Concretándolo hasta el más mínimo detalle.)

PREPARAR: ¿Qué necesito (herramientas y materiales) para que mi plan funcione?

PRIORIZAR: ¿Qué tengo que hacer primero para poder hacer todo lo demás?

Seguí este «camino» para crear lo que pronto acabaría llamando la «sala de observación».

El plan inicial consistía en construir una pequeña cámara en la base de la pendiente oeste de la colina, con una pared exterior hecha de bloques de cristal.

Para poder construir esta habitación, necesitaría lo siguiente: bloques de cristal, antorchas y algunas herramientas extra.

La prioridad número uno eran las herramientas. Para poder atravesar la colina de lado a lado, iba a necesitar un pico extra, o tal vez dos, para lo cual necesitaría rocas y madera, y de ambas cosas tenía más que de sobra. Ahora que contaba con todas las herramientas y materiales necesarios y que tenía en mente un plan muy claro sobre qué necesitaba construir, me puse manos a la obra y empecé a picar la pared posterior del búnker. Al principio, todo fue genial. Casi me olvidé tanto de mi estómago vacío como del tobillo lastimado, hasta que el túnel que iba abriendo se fue oscureciendo.

«Esta colina es enorme —pensé, pegando una antorcha titilante a la pared—. ¿Y si se me acaban las antorchas?»

—Si eso sucede —dije en voz alta—, iré a extraer más carbón y ya acabaré más adelante la sala de observación.

Me sentí bien porque, por una vez, tenía una respuesta en vez de únicamente preguntas angustiantes; por una vez, actuaba en lugar de limitarme a reaccionar. Quizás éste fuera realmente el camino.

Al final, resultó que, de momento, no iba a necesitar más antorchas. Poco después salí por la otra punta y vi que el sol se estaba ocultando en el horizonte.

—¡Miren! —grité, viendo hacia atrás, dirigiéndome a la vaca y a las ovejas—. ¡El camino me llevó a algún sitio!

—Bee —baló la oveja blanca, recordándome que en menos de un minuto quedaría atrapado en la oscuridad, en campo abierto.

—Okey —respondí mientras colocaba los bloques de cristal. «Debería haber tenido en cuenta que anochecería —pensé furioso—, y el tamaño de la colina. Un plan estúpido conlleva errores estúpidos.»

La vaca debía de saber lo que estaba pensando, ya que lanzó un «muu» para animarme.

—Bien dicho —contesté—. Ésta es la primera vez que pongo en práctica las tres pes, a las cuales, ahora que lo menciono, debería añadir una cuarta pe: ¡la práctica!

Mientras el sol se hundía y las estrellas se elevaban, excavé una cámara de tres por tres por tres detrás de mi nuevo muro transparente. Lo único que me quedaba por hacer era colocar la última y reconfortante antorcha en la pared.

—No está mal —dije con orgullo, deseando que este mundo me permitiera poner los brazos en la cadera.

Me giré hacia la gigantesca ventana y contemplé el atardecer. Por el momento, ahí lo único que se movía eran los animales.

—Bueno, al menos acabo de descubrir que nunca dejan de comer —les comenté—. Y, ahora, si los monstruos aparecieran...

—Añade otra pe —mugió la vaca—. Paciencia.

—Eso no te lo voy a discutir —respondí, y me preparé para una larga espera.

Lo primero que aprendí esa noche fue que los monstruos no aparecían hasta que anochecía por completo. Lo siguiente que descubrí fue que aparecían de la nada, y no exagero. No salían a rastras del océano o del suelo, como había pensado en un principio. Un instante antes no estaban ahí y al siguiente, ¡pling! De acuerdo, a lo mejor me inventé lo del ¡pling! para darle más dramatismo, pero ya me entiendes, ¿no? Se materializaron sin más, y no lo hicieron uno a uno. Los zombis y las arañas, e incluso esos *creepers* explosivos y sigilosos, aparecieron en tropel.

Me fijé en que no prestaron ninguna atención a los animales, a pesar de que una de las ovejas pasó justo delante de un zombi.

Pero cuando ese mismo zombi me vio, atravesó el prado en línea recta. Instintivamente retrocedí y me adentré en el túnel. «Tengo que construir una puerta para esto», pensé mientras me preparaba para sellar la entrada con un par de rocas.

El monstruo merodeó lentamente de un extremo a otro de la ventana, con sus ojos negros clavados en todo momento en mí. Como su pasividad me envalentonó un poco, di un paso adelante y luego otro y después me acerqué renqueando hasta el cristal.

—¿Y bien? —pregunté—. ¿Me vas a atacar o qué?

Como cabía esperar, recibí como respuesta un no muy elocuente «Aaarrrgggh».

—Sé que puedes verme. Además, tu amigo ya intentó la otra noche derribar la puerta, ¿tú crees que esta vez va a ser diferente?

—Aaarrrgggh —gruñó malhumoradamente, conformándose con intercambiar miradas en vez de golpes.

—Bueno, al menos no puedo olerte —le dije con desprecio y añadí—: ¿tú sí me hueles?

El muerto viviente gimió mientras permanecía inmóvil como una estatua de carne podrida.

—¿Eso es todo? —pregunté, apretando la cara contra el cristal—. ¿Actúas así porque no puedes olerme?

No podía corroborar esta teoría de ninguna manera, salvo abriendo un agujero en el cristal (lo cual no estaba dispuesto a hacer), así que me olvidé del tema, puesto que recordé eso de que el hecho de que las reglas no tengan sentido para ti no quiere decir que no tengan sentido.

Fuera cual fuera la regla aplicable en este caso (quizá se guiaran por el olfato o el oído, o incluso por algún otro sexto sentido que yo desconocía), el resto de las criaturas también parecían obedecerla.

Varias de las arañas se aproximaron a toda velocidad hacia mí, lanzándome unas miradas escalofriantes. Uno de los artrópodos se quedó mirándome, inmóvil, mientras otro pasó, arrastrando las patas, por encima de la ventana y siguió colina arriba. Al igual que el zombi, ninguno de ellos parecía tener interés alguno en atacarme.

El siguiente en acercarse fue uno de esos *creepers* que se arrastraban silenciosamente. Esta vez retrocedí bastante hasta el interior del túnel. Si estaba equivocado con mi teoría de los sentidos, si esa mina viviente decidía detonar junto al cristal, seguro que acababa estirando la pata. Por si acaso, coloqué un bloque en la entrada del túnel y me preparé para poner un segundo si veía que el *creeper* empezaba a vibrar. Afortunadamente, con el bloque aún en la mano, contemplé que el monstruo se marchaba.

Sin embargo, mi suspiro de alivio quedó interrumpido en el mismo instante, cuando vi que otra criatura emergía del bosque. Al igual que el zombi, se trataba de un humanoide. No obstante, al contrario que esos sacos de carne putrefactos y tambaleantes, esta criatura no tenía carne sobre los huesos. De hecho, no era más que huesos. No era más que un esqueleto humano y ese ruido, ese clic-clac que hacía, era igual que el que había oído la primera noche en el bosque.

—¿Fue uno de ustedes el que disparó aquella flecha? —susurré.

Un segundo más tarde, obtuve la respuesta a mi pregunta, cuando me percaté de que el esqueleto tenía algo en la mano:

un palo curvo, o unos cuantos palos, unidos por los extremos por una cuerda tensa.

—Un arco. Misterio resuelto.

Justo entonces otro esqueleto apareció ruidosamente a la vista y, por un segundo, temí que los dos se pusieran a lanzar flechas contra la ventana. Sin embargo, me tranquilicé en cuanto, para mi asombro, las dos bestias de hueso se miraron, alzaron sus respectivos arcos... ¡y se dispararon mutuamente! Con cada impacto, el esqueleto herido retrocedía, parpadeaba con un color rojo y devolvía el disparo.

—Uy, tengo que conseguir un arco de esos —dije, cautivado por la idea de tener un arma de larga distancia—. Por favor, mátense entre ustedes para que pueda agarrar uno de sus arcos mañana por la mañana.

Entonces, a modo de respuesta burlona a mis ruegos, los esqueletos dejaron de batallar. El recién llegado había derrotado a su rival, que había desaparecido en medio de una nube de humo. Vi que un arco flotaba en el aire donde había estado el vencido.

«Paciencia», me recordé, observando el arco que flotaba a sólo una docena de bloques de distancia. Dirigí la mirada hacia el túnel y me pareció ver que la luz del amanecer se filtraba por la puerta.

—No tendré que esperar mucho —comenté, contemplando de nuevo mi objeto de deseo.

Entonces, con una angustia tremenda, vi que el arma parpadeaba y desaparecía de la existencia.

—¡No! —grité. Al parecer, los objetos sueltos tenían una esperanza de vida limitada en este mundo.

No obstante, sí que conseguí algo a la mañana siguiente: logré corroborar mi teoría de que en la sombra estaban a salvo.

Observé a dos zombis; uno estaba en la pradera y el otro en el bosque; el expuesto al sol estalló en llamas y al otro no le pasó nada.

Mientras ocurría esto, me pareció oír unos chasquidos rápidos por encima de mí. ¿Se trataba de un esqueleto que corría o se moría en algún lugar, colina arriba? ¡Quizá, después de todo, tendría suerte y podría apoderarme de un arco! Esperé hasta que el clic-clac cesó y, a continuación, regresé cojeando al túnel.

Gruñí y gemí a cada doloroso paso que daba para ascender por la pared del acantilado. Al igual que había hecho la mañana anterior, alcancé la cima y me encontré intercambiando miradas desafiantemente con una araña.

—Bien —le dije a esa pesadilla diurna—, si estoy en lo cierto, la luz del día hace que adoptes una actitud pasiva y, ahora mismo, me encantaría tener razón.

Pude ver que algo flotaba en el aire detrás de su cuerpo bulboso. ¿Un arco?

—Eres una buena araña —la halagué, a la vez que daba un paso con cautela hacia ella—. Un buen y gigantesco mutante carnívoro.

Permaneció quieta. Di otro paso. Apartó la vista. Pasé junto al arácnido y me encaminé hacia el premio por el que estaba arriesgando la vida, y no exagero.

No se trataba de un arco, pero sí de algo casi tan bueno. El mango era de madera (no fui capaz de distinguir si de roble o abedul) y la punta triangular se asemejaba mucho a un pedernal. El extremo inferior contaba con unas plumas, lo cual supuse que lo ayudaba a volar recto.

«Así que esto es una flecha —pensé—. Ahora sólo me hace falta conseguir lo que necesito para dispararla.»

—Muu —mugió una vaca desde abajo, en el prado.

—Sí, ya la tengo —contesté a voz en grito, alzando la flecha de manera triunfal—. Y también tengo mucha información nueva sobre esas criaturas de la noche.

En un instante, repasé mentalmente lo que había aprendido en esa sesión de observación: que estaban a salvo en la sombra, que los esqueletos se atacaban unos a otros, que nada me atacaría mientras me hallara a salvo tras un cristal. Y esa última observación hizo que me planteara una pregunta de un modo persistente.

—¿Por qué no se acercaron? ¿Fue porque no percibieron ningún olor o... o ninguna luz?

—Muu —replicó la vaca, que reanudó su desayuno a base de cuadrados verdes.

—¿Es por la luz? —insistí—. Eso tiene más sentido que lo del olor, ¿no? O sea, si la luz del sol mata a los monstruos o —miré de reojo justo a tiempo para ver cómo se desvanecía la araña— los disipa, o como se diga, entonces, ¿una luz menos potente, como la de una antorcha, puede mantenerlos a raya?

—Muu —mugió la vaca, mirando hacia atrás, por encima de su trasero blanco y negro.

—Lo sé —respondí—. Sólo hay una forma de averiguarlo.

Descendí por la pendiente oeste, que era más fácil de bajar, aunque me resultaba igual de doloroso, y continué explicándole mi próximo paso a la vaca.

—¿Y si coloco algunas antorchas cerca de mi burbuja de observación, en la parte exterior, para comprobar si funcionan o no? —le comenté.

«Planear.»

—Pero, para poder hacer eso —continué—, tengo que fabricar más antorchas y, para poder fabricar más antorchas, necesito más carbón.

«Preparar.»

—Lo cual quiere decir que lo primero que tengo que hacer es asegurarme de que tengo suficientes picos y una pala o dos por si acaso me topo con tierra o arena.

«Priorizar.»

—Y ya sé cómo fabricar esas herramientas.

«Practicar.»

—Muu —me advirtió la vaca, recordándome lo que necesitaba...

—Lo sé —contesté rabioso, pues estaba deseoso de emprender esa nueva aventura—. Paciencia.

Resultó que lo que realmente necesitaba era práctica, porque no tenía ninguna experiencia en el campo de la minería. ¿No era ese su nombre técnico? ¿Minería? Así se llama a la acción de cavar la tierra para obtener recursos minerales, ¿no? Bueno, se llamara como se llamara, no sabía cómo hacerlo.

Para empezar, mientras excavaba una tosca escalera en diagonal en la roca sólida, me percaté de que no había tenido en cuenta que necesitaría luz para poder llevar a cabo mi plan. Esto significaba que tenía que subir las escaleras cojeando, lo cual me destrozaba el tobillo, para poder agarrar la antorcha que había dejado en el búnker, la cual tenía que ir colocando y quitando continuamente del muro de piedra cada vez que excavaba unos cuantos bloques.

Fui avanzando muy despacio hasta que, en cierto momento, me detuve por completo. Tras haber excavado una docena de bloques, me topé con una piedra café muy dura justo delante de mí. Como esa piedra se parecía a la arena, la llamé arenisca, y cuando la extraje, un bloque de arena de verdad cayó para reemplazarlo. Saqué la pala y quité con ella ese nuevo bloque de arena, y después el siguiente bloque de arena que ocupó su lugar, así como el tercero que sustituyó a este último; entonces retrocedí, ya que de ahí brotó de repente un chorro de agua azul oscura.

«Llegué hasta el mar», pensé, mientras negaba con la cabeza ante esa metedura de pata. No había pensado en que esta isla era, básicamente, una montaña subacuática, por lo cual, si cavaba en cierto ángulo, iba a terminar en el océano.

«Al menos el agua de este mundo es rara», reflexioné, al recordar que el agujero del cráter nunca se había llegado a llenar. En mi mundo, el mar habría inundado el túnel entero y, en el peor de los casos, me habría ahogado; en el mejor, todo lo que había hecho habría quedado destruido.

—Eso es una ventaja —afirmé, a la vez que me daba la vuelta y cavaba en la dirección contraria—, porque ya no me preocupa ahogarme —entonces alcé la vista hacia los sólidos bloques que tenía encima y añadí—: ni tampoco los derrumbes.

No debería haber dicho eso en voz alta. Sí, pensaba que ya sabía que la arena era la única sustancia que no se quedaba pegada y que, si veía otro bloque de arenisca, debería tener mucho cuidado. Y sí, sé que ser supersticioso y tentar a la suerte son unas actitudes estúpidas y primitivas y equivocadas. Aun así, no debería haberlo dicho en voz alta.

Porque, un instante después, saqué de su sitio de un golpe una piedra situada encima de mi cabeza y alcé la vista justo a tiempo para ver que el bloque que ésta tenía arriba se desplomaba.

El mundo se volvió oscuro. Me asfixié y jadeé. Me estaba ahogando. Pero no en el agua, sino en ese material duro y arenoso que me raspaba y crujía mientras intentaba liberarme de él. Conseguí sacar una mano de esa masa y me agarré con uñas y dientes a la piedra lisa. Medio arrastrándome, medio nadando, logré escapar de esa trampa asfixiante.

Me quedé jadeando en el último escalón del túnel, sintiéndome como si un elefante se me hubiera sentado en el pecho. Tenía las costillas magulladas, estaba cubierto de rasguños y me picaba la garganta como si me la hubieran frotado con una lija. Levanté la cabeza y vi por qué. Acababa de descubrir otra sustancia de este mundo que no se pegaba, un material a medio camino entre la arena y la piedra.

Algo en lo que apenas me había fijado en mi mundo, que quizá se hallara en la entrada para coches de algunas casas, había estado a punto de lograr lo que los zombis y las arañas gigantes y esos explosivos con patas no habían conseguido.

—Es grava —tosí, a la vez que notaba las dolorosas heridas con las que tendría que convivir a saber durante cuánto tiempo.

Saqué la pala e intenté apartar esa columna, que, al igual que sucedía con la arena, no dejaba de llenarse. Sin embargo, al quitar el cuarto cubo, obtuve un premio extra: otra lámina afilada de pedernal. Alcé la vista hacia el agujero que tenía sobre la cabeza y vi que ahí había un enorme depósito de grava, donde tal vez hubiera más láminas de pedernal si alguna vez me hicieran falta.

—Por ahora —susurré, temiendo que mi propia voz pudiera causar otro derrumbe—, creo que será mejor que me aleje bastante de este sitio.

Cambié el plan que había trazado siguiendo mi método del camino y decidí modificar mi forma de excavar. En vez de avanzar en diagonal, intenté cavar en espiral: dos bloques abajo, giro a la derecha, dos bloques abajo, giro a la derecha, etcétera. De esa forma, no sólo evitaba el océano, sino que sabía exactamente qué había por encima de mi cabeza.

A pesar de que ahora podía hallarme más a salvo, después de haber estado enterrado vivo, no me sentía así; eso seguro. Aunque no creo que sintiera claustrofobia en esos momentos, se puede decir que no fue una experiencia muy agradable, ya que en esos pasillos de roca tan estrechos apenas quedaba un hueco libre entre mi cabeza y la piedra y, además, sólo contaba con una antorcha, que tenía que ir subiendo dolorosamente por la escalera que había improvisado; en fin, que no fue una experiencia muy placentera.

En cierto momento, en el que tal vez debería haberme acordado de lo que me había aconsejado la vaca sobre que debía tener paciencia, me planteé seriamente abandonar el plan. Cada vez miraba hacia atrás más a menudo, imaginándome un largo y agónico ascenso de vuelta. ¿Valía la pena? ¿Acaso este experimento para comprobar si las antorchas mantenían a raya a los monstruos era una estupidez? Qué diablos, la finalidad de todo lo que estaba haciendo era garantizar mi seguridad y, sin embargo, había estado a punto de matarme. Quizá debería olvidarme de...

Entonces un bloque de piedra cayó y pude ver que tenía unas motas negras: era carbón.

—Por fin —murmuré con un gruñido y una risa entre dientes—. Ya era hora de que aparecieran —tomé uno de esos valiosos terrones negros y añadí—: y son unos cuantos.

Conté al menos una docena, lo cual significaba que podría tener cuarenta y ocho antorchas si los usaba todos para el mismo fin.

«Para realizar el experimento, puedo iluminar un árbol entero —pensé feliz—, y mi cueva, y la sala de observación, y el túnel, y hacer que todo brille como...»

Me detuve y me quedé mirando fijamente la roca que se encontraba tras el carbón. Tenía unas manchitas naranjas y parecía reflejar la luz de la antorcha.

«¿Es algún tipo de metal? —me pregunté—. ¿Cobre? ¿Latón?» ¿El latón era un mineral natural o una mezcla de otros elementos? Sigo sin saber la respuesta.

Tomé la piedra, así como las otras dos idénticas que había detrás de ella, y, al contrario que el carbón, lo que estaba incrustada en ellas, fuera lo que fuera, permaneció en su sitio.

—Creo que sé cómo sacarlos de ahí —afirmé, y me dirigí al búnker, haciendo un gesto de dolor a cada paso doloroso que daba.

Fui fabricando antorchas a medida que avanzaba, cerciorándome de que las colocaba lo bastante separadas para iluminar todo el camino hasta la superficie. Se podría decir que estaba desperdiciando el mismo material por el que había ido hasta allí, pero si esos tres cubos nuevos resultaban ser lo que creía que eran, entonces volvería ahí abajo enseguida.

Metí los tres bloques con puntitos metálicos en el horno, coloqué un trozo de carbón debajo de ellos y observé cómo se avivaba el fuego. Lo que surgió de ahí no fue ni cobre ni latón, sino algo mucho más valioso. Lo que surgió de ahí era ni más menos que el metal sobre el que se erigió el mundo moderno y no exagero. ¡Lo que saqué de ahí fue hierro!

—¡Miren! —les grité a través de la burbuja de observación a los animales. Salí por una puertita situada junto a la ventana y atravesé el prado renqueando para mostrarles las tres barras relucientes—. ¡Miren lo que hay justo debajo de nuestros pies!

—Muu —contestó la vaca, acompañada de un coro de «bees», lanzados por las dos ovejas, e incluso unos cuantos y distantes «cloc, cloc, cloc, cloc» de las gallinas.

—¡Sí, okey, debajo de la hierba, ja, ja —me reí—, pero debajo de esa hierba, bajo la tierra, la piedra, la arena y la grava, hay algo que lo va a cambiar todo en este sitio! —alcé las barras como si fueran una medalla olímpica—. ¡Porque, gracias a mi nuevo método, el camino de las cinco pes, acabo de pasar de la Edad de Piedra a la Edad del Hierro!

9

Los amigos te ayudan a mantener la cordura

—Ésta va a ser una buena noche —me jacté ante la vaca que me observaba—. No sólo tengo hierro con el que poder trabajar, sino que —sostuve en alto un puñado de antorchas— también voy a demostrar que el fuego mantiene alejados a los malos.

Tras colocar doce antorchas en el árbol más cercano al prado, esperé detrás de mi pared de cristal a que el sol se pusiera, la luna se alzara y los monstruos hicieran acto de presencia. Cuando aparecieron, atravesaron directamente mi barrera de luz de antorchas. Bullendo de rabia, con las sienes palpitando, grité una palabra muy inapropiada con mucha fuerza y mucha rabia.

—Aaah —gimió relamiéndose el primer zombi que se acercó encorvado a mi ventana.

—Ganaron esta batalla —contesté, sosteniendo en alto las tres barras de hierro—, pero esto acaba de empezar.

Si ya eres un veterano de este mundo, sabrás qué clase de armas se pueden fabricar con hierro. Las mismas que puedes fabricar con piedra o sólo con madera, y las mismas que fui incapaz de imaginarme en ese momento. No pensaba con claridad, ¿okey? Había muchas razones para eso: la frustración, el hambre y una en la que ahondaré luego, pero de la que aún no era consciente.

Por ahora, ten claro que no estaba usando el coco como debía y, por tanto, lo único que se me ocurrió fue fabricar una versión de hierro de mi hacha, la cual no llegué a hacer, por cierto, porque habría gastado los tres únicos y valiosos lingotes que tenía.

«No malgastes recursos —cavilé—. Piensa qué puedes hacer y luego haz únicamente lo que necesites.»

Mientras la noche avanzaba y una criatura tras otra cruzaba burlonamente mi inofensivo árbol repleto de antorchas, permanecí de pie ante una mesa de trabajo colocada frente a mi pared de cristal, contemplando cómo desfilaban en el éter, ante mí, una tras otra, las imágenes de los objetos que podía elegir.

Los dos únicos que merece la pena mencionar acabaron siendo unos elementos clave para lograr sobrevivir, a pesar de que eso no lo sabía en esos momentos. El primero, que me habría costado dos lingotes, se asemejaba a unas tijeras, pero con unos mangos unidos en vez de cruzados. Creo que el término técnicamente correcto para referirse a ella es «cizalla». El otro, que me habría costado los tres, no era nada más que un balde de hierro.

—¿Eso es todo? —gruñí exasperado—. ¿Un balde y una cizalla? ¿Eso es lo mejor que puedo fabricar con hierro? —la noche había sido un desastre total; primero, con el tema de las antorchas, y ahora, con mi frustrado intento de entrar en la Edad del Hierro—. Tenía tantas esperanzas —apostillé, suspirando en un momento de honda autocompasión.

Al alzar la vista de la mesa de trabajo, vi a un zombi estallar en llamas en el prado. Los primeros rayos del sol asomaban por encima de la Colina de la Decepción en lo que ahora consideraba que sería la Mañana de la Decepción.

—¡Eso es! —exclamé a través del cristal—. ¡Ardan! —al menos mis enemigos no vivirían lo suficiente para celebrar esta noche en la que había fracasado—. ¡Ardan, ardan, ardan! —canturreé y entonces olí una peste nueva y asquerosa: mi propio aliento.

Hasta ahora no he hablado mucho sobre ciertas necesidades fisiológicas en esta historia, porque hasta ese momento no había sentido la llamada de la naturaleza. Ni había hecho popó. Ni había hecho pipí. No había tenido que realizar ninguna de esas tareas tan desagradables, pero necesarias, que solía tener que hacer en mi hogar. Ni siquiera había expulsado ese melodioso gas que recibe muchos nombres muy ingeniosos, ¡que no añoraba para nada, por cierto, dado que vivía en un sofocante refugio sin ninguna ventilación!

Pero ahora, por alguna razón, de repente percibía el amargo hedor de mi aliento mañanero, aunque sospechaba que eso no tenía mucho que ver con que fuera por la mañana.

Tampoco se me había pasado el dolor de cabeza de la noche anterior. En todo caso, había empeorado. Sentía también unos escalofríos por la espalda, pese a que la temperatura de la habitación no había cambiado. Fui consciente entonces de lo débil y apático que me sentía. No estaba cansado, sino que me sentía como si mis huesos fueran de plomo y mis músculos de cemento. Al mismo tiempo, el corazón me latía a mil por hora.

—¿Me estaré muriendo de hambre? —pregunté, oliendo mi propio aliento tras rebotar éste en la ventana—. ¿Esto es lo que se siente?

Pues claro que sí, y lo sabía. Había convivido con el hambre desde que había llegado a este mundo, pero en lo más hondo de mi corazón nunca había creído realmente que me mataría. Los accidentes y los monstruos (unas amenazas inmediatas y descaradas) eran unos peligros muy reales, pero eso de consumirse poco a poco...

Creo que nunca había estado tan cerca de ese peligro en mi antigua vida. Morirse de hambre era cosa de viejos que rememoraban guerras y crisis económicas del pasado, era el destino de otra gente, de desconocidos sin nombre que vivían en lugares remotos y pedían ayuda en la tele.

Ahora los comprendía. Mi cuerpo era como una máquina que, tras haberse quedado sin combustible, estaba fallando. ¿Cuánto tiempo me quedaba antes de que la máquina se averiara del todo?

—Muu —se oyó mugir un animal en la lejanía, desde el prado, recordándome lo que tenía que hacer.

—¡El huerto! —exclamé, agitando la mano en el aire para darle las gracias a la vaca—. Sí, hoy es el gran día —me dije a mí mismo con cada paso renqueante que daba—, los brotes ya tienen que haber madurado.

Y ahí estaban. Al menos eso era lo que esperaba. De uno de los cuadrados cultivados, habían brotado unos tallos altos y dorados, llenos de unos granos grandes, negros, con forma de minicubos de... ¿qué? ¿Trigo? ¿Cebada? ¿Centeno?

«Trigo», pensé, y estiré el brazo hacia ese cuadrado que había llamado mi atención. No sólo recogí un montón de semillas, que replanté al instante, sino también una gruesa fanega de grano.

Me llevé la fanega a la boca, pero mi mano se detuvo a escasos centímetros de mi boca.

—Es comestible —dije, negándome a considerar que todo el plan no era más que un callejón sin salida—. Sólo tengo que hacer algo con eso.

Volví al búnker renqueando, mientras mascullaba sin parar:

—No te rindas —y cuando el horno se negó a hornear el grano, añadí—: el pánico ahoga la razón.

»Tienes que combinarlo con algo —masculló, y lancé la fanega y todo lo que pude encontrar sobre la mesa de trabajo—. Sí, eso es, combínalo; eso es lo que haces aquí, combinar cosas.

Y eso fue lo que intenté hacer durante la mitad de ese día. Combiné diversos elementos, como huevos, azúcar, incluso flores, madera y tierra, de infinidad de maneras distintas. Debía de parecer un loco mientras farfullaba a solas, llevando a cabo un experimento fallido tras otro. Tras varias decenas de fiascos, elevé la vista y grité:

—¡Más!

Ésa tenía que ser la respuesta. No bastaba con una fanega. Al igual que ocurría con los tablones o las rocas, de los cuales se necesitaban varias unidades para confeccionar cosas, ¡necesitaba más trigo!

Salí cojeando e imploré que, durante esa mañana, un cuadrado más hubiera tenido la oportunidad de madurar, pero vi que el huerto seguía muy verde.

Lancé varios juramentos y entonces reparé en algo que se me había pasado totalmente por alto antes. El cuadrado que había cosechado no había sido el primero que había plantado, sino el que estaba más cerca del océano.

—¡Agua! —grité, furioso ante mi propia estupidez—. ¡Las plantas la necesitan para crecer!

Y sí, si hubiera estado en mis cabales, probablemente habría hecho lo que estás pensando ahora mismo. Simplemente, habría cavado una zanja desde la orilla, para que el agua corriera por ella hasta llegar al resto de mis cultivos.

Pero no lo hice. En vez de eso, mi jorobado cerebro, dominado por el miedo y el hambre, pergeñó el peor plan posible.

—¡El balde! —exclamé con voz ronca, al acordarme de lo que podría haber fabricado la noche anterior.

Fui hasta la mesa que se hallaba al lado de la playa y ahí fabriqué un balde de metal usando los tres lingotes de hierro. Un segundo más tarde, lo llené hasta arriba de agua y, un segundo después, vertí el líquido directamente sobre la hilera de plantas.

—¡¡¡No!!! —grité al ver que ese cubo líquido inerte se llevaba por delante no sólo las semillas, sino todo mi trabajo, en el que había invertido tanta energía y tiempo, y lo arrastraba al mar. Me lancé por aquellos guijarros verdes que flotaban en el aire sobre un saliente de arena poco profunda y los agarré—. Estoy como al principio —susurré a las semillas. Acto seguido, llevado por un torrente cada vez más intenso de ira, estallé—: ¡estoy como al principio!

Cegado por la furia, crucé la playa corriendo, dando puñetazos a todo lo que tenía delante (arena, tierra, incluso la piedra sólida del acantilado) mientras rugía «¡¡¡Estoy como al principio!!!» y, al pronunciar esta última palabra, arrojé el balde al océano.

Ese gesto pareció tragarse toda mi ira y entonces fui capaz de ver con claridad las consecuencias de lo que acababa de hacer. Observé aterrado cómo mi nuevo balde, esa herramienta tan escasa y posiblemente muy útil, se perdía en el azul del mar.

—Oh, no —susurré, y volví a zambullirme en las frías profundidades. Había arrojado el balde mucho más lejos que las semillas. Intenté bucear y miré en la dirección hacia donde lo había tirado, pero no vi nada, salvo una negrura total. Emergí, respiré hondo y luego me sumergí como un submarino.

¡Ahí estaba! Bajo la neblina púrpura que proyecta la luz del sol bajo el agua, pude distinguir un pequeño objeto que flotaba sobre un estrecho saliente de grava. Sólo un bloque más y lo habría perdido para siempre. Ascendí hasta la superficie no sólo con el balde, sino también con la lección aprendida de que las rabietas nunca sirven para nada.

Mientras intentaba permanecer calmado y digerir esta nueva lección (la única cosa que podía digerir), replanté las semillas. Agarré el balde de agua y, cuando estaba a punto de lanzarlo al mar otra vez, se me ocurrió, de repente, beber de él. Aunque era cierto que nunca había estado sediento y que, además, bebiendo sólo agua no iba a solucionar mi problema de malnutrición, si tenía la tripa llena, al menos podría sentirme un poco mejor.

Al igual que me había pasado con el trigo y muchas otras cosas antes, tanto mi mano como mi boca practicaron la resistencia pasiva. No obstante, no me enfadé, y no sólo porque me estuviera aferrando a la cordura con uñas y dientes cuadrados, sino porque la ocurrencia de beber me había llevado a tener una idea vaga y endeble que quizá me salvara la vida.

—¿Puedo beber alguna otra cosa? —pregunté al balde ahora vacío y, de forma realmente oportuna, escuché un «muu» distante.

«¡Leche!»

Negando con la cabeza, volví cojeando a la burbuja de observación.

—¿Cómo pude pasar por alto algo así? —inquirí a ese mamífero con manchas en la piel que pastaba al otro lado del cristal—. Aunque no bebiera leche en casa, aunque tuviera intolerancia a la lactosa, debería haberme acordado de dónde salía la leche.

La vaca resopló, probablemente me estaba diciendo: «Ya te costó».

Salí de mi refugio y di varias vueltas en torno al animal.

—¿Cómo se...? —pregunté con nerviosismo—. O sea, ¿cuál es la manera correcta de...?

Sin lugar a dudas, en mi mundo, nunca había ordeñado una vaca ni jamás había visto hacerlo a nadie. Sin embargo, un rápido y conciso «¡muu!» me recordó que una tarea muy compleja en mi mundo podía no serlo tanto en éste.

—Bien —respondí, señalando con el balde su ubre rosácea—. Seré tan delicado como...

Así inicié mi explicación, pero antes de que pudiera concluir esa reflexión, el balde se llenó de un líquido cremoso y espumoso.

—Gracias —dije, a la vez que percibía ese olor tan familiar e intenso. Bebí un buen rato, con ganas, saboreando cada gota. Esperé a que se me llenara el estómago, a que se me curaran las heridas y a que mis preocupaciones se diluyeran en un río de bendita gloria láctea.

Sin embargo, nada de eso sucedió. Ni siquiera sentí la llegada del líquido al estómago.

—Ya sé —aseveré nervioso, llenando otro balde para regresar renqueando a la sala de observación—. ¡Sólo tengo que insistir!

Al mismo tiempo que me llevaban los demonios y me dominaban el pánico y la frustración, así como una desesperanza iracunda y explosiva, me dispuse a combinar este nuevo ingrediente con cualquier otra sustancia comestible que se me ocurriera.

Leche y huevo, leche y trigo, leche y huevo y trigo, leche-huevotrigoazúcar...; esto y eso, lo otro y aquello.

—Ésta es mi última oportunidad —balbuceaba incesantemente—, mi última oportunidad, mi última oportunidad.

Pero esa oportunidad se esfumó a medida que todas las combinaciones posibles resultaban ser un fiasco.

—Esto no tiene... —tartamudeé, con la mirada clavada en lo que debería haber sido un conjunto de toda clase de comidas—. Esto no tiene sentido.

Se me vino encima una avalancha de recuerdos sobre ciertas lecciones que había aprendido anteriormente, las cuales me habían enseñado que las cosas podían tener sentido, aunque no lo tuvieran para mí y que no debería dar por sentado nada que no pudiera corroborar. Y fue entonces cuando me acordé de otro tipo de comida, una que ya había comido, la cual se encontraba ahora justo delante de mí.

La parte racional de mi cerebro se desconectó. Pero esta vez no se trataba de una rabieta. Ahora no ardía de ira, sino que actuaba con mucha, muchísima frialdad.

Alcé la vista de la mesa de trabajo para contemplar el prado, donde estaba la vaca que me había dado la espalda. Se me hacía la boca agua mientras el estómago se me deshacía en sus propios jugos gástricos. Mi cuerpo sabía lo que quería. Las imágenes de unos filetes desfilaron por mi mente a la vez que empuñaba el mango del hacha.

Lentamente, avancé encorvado por la hierba, respirando agitadamente en medio de una nube de mi propio y fétido aliento. La vaca no se movió, mientras masticaba su última comida, sin percatarse de que me aproximaba. Me acerqué arrastrando los pies. Ni se inmutó.

Sólo unos pocos pasos más, sólo unos pocos segundos más y todo habría acabado. La vaca pastaba en paz. Levanté el hacha.

Carne.

Comida.

Vida.

La vaca se giró y nuestras miradas se cruzaron.

—Muu.

Solté el hacha y retrocedí, tambaleándome.

—Lo... lo siento, amiga mía —le dije a la amable bestia—. Porque eres mi amiga, a pesar de que no te merezco.

Todas y cada una de mis palabras se veían interrumpidas por unos sollozos leves y entrecortados.

—Eres... lo... único... que... tengo.

Fue entonces cuando me di cuenta de lo verdaderamente solo que estaba. Tal vez no recordara mi vida en el otro mundo, ni a las personas con las que había compartido esa vida, pero sí sabía que tenían que existir. Amigos, familia... ¿Por qué, si no, mi alma se iba a sentir tan vacía como mi estómago? ¿Por qué, si no, había estado hablando solo, con los materiales, los monstruos, incluso con el sol de allá arriba?

Estaba intentando luchar contra la soledad, que era tan letal para mi mente como el hambre para mi cuerpo. Ahora comprendía que, si quería sobrevivir, debía cuidar ambos aspectos. Por eso siempre me había sentido tan a gusto cuando hablaba con los animales. No, ellos no podían contestar, pero podían sentir, podían sufrir y querían vivir tanto como yo. Y el hecho de que compartiéramos esas necesidades básicas significaba que nunca estaría solo.

—Los amigos te ayudan a mantener la cordura —afirmé, recogiendo el hacha que tenía a los pies—. Si hubiera utilizado esto, habría acabado como un zombi.

—Muu —contestó la vaca, en un intento de levantarme el ánimo.

—Tienes razón —respondí, y empecé a reír entre dientes—. Supongo que ya casi tengo pinta de serlo.

A pesar de las magulladuras sin curar, la cojera y mi mal aliento, que apestaba como un montón de basura, podía ver que mi amigo de cuatro patas tenía cierta razón. Pero ¿sólo estaba haciendo una broma o intentaba que me diera cuenta de algo que había pasado por alto?

Metí el hacha en el cinturón y posé la mirada en una de las faltriqueras, la que contenía los hediondos montones de carne de zombi que había recogido.

—¿Sabes una cosa, Muu? —le pregunté, bautizando así de repente a la vaca—. Hay una posible fuente de comida que aún no he probado.

—Muu —admitió el *filet mignon* al que acababa de perdonar la vida.

Con sólo mirar esos trozos de carne, se me revolvió el estómago.

—Con suerte —añadí, montando una mesa y luego un horno—, no me pasará lo mismo que con la gallina cruda.

Pero esa carne podrida no se dejaba cocinar. El horno la quería tanto como la quería yo.

—Muu —insistió la vaca, mientras yo me acercaba uno de esos pedazos fétidos a la nariz.

—¿Y si está aún peor que la gallina? Quizá debería esperar y...

—¡Muu!

—¡Está bien! —le espeté, y me metí ese vil trozo de carroña en la boca. Lo mastiqué y tuve arcadas y lo tragué y tuve aún más arcadas.

Pese a que no me puse a vomitar como con la gallina, casi deseé haberlo hecho. Porque lo que me sucedió fue algo nuevo, algo terrible y algo único en este mundo.

Pueden llamarlo voracidad o hiperhambre, pero súbitamente deseaba comerme el mundo entero. Me sentía como si mi estómago estuviera intentando devorarse a sí mismo, como si todas mis células fueran una boca en miniatura dando dentelladas y pidiendo comida a gritos. Al mismo tiempo, la boca me sabía como si acabara de lamer los residuos del fondo de un contenedor de basura en pleno verano.

—Aaarrrgggh —lancé un grito ahogado igualito al de un zombi. Tosí, tuve arcadas y corrí frenéticamente en círculo, en busca de cualquier cosa que me permitiera quitarme ese sabor. Pegué la cara a un árbol, con intención de lamer la corteza, de verdad. Me zambullí en la laguna, para intentar que una gota de agua penetrara en mis labios.

—¡Muu! —Muu trataba de lanzar un chaleco salvavidas a mis papilas gustativas.

«¡Leche!»

Aún tenía la que me había quedado de mis experimentos fallidos. Agarré el balde y bebí a tragos su contenido como si no hubiera un mañana. Entonces, de repente, me sentí bien. El hiperhambre había desaparecido.

—¡Gracias! —exclamé entre jadeos a Muu, mientras abandonaba la laguna y me percataba de que tenía el tobillo súbitamente un poco mejor.

Intenté dar unos cuantos pasos más y, a pesar de que no se me había curado del todo, la aguda agonía había pasado a ser un dolor sordo. Respiré hondo y, oh, milagro, noté que me dolían menos mis magulladas costillas.

—¿Ésta...? —pregunté a Muu, sosteniendo en alto otro trozo de muerto viviente sólo apto para sibaritas—. ¿Ésta es la respuesta?

Muu resopló con impaciencia, como si quisiera decir: «No lo pienses. ¡Hazlo!».

—Okey —dije, a la vez que la ordeñaba de nuevo y sostenía el balde.

La segunda vez fue incluso peor, porque ahora sabía lo que se me venía encima.

—Ay.

Con un gesto de grima, le di un mordisco a esa asquerosidad putrefacta.

Lo mastiqué y tragué, y lo empujé por mi gaznate tomando un segundo balde de leche. Esta vez, el hiperhambre apenas duró un segundo y, cuando desapareció, tenía las heridas casi curadas.

—¡Ey, así está mejor! —suspiré. Notaba que recuperaba un poco las fuerzas—. Esto no me convierte en un caníbal, ¿verdad? —me imaginé esa sustancia repulsiva en mi estómago—. O sea, si los zombis se han generado así, tal como son, nunca antes han podido ser humanos, ¿no?

—Muu —respondió mi compañera bovina, recordándome que debía mostrarme agradecido y dejarme de historias.

—Sí, lo sé —admití—. Al menos ya no tendré que preocuparme de si me voy a morir de hambre o no. De hecho, creo que hay un dicho donde yo vengo que dice así: «No vivas para comer, come para vivir».

Elevé la vista hacia el sol del atardecer, pensando en los zombis de esa noche de una manera totalmente distinta.

—Gracias —le dije a Muu, mientras la ordeñaba para llenar otro cubo—, pero no sólo por esto, sino, ya sabes, por todo...; a pesar de lo que estuve a punto de hacerte.

Entonces mi generosa e increíblemente genial amiga, gracias a la cual podía alimentarme, me dio un tercer y último regalo ese día con el que me demostró su amistad.

—Muu —me dijo, lo cual supe que quería decir: «Te perdono».

10

Para la mente no hay nada mejor que una buena noche de sueño reparador

Esa noche mi estómago rugió tanto como las alimañas no muertas. Mientras contemplaba cómo aparecían de la nada desde mi segura burbuja de observación, me di cuenta de que realmente estaba mirando con hambre a esas criaturas errantes y que esperaba impacientemente a que el alba las redujera a una papilla repugnante.

«Ahora soy un carroñero —pensé, a la vez que me fijaba en qué lugar cobraba forma cada zombi—. ¿No se llama así a algo que sobrevive comiendo carne de cadáveres? Un buitre o una hiena o un gusano; sí, eso soy yo.»

Pensaba que había oído en algún sitio que los primeros humanos empezaron así, espantando a los demás carroñeros para poder alimentarse de asquerosos cadáveres de animales. Quizá fuera cierto, o quizá sólo intentaba justificarme.

Al menos resultaba más fácil rastrear a los muertos vivientes gracias a la luz de mi árbol iluminado con antorchas. «Quizá, después de todo, no haya sido un derroche de recursos», pensé, sin ser consciente de la razón que tenía. A medida que la noche se acababa, me fijé en que ningún zombi (ni ninguna otra criatura, viéndolo bien) cobraba forma en ningún lugar próximo al círculo de luz. Se materializaban en cualquier otro sitio; en el bosque, en la pradera, junto a la laguna (e incluso en las playas, por lo que pude ver en lo poco que podía divisar de la costa), pero nunca cerca del luminoso árbol.

—¿Acaso estas criaturas sólo pueden cobrar forma en la oscuridad? —me pregunté.

Entonces recibí una respuesta inesperada en la puerta trasera del búnker. Unos puños podridos la golpeaban ruidosamente, acompañados de unos gruñidos hostiles.

—¡Ey, acaba de llegar el repartidor! —grité, y me fui por el túnel, en dirección a la salida que daba a la playa. No cabía duda de que un zombi estaba aporreando la fina barrera de madera—. Quédate ahí —le dije, maravillándome de lo distinto que estaba siendo este momento comparado con la primera vez que un muerto viviente había intentado entrar en mi refugio violentamente—. Esto no va a ser muy distinto a pedir una pizza.

No debería haber dicho esa última palabra, porque me recordó a qué sabía la comida de verdad. «Pizza... rollitos de primavera... pollo frito...» Aunque no sabía cuáles eran mis platos favoritos en mi hogar, en ese momento todos me parecían estupendos.

Mientras estaba sumido en recuerdos culinarios y salivaba pensando en todos los platos que mi especie era capaz de ofrecer, oí los agudos alaridos que habitualmente profería un zombi al quemarse. Había despuntado el alba, así que el muerto viviente iba a morir por fin en unos pocos segundos.

—¿Verdad que es irónico? —le pregunté al zombi en llamas—. Y pensar que eras tú el que quería comerme a mí.

Unos segundos más tarde, estaba engullendo mi desayuno descompuesto, a pesar de las arcadas.

«Siéntete agradecido por lo que tienes», me recordé mientras daba unos buenos tragos a la bendita leche. Y tenía mucho por lo cual sentirme agradecido, porque, al dar el último trago, reparé en que ya estaba totalmente curado. Ya no tenía moretones, el dolor de cabeza había desaparecido y el tobillo pudo soportar todo mi peso sin queja alguna. Hasta el aliento me olía bien y normal de nuevo, lo cual era también irónico si teníamos en cuenta que por mi boca acababa de pasar un montón de carne putrefacta.

—Siéntete agradecido—dije en voz alta, en un intento de olvidar mis recuerdos sobre la gastronomía humana, aunque fracasé miserablemente.

«Enchiladas de queso, papas fritas y cátsup, hot cakes de arándanos con miel de maple y un poco de tocino...»

—Tengo que conseguir comida de verdad —aseveré mientras me acercaba a mi pequeño huerto.

Pero no hubo suerte. Las nuevas plantitas apenas eran un minicubo más altas que ayer.

—Ah —gruñí, con cara de contrariedad al recordar el desastre del día anterior.

¿Dónde estaría si no hubiera metido la pata hasta el fondo? ¿Habría desayunado un cuenco de cereales de trigo en vez de un bocado de *zombiskis*?

—No te obsesiones con los errores —me dije, obligándome así a regresar al presente—. Aprende de ellos.

Y sí que había aprendido de ellos, porque al examinar el huerto vi que las semillas que había plantado junto al mar estaban creciendo más rápidamente que las demás.

«¡Tenía razón! —pensé emocionado—. Tenía razón con lo del agua, aunque no es así como quería usarla.»

—No hay que echarles agua a las semillas —dije, mientras pensaba que ojalá pudiera darme un golpe en la cabeza—, ¡sino que hay que acercársela!

Era tan sencillo, tan simple. ¿Por qué no se me había ocurrido antes?

Saqué la pala y cavé una zanja junto a las semillas. El agua fluyó por ella, pero, debido a las extrañas reglas de la física de este mundo, no se llenó hasta arriba. Después usé el balde para poder transportar un cubo de agua de mar, que arrojé a continuación a la parte posterior de la zanja y... en ese instante descubrí otra rara regla de este mundo. Si tienes dos cubos de agua y los colocas a tres bloques de distancia, el espacio entre ellos se convierte en un nuevo cubo de agua. Y no sólo temporalmente. Puedes sacar ese cubo nuevo y aparecerá otro y otro y otro más, hasta tener suficientes como para crear un lago. Es probable que se pueda crear todo un océano partiendo sólo de dos cubos. A lo que iba es que, en este mundo, el agua genera agua.

¿Por qué me detengo de manera tan obsesiva sobre este hecho tan poco importante, raro y aburrido? Porque más adelante en esta historia este pequeño detalle me acabará salvando la vida.

Pero volvamos al aquí y ahora.

Al observar que la zanja se llenaba hasta arriba, me acordé de un cuento sobre un anfibio impaciente que intentaba probar suerte con la horticultura. Imbuido por el espíritu de ese relato, vociferé:

—¡Semillas, crezcan!

Mientras me reía entre dientes de lo ingenioso que era o, más bien, de lo ingenioso que había sido el creador de ese cuento, seguía siendo consciente de que iba a tener que esperar un poco más para poder intentar combinar trigo con trigo. Y eso dando por sentado, una vez más, que esto fuera trigo.

«Paciencia —me dije, intentando no pensar en cuántas raciones más de carne de zombi me tendría que tragar—. Paciencia.»

Algo chapoteó a mi derecha. Alcé la vista y vi un calamar.

—¿Sabes qué? —le grité al monstruo marino de ocho brazos—. ¡Hay otra cosa en esta isla, o, más bien, nadando cerca de ella, que todavía no he intentado comer!

En esos momentos, había recuperado bastante la confianza en mí mismo y, como también había recuperado las fuerzas (y lo que es más importante, mi poder de hipercuración), ansiaba enfrentarme a nuevos retos, sobre todo cuando la recompensa podría ser una comida con un sabor decente.

Agarré el hacha y exclamé:

—¡Preparando una de calamares!

Me zambullí en el agua, pero como el calamar intuyó lo que iba a pasar, se alejó a toda velocidad.

—¡Sí, eso es! —grité—. Antes te tenía miedo, ¿recuerdas?

Mi presa octópoda se detuvo muy cerca de la superficie, lo que me permitió lanzar mi ataque. Me detuve para elevar el hacha y, de repente, la hundí en el mar. Mi plato de marisco se marchó riéndose en silencio; sí, estoy seguro de que se estaba riendo.

—¡Vuelve! —grité mientras nadaba tras él—. ¡Vuelve aquí y métete en el horno!

Seguí al calamar hasta la orilla sur de la isla, intentando nadar y darle un hachazo al mismo tiempo. Por si aún no te has dado cuenta, es algo que no se puede hacer. Al igual que este mundo no me permitiría rascarme la cabeza mientras me doy unas palmaditas en el estómago, no me dejaba hacer nada mientras nadaba que no fuera nadar. Llegué al fin a esta conclusión después de cinco minutos trágicamente cómicos, los cuales terminaron con el calamar adentrándose en las profundidades a toda velocidad.

—No digas nada —le espeté a Muu, dirigiéndome torpemente a la orilla. Ella me contemplaba desde allí con una mirada de reproche—. Ya sé que tengo que fabricar otro bote.

Y eso fue lo que hice. Acto seguido, perseguí con el nuevo bote a todo un banco de calamares, dando hachazos al agua mientras me contorsionaba de una manera imposible. En esta ocasión, no le pude echar la culpa a las reglas de este mundo. En teoría, supongo que es posible hacerlo. Me imagino que tú lo habrás hecho. Pero ¿yo? Simplemente, me alegro de que no hubiera nadie ahí para ver el ridículo que hice. Bueno, casi nadie.

—¡Muu! —mugió desde la playa la criticona vaca.

—Ya, bueno, ¿por qué no vienes aquí y lo intentas? —repliqué, dándome cuenta un segundo más tarde de que, en realidad, había tratado de advertirme de algo.

Al alzar la vista, comprobé que no sólo me estaba adentrando cada vez más en el mar, sino que se haría de noche en pocos minutos.

—Mañana lo volveré a intentar —le prometí a Muu mientras regresaba a tierra firme.

Ella se limitó a resoplar.

—¡Lo haré, lo haré! —insistí, ya que sabía que la vaca tenía razón. Mientras regresaba con firmes zancadas a la burbuja de observación, advertí que lo de usar el bote para pescar era una idea que debía descartar por entero. Necesitaba otra cosa, otro método o quizás una herramienta totalmente distinta.

Mientras el sol se rendía a las estrellas, intenté pensar en alguna forma de capturar un calamar. Esa noche, estaba bastante impertinente. Divagaba, era incapaz de concentrarme en nada. Pasaba de estar recordando lo que había vivido en la isla a observar por la ventana y sumirme en vagos recuerdos de mi anterior mundo; no se trataba de nada concreto, sólo recordaba sensaciones: que me picaban los ojos, que se me dormían los dedos, que el trasero se me quedaba entumecido de tanto estar sentado. ¿Qué quería decir todo eso? ¿Y por qué lo recordaba ahora? Era como si una especie de niebla, que no había visto acumularse hasta ahora, se hubiera adueñado de mi cerebro.

—Tengo que pensar —dije, deseando poder frotarme las sienes.

Fue entonces cuando un esqueleto salió del bosque haciendo mucho ruido, lo que hizo que fuera consciente de lo mucho que estaba perdiendo la cabeza.

—¡Un arco! —exclamé, mirando la flecha que llevaba en mi cinturón—. ¿Por qué no había pensado en esto antes?

Durante mucho tiempo había deseado conseguir un arco; no sabía cómo se me podía haber olvidado esta cuestión. Afortunadamente, el esqueleto había salido de su escondite un minuto o así antes del amanecer y no sólo tuve la suerte de quitarle su arco, sino que también conseguí una flecha más.

—¡Ya verás ahora! —alardeé, dirigiéndome a Muu, que estaba desayunando con las dos ovejas.

—Bee —baló la oveja negra, a la que llamé Pedernal.

—Sí, gracias —asentí—. Tengo que practicar.

Y eso fue lo que hice. Disparé infinidad de veces al mismo árbol y me pasé la mañana entera perfeccionando mi habilidad de tiro hasta llegar a ser un arquero con una pericia razonable. Aprendí a qué altura tenía que apuntar con el arco y hasta dónde tenía que estirar la cuerda para que la flecha alcanzara la distancia correcta. Al mediodía, me sentía preparado para comprobar mi destreza con una diana viva.

—¿Están listas para esto, chicos? —pregunté a mi público animal—. ¡Miren cómo lo hace un maestro del tiro con arco! —no parecían confiar mucho en mí, puesto que continuaron pastando y mostrándome el trasero—. Esperen —les dije, mientras me encaminaba a la playa—. ¡Preparando una de calamares!

Divisé el calamar más cercano a una docena, más o menos, de bloques en el mar, estiré la cuerda del arco y apunté con cuidado.

Gup, silbó la flecha, que trazó velozmente un estrecho arco en el aire.

—¡Ja! —exclamé cuando vi que el proyectil alcanzaba el objetivo. Pero entonces el calamar parpadeó con un color rojo, se esfumó en una nube de humo y se convirtió en una cosita negra con aspecto de órgano y, a continuación, se hundió hasta desaparecer de la vista.

No te voy a decir cuál fue la palabra que grité. No estoy orgulloso de eso, pero debería ganar algún premio por ser capaz de hacer que un par de sílabas duren unos diez segundos.

—Mmrrff —resopló Muu a mis espaldas, como si quisiera decir: «¿En qué estabas pensando? ¿Cómo es posible que no hubieras previsto de qué modo ibas a recogerlo del mar?».

—No lo sé —contesté, vislumbrando alguna solución a ese problema, aunque demasiado tarde—. Debería haber atado algo a la flecha o haber averiguado cómo se confecciona una red o... ¡o incluso esperar a que el calamar estuviera más cerca de la orilla! Pero ¿por qué no se me ocurrió nada de esto hasta ahora?

Deambulé de aquí para allá.

—¡Idiota! —gruñí, deseando que este mundo me dejara golpearme—. ¡Cómo se puede ser tan idiota!

—¡Muu! —me interrumpió mi seria amiga, obligándome a parar y a voltear a verla.

—Tienes razón —dije—. Cuando intentas resolver un problema, flagelarte no es la solución.

—Muu —replicó la vaca, como si quisiera decir: «Así mejor».

—Ya sé que no soy un idiota —contesté, elevando las manos con calma—, pero me pasa algo malo, es como si el cerebro sólo me funcionara a veces.

Volví a ir de aquí para allá, pero esta vez lo hice más para poder reflexionar que por estar furioso.

—Esto no es como el pánico o el hambre. Es algo nuevo. Bueno, la verdad es que no es nuevo. Hace tiempo que lo noto, pero ahora que ya comí bien y no estoy totalmente asustado, soy capaz de entender por qué tengo esta confusión mental.

Pude notar que mi ansiedad iba en aumento, que era lo último que necesitaba en esos momentos.

—¿Alguna idea? —pregunté a los animales—. ¿Alguna pista sobre qué puede estar provocando que me sienta así?

Tanto Muu como Pedernal y Nube (la oveja blanca) se limitaron a mirarme.

—Yo tampoco tengo ninguna —dije. En ese momento el sol se estaba poniendo—. Y eso es lo que de verdad me preocupa.

Regresé lentamente a mi escondite subterráneo e intenté concentrarme de nuevo en pescar. Contemplé el patético hilillo de telaraña que tenía en la mochila. Fui a la mesa de trabajo y, con un solo intento, pude comprobar que no podía pegarlo a una flecha. Del mismo modo, tampoco iba a poder confeccionar una red con un solo hilo. Necesitaba otro trozo de telaraña o...

Levanté la vista de la mesa de trabajo y, a través de la ventana del tamaño de una pared, contemplé las ovejas que pastaban en el oscuro prado.

¡Lana!

—¡Para eso es la cizalla! —les grité—. ¡Para esquilar!

Revigorizado gracias a esta nueva teoría que acababa de concebir, me puse a canturrear el camino de las cinco pes. Si quería una cizalla, necesitaba más hierro; si quería más hierro, tenía que cavar más; y si quería cavar más, necesitaba más antorchas y un pico. A pesar de mi confusión mental, logré planear, preparar y priorizar con la claridad suficiente como para acabar descendiendo por la escalera de caracol en busca de más hierro.

No estoy seguro de cuánto tardé, ya que había perdido la noción del tiempo. Para cuando extraje el hierro que necesitaba fundir para fabricar una cizalla, con la cual esquilar las ovejas, había transcurrido tal vez día y medio.

—No te preocupes —le dije nervioso, sosteniendo las tijeras con forma de U cerca de Pedernal—, esto no va a doler.

«Por favor, que no duela», imploré.

Snip, así sonaron las relucientes hojas metálicas, al cortar tres bloques de lana negra.

—Sí, señor, sí, tres bloques enteros.

—Bee —respondió mi ilesa, pero ahora muy desnuda, amiga.

—No te preocupes —le aseguré a Pedernal—, te volverá a crecer.

«Por favor, que le vuelva a crecer», rogué mientras corría con la lana hacia la sala de observación.

Si hubiera sido tan eficiente como la cizalla, sólo habría tardado unos minutos en fabricar lo siguiente que debía fabricar. Sin embargo, por culpa de unas facultades mentales cada vez más menguantes, tardé hasta el anochecer. Probé la lana con la telaraña, la lana con los palos, la lana con la lana... para cuando pasé a probar la lana con los tablones de madera, el sol ya se había puesto hacía mucho. En realidad, acerté con ese último intento porque, al colocar los tres bloques de lana sobre los tres tablones, creé la cura para mi confusión mental.

Se trataba de una cama. Nada muy lujoso, eso sí, pero aun así, todo un espectáculo para la mirada. Los tablones de madera se habían transformado ellos solos en una estructura de cuatro patas. La lana negra se había convertido, de alguna forma, en una sábana blanca, una manta roja y una suave almohada blanca. Tras colocar este nuevo mueble en el búnker, hice algo que no había hecho desde que me había despertado en este mundo. Bostecé.

«Necesito descansar —pensé—. ¿Por qué no se me había ocurrido antes...? Porque necesito descansar. Cómo no.»

Aun así, no me sentía cansado físicamente, por esa razón, casi con toda seguridad, no me había pasado por la cabeza la idea de irme a la cama. Como también había estado muy distraído intentando satisfacer otras necesidades más urgentes, como comer y curarme y que no me matara algún monstruo, era normal que no hubiera reparado en que necesitaba dormir para recuperarme mentalmente. Después de subirme a la cama, apoyar la cabeza sobre la almohada y arroparme con la manta hasta el cuello, di otro bostezo que llevaba posponiendo demasiado.

«Eso es lo que debían de significar esos recuerdos», fue lo último que pensé; los dedos dormidos, los ojos rojos, el trasero entumecido. Eran los recuerdos de una noche sin dormir. Pero ¿haciendo qué? ¿Algún trabajo? ¿Deberes? ¿Practicando alguna afición? ¿Qué había estado haciendo para estar levantado hasta tan tarde?

—Mañana —bostecé, a la vez que el mundo se fundía en negro—. Mañana lo averiguaré, porque para la mente no hay nada mejor que una buena noche de sueño repara...

11

Siempre hay que ser valiente

Estaría mintiendo si dijera que recordaba mi sueño o si afirmara siquiera que había tenido uno, pero al despertarme a la mañana siguiente quedó confirmado que una buena noche de sueño podía obrar maravillas en la mente. Imagínate caminando por la niebla, una no tan densa como para no poder verte la mano delante de la cara, pero sí lo bastante espesa como para ocultar el paisaje. Eso era lo que había sentido durante tantos días y tantas noches sin dormir. Ahora la niebla se había disipado y, por fin, podía ver adónde iba.

«A pescar otra vez —pensé, agarrando la cizalla—. A intentar confeccionar una red otra vez.»

—Hola, Nube —saludé a la oveja blanca—. ¿Cómo dormiste? ¿Porque tú duermes, no? Por lo que parece, yo sí, y por fin estoy como nuevo. De hecho —le corté tres cubos esponjosos—, estaba pensando que la única pieza que me falta en el rompecabezas de la red es más lana.

Observé detenidamente a la oveja negra (¿o era un borrego?), que se encontraba a unos pocos pasos, y me sentí aliviado al ver que le había vuelto a crecer una hermosa capa de lana.

—No pasa nada si esto no funciona —dije mientras le cortaba dos bloques oscuros y suaves, que llevé a la mesa de trabajo situada junto al bosque—, porque me acabo de despertar con un plan B.

Menos de un minuto después, tras intentar combinar lana con lana de varias maneras distintas, tuve que descartar la idea de la red de pescar.

—Y el plan B es... —anuncié a la oveja—. Redoble de tambores, por favor... ¡Una caña de pescar!

—Bee —respondió Pedernal, que volvió a comer hierba.

—Sí, lo sé —dije—. Claro que es una solución muy obvia. ¡Cómo no! Pero eso lo ves después de haber dormido a pierna suelta.

Fabriqué cuatro palos y los coloqué, junto a la lana, sobre la mesa de trabajo. Mientras intentaba combinarlos y encajarlos infructuosamente, mi cerebro, recuperado por completo, estaba concibiendo un plan B para el plan B.

—Así que la lana no funciona —concluí, rebuscando el hilo de telaraña en la mochila.

En cuanto vi que eso tampoco funcionaba, di el siguiente paso lógico. Y ahí fue cuando me desanimé un poco.

—Quizás este mundo no me deje fabricar una caña —le comenté con cautela a la oveja—, y espero que eso sea verdad —sentí un frío nudo en el estómago que iba aumentando de tamaño—. Porque si no es así, la única otra opción que me queda es conseguir más hilo de telaraña.

—Muu.

El mugido me sobresaltó.

—No te acerques a mí así —grité enojado a Muu.

—Muu —me espetó ella, diciéndome que no cambiara de tema.

—No será tan peligroso —sostuve en alto el arco—. Sabemos que son dóciles de día, así que si soy capaz de matar una araña desde una distancia segura...

La vaca resopló.

—Tengo que intentarlo —protesté mientras sostenía en alto un puñado de carne de zombi—. No puedo seguir alimentándome con esto.

—Muu —dijo la vaca, recordándome que tenía un huerto.

—Bueno, lo que planté aún necesita mucho tiempo para crecer —contesté—, y seguimos sin saber si podré comérmelo o no.

—Muu —me interrogó Muu, al intuir que no se lo estaba contando todo.

—No, supongo que no se trata sólo de una cuestión de comida —admití. Algunos pensamientos y sentimientos enterrados en lo más hondo de mi ser amenazaban con emerger—. Sino de... valor.

Clavé la mirada en el suelo y, de repente, sentí una punzada de vergüenza.

—Les tengo... miedo... a esas criaturas..., siempre estoy huyendo de ellas, siempre estoy pensando en qué pueden hacerme.

—Bee —intervino Pedernal, aportando una dosis saludable de sentido común.

—Sí, sé que debo tenerles miedo —reconocí—. Si no se lo tuviera, no estaría vivo. Supongo que el miedo es un instinto animal al que no quiero darle la espalda jamás.

Posé los ojos en el arco de nuevo y luego miré a mis amigas.

—Pero tampoco puedo ser su prisionero. Necesito saber si seré capaz de luchar si debo hacerlo, si soy capaz de controlar mi miedo en vez de que él me controle siempre a mí —me dirigí a la Colina de la Decepción—. Si soy incapaz de controlarlo, me tendré que esconder en un agujero para siempre, y así quizá pueda sobrevivir, pero eso no es vivir.

Muu lanzó un leve mugido teñido de resignación. Sabía que lo que decía era lógico, a pesar de que esa lógica me empujara a ponerme en peligro.

—Sí, tienes razón —respondí contemplando el sol del mediodía—. Ojalá hubiera llegado a esta conclusión anoche, ya que podría haber ido en busca de una araña hoy a primera hora y no habría tenido que esperar hasta mañana.

No hay nada peor que esperar, contando los segundos con una tremenda ansiedad. ¿Sabes cuál es la diferencia entre la ansiedad y el miedo? Yo no la conocía hasta ese día.

El miedo surge de una amenaza real, presente, que tienes delante. La ansiedad es una reacción ante una amenaza posible (o futura, como en ese caso). El miedo se puede dominar, pero la ansiedad hay que soportarla. Y eso fue lo que hice. Mientras paseaba por la isla, hablaba con Muu o los demás animales y le daba vueltas a cómo iba a matar a la araña, soportaba una oleada tras otra de ansiedad que me dejaba la boca pastosa y me hacía apretar los dientes con fuerza.

En lo peor de esos momentos, pensé en ciertas cosas, que eran como olas en un mar tormentoso, de las que aún me cuesta un poco hablar. Estaba pensando en rendirme. «El huerto pronto dará frutos. La carne de zombi tampoco está tan mal. No hay nada que demuestre en absoluto que en este mundo vayas a poder fabricar una caña de pescar.» Éstas son sólo algunas de las excusas que se me ocurrieron para intentar justificar que no debía arriesgarme. A medida que el día iba pasando, mis nervios fueron en aumento y mi fuerza de voluntad flaqueó. Si este mundo hubiera tenido unos días normales de veinticuatro horas, es probable que me hubiera dejado llevar por la cobardía.

Cuando se hizo de noche, me retiré al búnker, me metí en la cama y me dispuse a gozar de otro sueño reparador. Pero no pude dormir.

¡¡Pon, pon, pon, pon!!

Los estruendosos puñetazos de un zombi me hicieron saltar de la cama. Un muerto viviente había venido a visitarme.

—¡Largo de aquí! —exclamé a pleno pulmón mientras pensaba que ojalá este mundo me permitiera fabricarme unos tapones para los oídos—. Tengo que dormir un poco.

—Aaargh —gruñó el zombi, burlándose así de mi miedo.

—Sí, ya...

No te voy a contar qué fue lo que grité a continuación. No fue mi mejor momento.

Lo que en realidad debería haberle dicho al zombi era «gracias», porque después de pasar un día entero intentando inventarme razones para no luchar, acababa de recordar por qué debía hacerlo.

Cada golpe de esos puños putrefactos me ayudaba a transformar mi ansiedad en determinación.

—Si no fuera porque tengo que reservar mi única flecha —le espeté al quejoso muerto viviente—, acabarías siendo un tentempié nocturno.

Al amanecer, estaba más que preparado para batallar. Observé cómo el sol quemaba a aquel monstruo que había intentado invadir mi hogar hasta reducirlo a un montón de carne humeante, que engullí con ayuda de un balde repleto de la gran leche de Muu.

—Basta ya de esperar. Es ahora o nunca.

Con el arco en la mano, me encaminé hacia la puerta oeste y me detuve al instante al ver una araña quieta bajo la sombra del bosque.

—Ahora o nunca —susurré de nuevo, y avancé lentamente por ese campo abierto y expuesto. O bien el arácnido no reparó en mi presencia, o bien, en consonancia con mi teoría sobre cómo les afectaba la luz diurna, no parecía importarle. Incluso se giró para alejarse cuando yo me hallaba, más o menos, a una docena de bloques de ella.

Con el pulso acelerado, la piel de gallina y la boca más seca que la cecina, suspiré brevemente y tensé la cuerda del arco. La flecha salió disparada hacia el cielo y se clavó en el cuerpo bulboso de la araña.

¡Pero no se murió!

—¡Grsss! —exclamó desagradablemente el asesino de ocho patas, que de inmediato miró en todas direcciones hasta clavar sus ojos en mí.

—Uy... —tragué saliva.

Volví corriendo a toda velocidad hacia la colina en busca de protección. Unos siseos retumbaron en mis oídos. Unos colmillos fríos y mellados me arañaron la espalda. Caí de bruces, trastabillé, jadeé y corrí para salvar el pellejo mientras recibía más mordiscos en mi cuerpo expuesto.

Por mucha adrenalina que generara no podría sobrevivir a sus afilados colmillos. Por mucho poder de hipercuración que tuviera no podría contrarrestar sus continuos golpes. Un tercer impacto me empujó violentamente contra la ladera de la colina y besé el suelo. Noté que me había partido los dientes y vi que no iba a llegar nunca hasta la puerta abierta.

—¡Sssp! —siseó el exultante arácnido, que se agachó para dar el salto final.

—¡Ya basta! —grité sacando el hacha de piedra del cinturón. Me giré, lancé un hachazo y acerté a mi atacante en pleno vuelo. La tosca piedra se clavó en sus ojos carmesíes, y la araña salió despedida hacia atrás. Hubiera podido aprovechar ese momento para echar a correr, pero no lo hice; al contrario, ¡me lancé contra ella!

Gruñendo como un zombi, golpeé de nuevo a la araña, que siseó. Yo le di. Ella saltó. Yo le abrí una herida. Ella lanzó un chillido estridente y entonces se levantó una nube de humo y acabó mi primera batalla. El magullado vencedor recibió como premio un fino hilo de telaraña blanca.

—¡Muu! —me felicitó mi amiga. Su mugido se vio acompañado de unos cuantos «bees» de celebración.

—Gracias, pero... —resoplé, tomando el cordel pegajoso—. Sólo espero que funcione —me agaché dolorosamente sobre la mesa de trabajo y coloqué los palos y el hilo. Tosí mientras mi poder de hipercuración intentaba sanarme y fracasaba miserablemente, ya que tenía el estómago vacío—. Tiene que funcionar...

¡Y así fue!

Tres palos en diagonal y dos hilos de telaraña en vertical después, conseguí mostrar orgulloso mi nuevo invento a Muu.

—¡Mira! —grité, y acto seguido me dio un ataque de tos—. No... No más carne de zombi.

Mi creación tenía el aspecto que cabía esperar, más o menos: era un largo palo de madera provisto de un pequeño hilo en un extremo. La mesa de trabajo incluso me había dado un anzuelo y un corcho de pesca, que era un minicuadrado rojiblanco. Al menos, creía que lo era. De repente, me di cuenta de que no recordaba haber pescado en mi vida. Debía de haber visto el corcho en algunas fotografías o haber oído hablar sobre ese cacharro a alguien. Probablemente, ésa era la razón por la que no había pensado hasta entonces en otro elemento muy importante para pescar.

—¿En el anzuelo no hay que poner algún tipo de cebo vivo? —pregunté nervioso a Muu—. ¿O un señuelo?

—Muu —respondió la apacible vaca, recordándome que no necesitaba atraer al calamar para pescarlo.

—Okey, lo siento —noté que el súbito ataque de pánico menguaba—. Sólo tengo que lanzar el sedal y pescarlo, lo cual quiere decir que será mejor que me ponga a practicar.

Me dirigí cojeando a la orilla norte y arrojé el anzuelo al mar.

—He de reconocer una cosa —le comenté a Muu—, este hilo de telaraña se estira una barbaridad —estaba a punto de recoger el sedal para volver a lanzarlo e ir así practicando, cuando me di cuenta de que había unas burbujas en el agua. Para ser más concreto, vi unos pequeños minicuadrados de agua que sobresalían en la superficie alrededor del corcho de pescar—. ¿Esto ya estaba así antes? —inquirí a la vaca—. ¿No me había fijado en esas burbujas antes?

La contestación de Muu sonó a «¿Tú qué crees?».

—No puede ser —respondí—. Tiene que ser cosa del anzuelo. Pero ¿por qué?

No podía ver ningún calamar por los alrededores. No podía ver nada, salvo el mar y esa nueva...

—¡Estela! —grité con un tono muy agudo, al ver que unas burbujas con forma de V habían aparecido a mi derecha, a lo lejos—. ¿Qué es eso? —pregunté muy nervioso—. ¿Qué debería hacer?

Todo el miedo que me había dominado cuando me enfrenté a la araña gigante se apoderó de mí de nuevo de repente. ¿Se trataba de un calamar que estaba en las profundidades o de un calamar madre más grande o de algún gigantesco monstruo marino que nunca antes había visto? ¿Estaba a punto de morder mi anzuelo, arrojarme al mar y arrastrarme a sus fauces repletas de dientes...?

—¡Sé valiente! —exclamó Muu, obligándome a mantenerme firme—. ¡Piensa en cómo dominaste el miedo antes, en cómo venciste la ansiedad, para poder llegar a este momento! ¡Ahora no lo tires todo por la borda!

—¡Tienes razón! —grité, asombrado por la mucha sabiduría que podía encerrar un mero muu—. Siempre hay que ser valiente.

Algo chapoteó en el agua, el corcho se hundió y noté un fuerte tirón en el sedal. Tiré hacia atrás con fuerza, temiendo que un coloso submarino se me echara violentamente encima. En vez de eso, una criaturita de un color gris azulado, de alrededor del tamaño de mi mano, salió volando del agua y se metió en mi cinturón.

—¡Un pez! —exclamé—. ¡Hay peces en el mar!

No me planteé por qué no podía verlos o cómo era posible que éste se hubiera sentido atraído por mi anzuelo. De inmediato, di un mordisco a su piel suave y blanda y me sentí inmensamente aliviado al ver que tanto mi boca como mi mano cooperaban.

—Muu —mugió Muu, logrando así que dejara de masticar y que me acordara de que comer carne cruda era peligroso.

—De acuerdo —le dije—. El sushi es genial, pero no sabemos si este pez se puede comer como si lo fuera.

Volví renqueando al búnker y sentí un gran alivio al ver que el horno también acataba mis deseos, llenando la habitación de un olor familiar que me hacía agua la boca. Las llamas hicieron que el pez azulado se volviera gris y su carne pasara de tener un aspecto resbaladizo y pringoso a uno escamoso y de un color blanco perfecto.

—Qué pescado tan delicioso —mascullé, saboreando cada bocado, al mismo tiempo que mi poder de hipercuración se reactivaba con ganas—. Necesito más —gemí y, a continuación, salí para dirigirme a la playa del oeste.

Al igual que había hecho antes, lancé el sedal y esperé a que el mar bullera. Esta vez, tardé un poco más (¿quién iba a imaginar que hubiera que armarse de paciencia para pescar?), pero después de un minuto, más o menos, vi otras burbujas con forma de V. Esperé a que picara, noté el tirón y tiré con fuerza hacia atrás. Esta vez, un pez pequeño de color rosáceo y rojizo, con una mandíbula inferior muy prominente, brincó hasta mi mano.

—Me parece que eres un sabroso salmón —le dije a mi cena—. Ahora veamos si sabes a eso.

Cuando me giré para ir al búnker, posé la vista por casualidad en el huerto de trigo, donde vi que ahora había tres cuadrados de grano maduro.

«Pasé de estar famélico a poder darme un festín», pensé arrancando los tallos dorados para llevarlos a la mesa de trabajo situada junto a la playa. Tres segundos y tres tallos verticales después, estaba sosteniendo una barra de pan blandita y calientita. ¡Y sabía genial! Era tan sabrosa como una baguette recién sacada del horno.

«No hizo falta más —me maravillé—, sólo tres tallos para hacer pan.»

—Muu —me dijo la vaca desde la cima de la colina.

—Sí, eso es cierto —le sonreí—. La zanja de irrigación debió de hacer que el trigo creciera mucho más rápido.

—Muu —continuó, aunque esta vez su voz tenía un cierto tono de reproche.

—Si hubiera ido a echar un vistazo antes al huerto —admití—, no habría tenido que correr tantos riesgos para confeccionar una caña de pescar. Pero entonces nunca habría recuperado mi valor.

12

Si no arriesgas, no ganas

—Buenos días —saludé a voz en grito a mis amigas que estaban pastando—. Miren lo que acabo de descubrir.

Les mostré el salmón que había pescado ayer.

—¿No ven nada distinto? —pregunté—. ¡Eso es! ¡Está igual que ayer! Acabo de descubrir que en este mundo todo se conserva perfectamente.

—Bee —dijo Pedernal, girándose a la vez que Nube para dar buena cuenta de otro trozo de hierba fresca.

—Sí, quizá para ustedes esto no sea un gran descubrimiento —contesté—, pero en mi mundo que la comida se eche a perder es un problema muy gordo. En el pasado, teníamos que secarla o salarla o... Creo que para eso se inventaron las especias. Estoy seguro de que oí eso en su día. Incluso ahora, todo hay que congelarlo o refrigerarlo o envasarlo con conservadores, los cuales pueden ser tan peligrosos como la comida en mal estado. Pero esto... —olisqueé el salmón para asegurarme—. Esto significa que no tengo que perder el tiempo intentando dar con la forma de almacenar la comida para que no se estropee. Puedo hacer acopio de todo lo que necesite durante el tiempo que necesite, ¡lo cual quiere decir que vencí al hambre!

—Frrff —resopló Muu. Me advertía de que no echara las campanas al vuelo.

—De acuerdo —respondí, y saqué la caña de pescar de la mochila—. El huerto todavía es muy pequeño y los peces no se van a pescar solos.

Después de fabricar un horno exterior y de desayunar un salmón suculento y grasoso, me fui a la orilla sur de la isla, donde pasé el resto de la mañana pescando. Puedo entender por qué en mi mundo mucha gente pesca por diversión. Por la expectación de la primera vez que los peces pican el anzuelo, por la emoción de notar que hay algo enganchado a él y por ese último instante, justo antes de recoger el sedal, cuando te preguntas qué es exactamente lo que pescaste.

Esa última parte realmente se volvió muy importante cuando descubrí la cantidad de criaturas distintas que nadaban en ese mar. Además de los salmones y los pececillos gris azulados, había otras dos especies que reconocí inmediatamente, puesto que también existían en mi hogar: los peces de rayas naranjas y blancas, y los de color amarillo, redondos y con púas. Como ya mencioné antes, tal vez nunca hubiera pescado en mi mundo, pero había visto bastantes películas o visitado bastantes acuarios para saber que se trataba de «peces payaso» y «peces globo». Como ninguno de los dos eran comestibles (y no me iba a arriesgar a comer sushi envenenado), los guardé por si tal vez podían serme útiles en un futuro.

Irónicamente, mi tercera captura incomible fue precisamente la razón por la que había empezado a pescar. Los calamares son unos auténticos toca..., bueno, te tocan en esa parte del cuerpo donde se forman los espermatozoides. No se acercan al anzuelo como los peces y, cuando logras que muerda alguno, se retuercen y se liberan. Después de varios intentos exasperantes, logré arrastrar a uno hasta unas aguas poco profundas, donde pude darle un hachazo mortal. Entonces, como insulto final, descubrí que el trocito de carne negra que dejó caer no era carne de verdad, sino una glándula de la que mi boca no quería saber nada.

—Pues bien —dije, encogiéndome de hombros ante Muu y examinando los tres salmones y la media docena de peces gris azulados que llevaba en la mochila—. A lo mejor pesco unos cuantos más, sólo por si acaso.

Arrojé el anzuelo al mar y esperé a que se formara la inevitable V. Unos minutos más tarde, divisé un pez y me preparé para notar el leve tirón cuando picara. Pero éste no fue para nada leve, sino fuerte y enérgico, como si hubiera algo mucho más grande que un pez al otro extremo del sedal.

—¡Vaya! —exclamé, a punto de soltar la caña. ¿Podía tener razón? ¿De verdad existían los calamares madre o los gigantescos monstruos marinos?—. Sé valiente.

Tragué saliva y tiré de la temblorosa caña.

Nunca podría haberme esperado, nunca podría haberme imaginado, que algo así pudiera emerger de esa superficie burbujeante. No era un pez, ni un monstruo, sino un par de viejas y andrajosas botas de cuero.

—¿Son mías? —le pregunté a Muu—. ¿Crees que se me cayeron de los pies cuando me desperté en el mar? Quizá las arrastró hasta aquí la corriente.

Si ésa no era la respuesta, entonces alguien que no era yo tenía que haberlas confeccionado... y, en ese momento, el mundo que me rodeaba pareció hacerse mucho más grande.

Me las puse y descubrí que encajaban perfectamente sobre mis zapatos pintados.

—Tienen que ser mías —afirmé—, a menos que toda la gente en este mundo calce el mismo número de zapato —di unos cuantos pasos para probarlas—. Y también me quedan como un guante y la protección extra que me proporcionan les viene realmente bien a mis pies.

—¡Frrff! —me regañó Muu, que se fue alejando.

—Sí, ya sé que son de cuero —repliqué mientras la seguía—, pero no puedo deshacerme de ellas. O sea, sí, están un poco raídas y demás, pero me protegen los pies...

Esa palabra hizo que me detuviera de repente.

«Protegen.»

Hace unos días, nunca habría llegado a esta conclusión lógica, pero ahora, como estaba bien alimentado y descansado, mi cerebro se aferró a esa idea.

—¿Crees que este mundo me dejará confeccionar otro tipo de vestimenta con otros materiales? —inquirí a Muu mientras avanzaba a zancadas hasta donde se encontraba comiendo con Nube.

—Bee —contestó la oveja, cuya lana ya se había regenerado.

—No, no, no pretendo usar lana —le aseguré—. Pienso utilizar hierro para hacer una armadura.

—¿Muu? —inquirió la vaca, planteándome un montón de preguntas.

—Una armadura —repetí—. Algo que podré llevar sobre la ropa y que podrá protegerme del puñetazo de un zombi o la picadura de una araña.

—¿Bee? —preguntó Nube.

—No estoy seguro de que pueda hacerlo. No sé si este mundo me dejará forjarla. Pero ahora que ya vencí al hambre, la última necesidad básica que me queda por cubrir es la seguridad.

Me quité las botas y apunté con ellas al horizonte.

—En cuanto pueda tachar de mi lista los ataques de las criaturas, podré dejar de preocuparme por la supervivencia y plantearme por fin las preguntas realmente importantes.

—Muu —dijo Muu.

—Sí —contesté con la mirada clavada en el suelo—. Me parece que voy a tener que cavar mucho.

Tras tomar unas antorchas y un par de picos de repuesto, descendí por la escalera de caracol. Extraje un bloque gris tras otro, lo cual fue una tarea lenta y tediosa, y también me llevé algún susto cuando me topé con ciertos tipos de rocas que no conocía. Todas tenían motas grises, blancas y rosas, pero todas eran totalmente inútiles, y ni siquiera eran dignas de recibir un nombre propio.

Casi fue un alivio que se rompiera esa monotonía cuando di con un depósito de tierra. Agarré la pala, me puse manos a la obra y lancé un potente «¡Eh, sí!» en cuanto el último cubo salió de su sitio y reveló que tras él había una veta de hierro.

—Terminé —canturreé, sin ser consciente de que eso no había hecho más que comenzar.

Detrás de esos ocho bloques de motas naranjas, descubrí una veta totalmente nueva. Era roja y, al igual que el carbón y el hierro, estaba incrustada en una roca gris normal.

—Esto me gusta —dije, al ver que esas motitas de color cereza brillaban en cuanto las golpeé por primera vez con el pico.

Si conoces una sustancia similar en nuestro mundo, puedes añadir una nota a pie de página al respecto en esta historia para cualquier futuro viajero. Pero como nunca he visto ni he oído hablar de nada que se asemeje a esta piedra roja, la voy a llamar simplemente «piedra roja».

Más tarde, mucho más tarde, averigüé que éste era uno de los minerales más valiosos y útiles de este mundo. Aunque, en esos momentos, yo era tan ignorante que ni siquiera sabía cómo extraerlo. Intenté darle unos cuantos golpes con el pico de piedra, pero lo único que logré fue destrozar toda la roca.

«A lo mejor si usara un pico de hierro me iría mejor», pensé. Fabricar herramientas de hierro era una tarea más prioritaria que forjar una armadura de hierro.

Tras subir para volver al búnker, metí el mineral en bruto en el horno y luego llevé los lingotes que obtuve hasta la mesa de trabajo situada junto al bosque. Después de fabricar un pico con punta de hierro, probé a confeccionar un atuendo que me protegiera de las criaturas.

Nueve segundos más tarde, tuve una respuesta.

—¡Sí, este mundo me permitirá fabricar una armadura! —le grité a Muu, sosteniendo en alto un casco de hierro.

Me puse mi nuevo casco y me sorprendió lo ligero y cómodo que era. ¿No se suponía que las armaduras eran justo lo contrario: pesadas y calurosas y que raspaban mucho?

—No puede ser más perfecto, ¿verdad? —pregunté mientras me pavoneaba alrededor de la vaca que pastaba—. Es tan cómodo y a prueba de monstruos.

—Muu —me advirtió mi siempre cautelosa amiga.

Respondí haciendo un gesto con la mano para indicarle que no se preocupara.

—No voy a dar nada por sentado hasta poder probarlo a fondo. Además, tampoco voy a dejar de cavar en la mina mientras espero que llegue el momento de probarlo.

Tras otro sueño reparador sin sueños, bajé corriendo las escaleras como si fuera la mañana del día de Navidad, aunque en cierto modo así era, si teníamos en cuenta la cantidad de regalos que me aguardaban allá abajo. Pensar en la misteriosa y nueva piedra roja y en que iba a obtener más hierro me hacía caminar con más brío.

Bueno, mejor voy al grano. Con el pico de hierro, pude extraer la piedra roja de la roca, pero tras llevar a cabo unos experimentos apresurados bajo tierra en los que fui probando diversas combinaciones, fui incapaz de fabricar nada, salvo una antorcha. Por cierto, esa pequeña, tenue y parpadeante tea no iluminaba tanto como las normales de punta de carbón.

—Vaya chasco —dije, y me guardé el resto de la piedra roja. Me giré hacia mi nuevo y reluciente pico de metal y añadí—: al menos ahora te tengo a ti.

¡Y menuda mejora suponía con respecto al modelo de piedra! Un pico de hierro no sólo es el doble de eficiente, sino que es capaz de soportar el doble de castigo.

«Ya llegué a la Edad del Hierro —pensé, apartando una piedra tras otra a golpes—. Tengo unas herramientas mejores y una armadura y... ¡ve a saber qué más podré fabricar!»

Medio día después, había extraído el hierro suficiente para fabricar una coraza o una cota de malla o como se llame ese peto hecho de hierro. Al igual que el casco, era ligero como una pluma, y al igual que las puertas y trampillas de este mundo, sus brazos se movían gracias a unas articulaciones invisibles.

—Es tremendamente flexible —le comenté a gritos a Muu, blandiendo mi hacha de piedra como si estuviera combatiendo de verdad—. En cuanto extraiga más material, pareceré un héroe salido de una novela de fantasía o de la verdadera y oscura Edad Media.

Al oír eso, Muu me miró con curiosidad.

—No, no fue literalmente oscura —le expliqué—. Se dice que fue así porque la estupidez campaba a sus anchas. Fue una época en la que la gente no leía, no se bañaba nunca y se peleaba un montón porque no se les ocurría otra cosa mejor que hacer. Y como se peleaban tanto, tenían que llevar armaduras y...

Pronuncié esas últimas palabras con un hilo de voz. Como ahora podía ver la imagen de una armadura completa en mi mente, me di cuenta de cuál era su complemento ideal, que había pasado por alto hasta ese momento.

—¡¡Una espada!! —le grité a Muu, a la oveja y a cualquiera y cualquier cosa que pudiera escucharme—. ¡Tengo que forjar una espada!

Me dirigí a las escaleras a la velocidad de la luz.

—Por favor, mundo, déjame fabricar una espada —rogué mientras golpeaba con el pico esa infinidad de piedras.

El muro gris se desmoronó y aparecieron unos tenues puntos naranjas. Me moría de ganas de subir al piso superior; tenía que averiguar ya si podía fabricar una espada. Mientras sudaba, ya que mi nuevo horno estaba transformando esa pequeña cámara excavada en la roca en un sauna, maldije este mundo por no permitirme cruzar los dedos.

Pero no hacía falta. ¡Funcionó! Sólo hizo falta colocar un palo bajo dos lingotes de hierro para obtener un arma de una belleza letal.

—Me darás seguridad y me protegerás —le dije a la espada— porque me harás más fuerte.

Y sí, por si acaso te lo estás preguntando, este mundo te permitirá fabricar espadas tanto de piedra como de madera, si quieres. Y sí, no es que esté precisamente satisfecho conmigo mismo por no haberlo pensado antes. Pero acordémonos de la regla de no obsesionarse con los errores del pasado, ¿okey?, y centrémonos en los logros del presente.

—Tengo que darte un nombre —le dije al arma de doble filo—. ¿No fue eso lo que hizo ese chico de esa historia después de haber matado a la araña gigante, o lo que hizo ese rey tras sacar una espada de la piedra? —en realidad, eso era lo mismo que había hecho yo, aunque para acabar con esa hoja en mis manos, había tenido que seguir un proceso algo más complejo—. Él tenía a *Excalibur*, aunque a saber lo que significa ese nombre, y yo tengo a...

Le di vueltas a unos cuantos nombres muy geniales: *Asesina*, *Portadora de Tormentas* y *Fuego de la Llama Eterna*. Al final, opté por uno que no sonaba tan bueno, pero que reflejaba muy bien lo que esa arma significaba para mí.

—Como tu función es protegerme —proclamé—, serás conocida para siempre como *Protectora*.

Y tras hendir el aire con ella varias veces de un modo teatral, añadí:

—Espera a que esa escoria nocturna de ahí arriba sufra tu ira.

—Yiii.

Me quedé helado, preguntándome si yo había hecho ese ruido con las botas.

—Yiii.

No, no era yo. Era alguna otra cosa, algo que estaba cerca, algo que tenía que estar justo detrás de las rocas.

—Tenemos compañía —le dije a *Protectora*. Acto seguido, la cambié por mi pico de hierro e intenté localizar de dónde procedía ese ruido.

¿Te acuerdas de que te comenté hace tiempo que los ruidos en la isla tenían la mala costumbre de venir de todas partes?

Bueno, pues bajo tierra sucedía lo mismo. Con el primer túnel que abrí, debí de elegir la dirección totalmente equivocada, porque, cuando ya llevaba avanzando un minuto o algo así, los chillidos se desvanecieron. Tras girarme, cuando sólo había excavado un poco más, me topé con un bloque de piedra delante de mí que se esfumó de repente. Y no me refiero a que lo hubiera golpeado con el pico y lo hubiera sacado de su sitio o a que se hubiera desintegrado. ¡Quiero decir que se desvaneció literalmente en una nube de humo como si fuera una criatura muerta!

En su lugar, había una criatura diminuta, gris y con espinas que, por su aspecto, parecía ser el hijo de un cangrejo y un puercoespín.

—Bueno, hola —lo saludé, a la vez que me acercaba a lo que pensaba que era un bicho completamente inofensivo—. Encantado de conocer... ¡Ay!

Salté hacia atrás al notar que atravesaba con sus dientecillos el cuero de mis botas.

—Pero serás... —acerté a decir, y al recibir el segundo mordisco, lancé un «¡aaayyy!» muy poco digno—. ¡Largo de aquí! —grité, mientras retrocedía por las escaleras.

Pero no me dejaba en paz, pues me mordía y hacía todo lo posible por enfurecerme.

—¡Te lo advierto! —exclamé entre gritos y alaridos—. ¡En serio! No me obligues a...

El siguiente mordisco fue el último que me dio, ya que maté al «cangrespín» dándole un buen espadazo.

—Lamento que no hayas podido debutar de forma más heroica —me disculpé con *Protectora*—. Pero ahora ya sabemos cuál era el origen de esos ruidos.

Entonces, como si le hubiera dado pie, se oyó otro chillido.

—O no —apostillé, consciente de que ahí venían los refuerzos del diminuto bicho que había disfrutado mordiéndome los dedos de los pies.

Alcé la espada y me adentré con cautela en el túnel del cangrespín. Pero esta vez ni siquiera tuve que utilizar el pico, puesto que dos piedras más se desvanecieron y dieron paso a dos de esos bichos a los que les rechinaban los dientes.

—Bueno —dije, reduciéndolos a polvo con mi espada—, ahora al menos sé que tengo que fabricarme unas botas de hierro...

—Yiii.

«¿En serio?», pensé, y me pregunté cuántos más de esos irritantes cangrespines me esperaban.

—Yiii —oí de nuevo, aunque esta vez más cerca que nunca.

—Espera un momento —dije, deteniéndome un instante a escuchar.

El ruido que había estado oyendo todo este tiempo se hallaba cerca, pero no era exactamente igual que el chasquido del cangrespín. Se parecía más al chillido de un ratón o una rata.

—Genial —comenté sarcásticamente—, ahora unas alimañas me van a mordisquear los dedos de los pies.

Con el pico en la mano y la espada en el cinturón, golpeé bien fuerte la pared de piedra que tenía delante y di un grito ahogado cuando un bloque cayó y dejó paso a una negrura total. Una corriente de aire cálido y húmedo atravesó la abertura, junto a una criaturilla alada de color café.

«¡Un murciélago!», pensé, y saqué a *Protectora*. ¿Los murciélagos no te chupan la sangre? ¿Se me lanzaría al cuello o a los ojos? Pero no hizo ni una cosa ni la otra, ese roedor con forma de ave pasó volando cerca de mí y subió por las escaleras hasta la superficie.

—¡Más te vale que seas el último bicho que me encuentro aquí abajo! —vociferé, sintiéndome muy agradecido por no tener que oír más chillidos.

Aparté la segunda piedra del túnel, logrando así que hubiera una entrada lo bastante alta para que yo pudiera pasar. Sin embargo, antes de dar un paso más, me aseguré de colocar una antorcha en el suelo justo delante de mí, cuya luz parpadeante apenas alcanzaba a iluminar las paredes y el techo de una cueva realmente descomunal.

Podía ver varias vetas de carbón, piedra roja y, para gran alegría mía, hierro, todas ellas incrustadas en las paredes próximas.

—¡Bingo! —exclamé, y abandoné el círculo de luz a todo correr. Usé más antorchas y pude comprobar que ahí había más hierro, más carbón, más...

Clic.

Me quedé parado.

Clic-clac.

«¿Un esqueleto? No, no puede ser. Aquí abajo, no.»

Una flecha atravesó silbando la oscuridad y me alcanzó en el hombro. Me giré, más por culpa del impacto que de la herida que había recibido, ya que el peto de hierro había evitado que penetrara demasiado. Desconcertado, vi un esqueleto arquero que irrumpía ruidosamente en la zona iluminada.

—¿Cómo pudiste bajar hasta aquí? —pregunté, levantando a *Protectora*—. ¡¿Es que también pueden cobrar forma bajo tierra?!

Mi enemigo respondió lanzando otra flecha, que acabó clavada en mi peto. Al mismo tiempo que hacía una mueca de dolor, arremetí con *Protectora* en ristre. Dos flechas, sí, dos, me alcanzaron por el camino. La primera procedía del esqueleto que tenía delante; la otra, de la oscuridad que tenía detrás.

«¿Qué...? ¿De dónde...?»

Aturdido, pero no desalentado, intenté realizar otro ataque frontal. Un par de proyectiles más impactaron en mí y me hicieron retroceder. Ahora podía ver el segundo esqueleto, emergiendo de las sombras estrepitosamente para dispararme una flecha que me alcanzó en pleno pecho.

—Se... —me callé al recibir otra tromba de flechas en mi peto—. ¡Se supone que no deberían estar aquí abajo!

Como seguía sorprendido y aún no podía creérmelo, titubeé otro instante más, lo cual bastó para que otros dos flechazos me obligaran a retroceder de nuevo. Me di cuenta de que parecía un alfiletero y de que con mi estrategia actual lo único que iba a conseguir era que me mataran. Por mucho que intentara abalanzarme sobre ellos con la máxima rapidez posible, nunca me acercaba bastante para alcanzarlos; además, tanto mi armadura como mi poder de hipercuración sólo me mantendrían con vida un tiempo. No iba a poder sobrevivir a ese bombardeo.

—¡Pues muy bien! —grité, y entonces me di la vuelta y corrí hacia la salida—. ¡Vengan por mí!

Zigzagueé bajo la incesante lluvia de flechas y de un salto me adentré en el seguro túnel. Los ruidosos sacos de huesos se hallaban a unos pocos pasos de mí.

«Bien», pensé, mientras me escondía a un lado de la entrada.

Había aprendido muy pronto que ser capaz de pensar bajo presión era una habilidad muy a tener en cuenta. Ahora tenía la primera oportunidad de poner esa capacidad en práctica. Me percaté de que la distancia era la aliada del arco y la enemiga de la espada. Sin embargo, en un espacio reducido, quizá las fuerzas se compensaran.

En cuanto el primer rostro sin carne se asomó, hundí mi hoja en él directamente. El esqueleto se giró hacia mí y me disparó a bocajarro en la pierna. Resoplé al notar la flecha clavada profundamente en mi desprotegido muslo.

—¡Ahora vas a morir!

Tras recibir un último corte letal, el arquero desapareció en una nube. Antes de que el humo se despejara, el segundo e inconsciente huesudo ocupó su lugar. Como ya había aprendido la lección, me quedé en la esquina de la cámara, a una distancia que me permitía poder darle, pero que me mantenía oculto, a fin de no ser un blanco claro.

—¡Cómete esto, huesitos! —gruñí, enviando al segundo esqueleto, con la hoja de mi espada, al mismo sitio al que había ido su compañero.

Me dejé caer sobre la pared posterior de piedra y rebusqué frenéticamente en el cinturón un pescado. El que había traído para tomar como tentempié bastó para cerrar la mayoría de mis heridas y disolver el bosque de flechas que me sobresalía del pecho. Mientras se desvanecían de una en una, vi que los agujeros que habían abierto en mi armadura no desaparecían.

—Tengo que aprender a arreglar estos desperfectos —dije, y vi que *Protectora* también había sufrido unos cuantos rasguños.

Miré al suelo y comprobé que los esqueletos me habían dejado varios trofeos de guerra. Levanté otro arco, dos flechas más y dos piernas blanquecinas que no eran más que puro hueso. Mientras examinaba todo aquello con la mano izquierda, la imagen de un polvo blanco cobró forma en la derecha.

Bien, ahora, si ya sabes para qué sirve la harina de hueso, date una palmadita en la espalda. Ah, ya, este mundo no te permite hacer eso, al igual que a mí no me permitía arrancarme una flecha de la espalda. Sin embargo, a esas alturas, no me importaban tanto los esqueletos muertos de la superficie como el peligro que suponían los que estaban algo más vivos bajo tierra.

—¿Cómo lo hacen? —grité, cruzando furioso la puerta de mi sala de observación—. ¿Cómo es posible que esas criaturas se generen en las cuevas?

—Muu —respondió la vaca que seguía masticando ruidosamente, como si quisiera decir: «Lo hacen y ya está».

—Creía que estaba a salvo ahí abajo —me quejé, mientras caminaba enojado de aquí para allá delante de ella—. ¡Precisamente bajé allí para conseguir cosas que me permitieran protegerme de las criaturas de aquí arriba!

Muu resopló lacónicamente.

Suspiré.

—Supongo que tienes razón. Vale la pena, porque cualquier cosa que encuentre, sea lo que sea, con la que pueda protegerme aquí arriba también me protegerá ahí abajo —me quité el peto y examiné los agujeros que recordaban los de un colador—. Cuesta aceptar que siempre me voy a encontrar desafíos allá donde vaya.

Muu resopló de nuevo.

—Bien dicho. Cuanto antes lo acepte, más fácil será prepararme para afrontarlos —me puse otra vez mi armadura machacada y empuñé la espada, que había sobrevivido a su bautizo en batalla—. Si no arriesgas, no ganas.

13

Si el mundo cambia...

—Ahora que sé que, si bajo a excavar, puedo enfrentarme a monstruos —le dije a Muu—, tengo que cambiar la parte de planear y preparar de mis cinco pes.

—Muu —contestó la vaca, lo que podría interpretarse como un sarcástico «¿Tú crees?».

—Necesito un nuevo plan de batalla; a partir de ahora, quizá tenga que luchar casi siempre ahí abajo —continué—, y eso implica que tengo que conseguir mucha más comida para poder hipercurarme —recorrí el bosque con la mirada, imaginándome qué aspecto tendría después de anochecer—. Eso también implica que debo volver a estudiar a las criaturas por las noches para asegurarme de que no me pierdo ningún detalle sobre su comportamiento. Lo cual también implica —posé la mirada en la espada— que debo seguir haciendo experimentos con todos los recursos que tengo a mi alcance. Debo estar seguro de que no se me pasa ninguna posible arma por alto.

Tras cambiar la espada por el hueso de esqueleto que llevaba en el cinturón, añadí:

—Quién sabe qué podré fabricar con esto.

Lo que acabé consiguiendo fue que la frustración que me había dominado en el pasado volviera a adueñarse de mí. Pero esta vez fue peor, puesto que no podía echarle la culpa de mi fracaso al hambre o a la falta de sueño.

—¡¿Para qué sirve?! —me quejé con Muu, sosteniendo en alto la harina de hueso blanca e inútil—. Si no puedo comérmela o quemarla o convertirla en algo útil, ¿por qué este mundo me permite quedarme con ella?

Encolerizado, arrojé una pizca al suelo y, sobresaltado, brinqué hacia atrás al ver que, en esa superficie plana y verde, brotaban de repente unas hierbas altas y flores.

Contemplé las otras dos pizcas que me quedaban.

—Bee —dijo Pedernal, completando mis pensamientos.

—Para plantar comida —le di un puñetazo a la hierba alta para obtener sus semillas—. ¡Para eso sirve esta harina de hueso!

«¿Quién podía imaginarse que las plantas necesitaran comer?»

—¡Cloc, cloc, cloc!

Me giré y vi que las dos gallinas se habían presentado allí.

—¿En qué puedo ayudarlas? —les pregunté con mucha formalidad a modo de broma—. De repente, chapotear en la laguna dejó de tener tanta gracia como...

—Cloc, cloc, cloc —me interrumpieron, con los ojos clavados en lo que tenía en la mano.

—¿Las semillas? —inquirí, y súbitamente me vino a la mente un encuentro similar.

¿Acaso las demás gallinas, las que el *creeper* había hecho volar por los aires, no se me habían quedado mirando muy fijamente la última vez que había tenido unas semillas en la mano? ¿No había estado pensando en eso mismo justo antes de la explosión?

—Esto es lo que quieren —dije, estirando el brazo—, ¿verdad?

Con sólo dos fuertes picotazos, desaparecieron dos de las cuatro semillas. Y créeme cuando te digo que no me invento lo que sucedió a continuación. Unos corazoncitos rojos, como los que se pueden ver en algunos dibujos animados antiguos, surgieron de ambas aves.

—¿Tú también estás viendo esto? —pregunté a Muu.

Los dos bichos perdidamente enamorados se acercaron el uno al otro sin parar de cacarear, se miraron a los ojos y, acto seguido, se separaron en cuanto un pollito blanco cobró forma súbitamente entre ellos.

—¡Así que de ahí vienen los niños! —exclamé—. Al menos en este mundo.

Intenté repetir la jugada, pero los padres ignoraron lo que les ofrecía.

—Lo entiendo —aseveré—. Están llenas. Bien, a mí me vendrán bien para hacer más pan.

Fui corriendo al huerto, donde planté las semillas en una nueva hilera, frente a la zanja de irrigación. Después tomé las dos últimas pizcas de harina de hueso, las esparcí sobre un par de tallos casi maduros y al instante los cuadrados maduraron.

—Esto mejora por momentos —dije, sin ser consciente de lo mucho que iba a mejorar ese día en breve.

Al recoger el trigo, conseguí cuatro (sí, eso es, cuatro) paquetes de semillas nuevas.

—¡Alucinante! —exclamé mientras las replantaba.

Luego volví corriendo adonde estaban mis amigas para contárselo.

—¡Chicas! —grité, agitando en el aire el grano dorado—. ¡A veces se pueden conseguir semillas extra! Puedo expandir el huerto sin tener que buscar más.

—¡Muu! —contestó Muu, que se mostró tan entusiasta como yo, algo muy raro en ella. Y luego ella y las ovejas se me acercaron corriendo, lo cual no era nada habitual en ellas.

—Vaya, pero ¿qué pasa? —pregunté, mientras fijaba la vista en lo que había detrás de ellas, para asegurarme de que nada las perseguía. Al mismo tiempo, cambié el trigo que tenía en la mano por la espada.

Los animales se pararon, las ovejas incluso apartaron la mirada. Entonces lo comprendí.

—Quieren esto —afirmé, sosteniendo en alto el trigo, de tal modo que volví a tener toda su atención—. Al igual que los pollos, ustedes también pueden... eh... bueno... ya saben.

Mientras me sentía súbitamente incómodo y me preguntaba si se me habían sonrojado las cuadradas mejillas, ofrecí las fanegas a Pedernal y Nube. Unos corazones volaron, sus miradas se encontraron y entonces la isla tuvo otro residente más.

—¡Feliz cumpleaños! —le dije a la adorable borreguita del color de un día lluvioso—. Bienvenida a nuestra demencial islita, pequeña Lluviosa.

Me volví hacia Muu y, cuando estaba a punto de hacer un chiste sobre que iba a tener más bocas que alimentar, me callé al ver que se daba la vuelta.

A lo mejor había perdido todo el interés, ahora que ya no había más trigo. Esperaba que fuera eso. Esperaba que no estuviera pensando en la pareja que había perdido o en el ternerito que nunca tendría.

—Mañana te traeré más —le prometí, a la vez que me fijaba en que el cielo se estaba oscureciendo—. ¡Te lo prometo!

«Eres la única de tu especie —pensé con tristeza, al mismo tiempo que regresaba a la colina—, igual que yo. Aunque si compartimos esta soledad, eso quiere decir que realmente no estamos solos.»

Esa noche, no debería haber intentado estudiar a los monstruos. Al acordarme del compañero que había perdido Muu, así como de las primeras gallinas, había desenterrado de mi memoria el trauma del ataque del *creeper*. Debería haberme ido directamente a la cama y haberme despejado mentalmente para estar fresco como una rosa la noche siguiente. No obstante, revivir el ataque fue lo que me llevó a hacer el siguiente descubrimiento.

Sucedió en mitad de la noche. No podía dejar de pensar en esa pesadilla. Intenté centrarme en las criaturas que cobraban forma delante de mí, en los *creepers* reales que se deslizaban silenciosamente junto a mi ventana. Todos ellos se desvanecían entre mis recuerdos. No podía apartar de mi mente el rugido de la explosión, el dolor de las heridas, los espeluznantes restos de carne y de piel de vaca y...

De improviso, volví al presente del todo y alejé esos recuerdos de mi cabeza. Bajé corriendo por el túnel hasta llegar al búnker y me acerqué al arcón. Ahí estaba la pluma. Me había olvidado totalmente de ella, así como del trozo de pedernal.

«No te tortures —pensé, mientras me llevaba ambos objetos a la sala de observación—. Los encontraste en momentos distintos; además, tenías muchas cosas en qué pensar.» Los dejé sobre la mesa de trabajo y coloqué sólo un palo entre ellos. «Ahora puedes centrarte en luchar y contemplar los mortíferos resultados.»

—¡Miren! —grité hacia la ventana, sosteniendo en alto cuatro nuevas flechas—. ¡¿Las ven?! —daba igual que las criaturas las vieran o no, seguramente las iban a sentir en sus carnes en breve—. Vas a probar tu propia medicina —le dije a un esqueleto cercano—, ¡como todos los demás!

Como si quisiera retarme, una araña pasó a hurtadillas junto a la ventana.

—Nunca te acercarás tanto —le avisé— como hizo tu hermana cuando sólo tenía una flecha —agité en el aire los múltiples proyectiles que ahora tenía—. Y lo que es más importante, ¡sé cómo fabricarlas! Mientras pueda arrancar palos a los árboles y sacar pedernales de la grava y plumas de...

Me callé, pues se me acababa de ocurrir una idea. «Gracias a las semillas, puedo tener más pollos —pensé—, y gracias al huerto, puedo conseguir más semillas.»

—¡Muu! —exclamó la vaca al aproximarse; al parecer, intuía cuál era el plan que estaba ideando.

—Eso es —repliqué—. ¡Voy a criar gallinas para tener plumas, será muy fácil! —Muu me miró con cara de póquer—. Lo que quiero decir con «muy fácil» —le aclaré— es que todo lo que fabrico, ya sean herramientas o armas, requiere una gran inversión de esfuerzo y tiempo, así como reunir diversos materiales, como madera y piedra y hierro. Pero para montar una granja de pollos, sólo necesito más semillas del huerto que habría conseguido de todos modos. Por eso digo que es muy fácil. Tendré plumas sin hacer nada y —el nudo que sentía en el estómago se deshizo ante esta revelación— ¡comida! Necesitaré mucha comida extra si voy a tener que abrirme paso a golpes en la cueva. Además —añadí mientras se me hacía la boca agua sin querer—, ¡el pollo frito sabe tan bien!

—Frrff —resopló Muu, rebajando mi euforia.

—No, no es lo mismo que comerte a ti —repliqué a la defensiva— o a ellas —señalé a la familia de ovejas que estaba detrás de ella—. Las conozco, chicas. Son mis amigas. Pero esas aves, sólo son... sólo... Ni siquiera soy capaz de distinguirlas. ¿Tú sí?

Muu intentó fustigarme con su silencio.

—¡Lo necesito! —insistí, negándome a ser intimidado por una criatura tan poco intimidante como una vaca—. Toda la ayuda es poca si quiero conseguir el hierro y el carbón necesarios.

El hecho de discutir con Muu había provocado que surgiera una idea de los lugares más recónditos de mi mente. Era una teoría a la que había estado dando vueltas desde hacía algún tiempo y que ahora me sentía con la confianza suficiente como para expresarla en voz alta.

—Mira eso —le pedí, señalando el árbol de las antorchas—. Desde que lo iluminé, ni un monstruo, ni uno solo, ha cobrado forma cerca de él, lo cual deja claro que las criaturas no pueden cobrar vida bajo la luz de las teas, y eso quiere decir que, si consigo el carbón suficiente para fabricar las antorchas necesarias para iluminar toda la isla, estaré totalmente a salvo.

Saqué un trozo de carbón del cinturón.

—Así que voy a necesitar toneladas de este material, lo que significa que tendré que excavar un montón en esa cueva infestada de monstruos —agité en el aire el trozo de carbón para señalar a las lejanas gallinas—. Y eso implica que necesitaré toneladas de plumas y comida.

—Muu —me reprochó el mamífero superior.

—¿Cómo puedes juzgarme si tú tienes toda la comida gratis que quieres? —le espeté bromeando mientras volvía al búnker.

—Muu —respondió, y yo cerré súbitamente la puerta del túnel.

—Eres insoportable —refunfuñé metiéndome en la cama, donde intenté sepultar en lo más profundo de mi mente cualquier clase de duda—. Bueno, no me vas a desanimar, mañana bajo a cavar.

Y no lo hizo, ni tampoco durante la semana siguiente. Sí, dije una semana. Hasta ahora, siempre te había ido explicando todos los pasos que di día a día. Pero ya podemos pasar a otra fase en este relato porque ocurrió algo alucinantemente alucinante: ¡caí en la rutina!

Por primera vez desde que me desperté en este mundo impredecible, viví siete días tranquilos y razonablemente predecibles en los que todo estuvo bajo control. Me levantaba por las mañanas, me ponía la armadura, tomaba las herramientas y las armas, así como algo de pan y pescado, y descendía tranquila y alegremente bajo tierra.

Todos los días llenaba la mochila de más minerales: carbón, hierro e incluso esa arcana piedra roja. Aunque esta última me seguía desconcertando, eran las dos primeras las que permitían que el horno siguiera funcionando. Aprendí a fabricar botas y grebas de hierro. De ese modo, al segundo día parecía un guerrero de verdad, aunque cubierto de las abolladuras del combate, y al cuarto aprendí a reparar esos desperfectos.

¿Sabes lo que es un yunque? Al igual que los corazones de los que hablé antes, yo sólo los había visto en los dibujos animados; ya sabes, cuando dejan caer uno sobre la cabeza de un personaje. Ahora, después de averiguar cómo había que combinar una fila de lingotes para obtener unos cubos de hierro, descubrí que si combinabas una hilera de cubos con una T invertida de lingotes, obtenía un artilugio grueso, pesado y ridículamente útil. Imagínate las dos ranuras del horno, pero una al lado de la otra en vez de una arriba y otra abajo. Sólo tienes que colocar el objeto que quieres arreglar en la ranura izquierda y un poco de hierro extra en la derecha y, zas, queda como nuevo.

Así arreglé la armadura, las herramientas e incluso mi arco desgastado al combinarlo con el otro arco hecho polvo que había obtenido de un esqueleto al que había vencido. Y ese arco me sería realmente útil porque para poder extraer todo ese hierro y carbón tenía que pagar un precio muy alto.

La primera criatura que maté a lo bestia era un zombi y no lo hice a una distancia segura. El día uno, estaba picando en un depósito de mineral cuando oí un gruñido muy familiar.

—¿Estás lista? —le pregunté a *Protectora*—. ¡Porque yo sí lo estoy!

Mientras el muerto viviente verde avanzaba desgarbadamente hacia la zona iluminada por la antorcha, yo estaba preparado para darle la bienvenida con mi afilado acero.

—¿Sabes cuál es tu problema? —pregunté, al mismo tiempo que el primer corte que abría *Protectora* hacía que el putrefacto cadáver viviente perdiera el equilibrio—. Que eres demasiado imbécil como para tener miedo.

Cuatro espadazos, no hizo falta más. Cuatro espadazos, y el zombi se transformó en carne a mis pies.

—¡Y esto es sólo el principio! —alardeé ante *Protectora*.

Esa semana recogí un montón de carne podrida, así como de hilo de telaraña y de huesos de esqueleto. Con estos últimos trofeos, aboné el huerto, del que obtuve más semillas, de las cuales... Bueno, ya lo entendiste.

Como cada vez tenía más y más gallinas y tenía que perseguirlas por toda la isla, me vi en la necesidad de meterlas en un corral. ¿El término gallinero hace referencia a una zona vallada o a un verdadero hogar para las gallinas? Para mí, era lo primero. Aprendí a fabricar vallas de madera y las coloqué en un cuadrado del prado. En cuanto atraje a las aves hasta ahí usando semillas, las encerré a cal y canto con unas puertas dobles de madera.

Aún no me había puesto a recolectar plumas, ya que supuse que debería esperar a tener tantas gallinas que ya no supiera qué hacer con ellas. Por eso reservé las pocas flechas que tenía únicamente para los enemigos a los que no tocaría ni con un palo de un kilómetro.

La primera vez que vi un *creeper* fue durante la quinta mañana que pasé en la cueva. Tras haber salido por la pequeña entrada del túnel y haber dejado atrás la frontera siempre en expansión que marcaba la luz de las antorchas, pensé que había divisado algo que se movía en la penumbra. La criatura debió de verme primero porque esa silenciosa bomba sin brazos ya estaba avanzando.

Controlé los nervios como pude, retrocedí unos cuantos pasos, saqué el arco y apunté. La flecha se clavó en el *creeper* justo cuando se había puesto a chisporrotear. Retrocedió volando unos cuantos pasos e intentó arremeter de nuevo.

—Sé cómo te sientes —afirmé, lanzando mi siguiente y última flecha.

En cuanto se despejó el humo, vi algo flotando donde antes se había encontrado el *creeper*. Era una pila de pequeños gránulos grises y no se necesitaba tener un laboratorio de química para deducir qué eran.

Fuego, herramientas y hierro; todos mis descubrimientos habían sido un reflejo de la evolución de mi especie. El siguiente paso no podía ser otro que dominar el gran poder que conferían las armas de fuego, ¿verdad?

—¡Esto lo cambia todo!

Pero no fue así. Al menos, no en ese momento.

Créeme cuando digo que llevé a cabo todos los experimentos que se me ocurrieron. Incluso intenté prenderle fuego a ese material con una antorcha, lo cual no fue una idea muy inspirada que digamos. Por suerte para ti, lector, y sobre todo para mí, el idiota, este mundo no permitiría que me volara yo solito por los aires.

—A lo mejor esto forma parte de un proceso de fabricación más amplio —le conté a Muu, mientras recogía ese montón flotante—. A lo mejor tengo que fabricar un arma de fuego primero.

De momento, me olvidé de la pólvora e intenté combinar madera y metal de todas las formas posibles. Lo único que conseguí fue un refrito de todo cuanto ya había construido y un exasperante recordatorio de que uno debe sentirse agradecido por lo que tiene.

«Tampoco es algo que necesite realmente —pensé, dando al fin por concluida mi labor por esa noche—. Tengo una armadura y armas de sobra y, qué demonios, cada vez se me da mejor sacar provecho a ambas cosas.»

Entonces, te preguntarás por qué no paré. ¿Por qué no destiné todo el carbón que había extraído para iluminar la isla, para evitar que los monstruos cobraran forma? La respuesta es que necesitaba el carbón para alimentar las llamas del horno y poder fundir el hierro necesario para forjar la armadura, las armas, las herramientas y el yunque, con el que lo reparaba todo. No obstante, podrías objetar que no habría necesitado fundir tanto hierro si hubiera reservado carbón para iluminar la isla.

Bueno, para empezar, estaba el tema de la zanahoria.

Sí, la zanahoria. Durante un tiempo los zombis habían dejado caer al desaparecer algo más que sólo su carne.

A veces alguno me dejaba un lingote de hierro, o una herramienta desgastada, pero en una ocasión, creo que alrededor del final del sexto día, mi última víctima me dejó una raíz pequeña, puntiaguda y con la parte superior verde que reconocí al instante.

—Aaah —dije al recogerla—. ¿Qué hay de nuevo, viejo?

Contaba con una nueva fuente de comida. La replanté en el huerto y le espolvoreé un poco de harina de hueso, lo que me permitió tener enseguida toda una nueva hilera de cultivos. Esto significaba que podría destinar aún más semillas de trigo a alimentar a las gallinas.

Luego estaba también el tema de la piedra azul; al menos así la llamo yo. A esta piedra de color azul (de ahí el nombre), que se obtiene de rocas como el carbón o la piedra roja, no pude hallarle ningún uso como me había sucedido con esta última. Pero el hecho de saber que había más minerales me hizo preguntarme qué más podría estar esperando a ser descubierto ahí abajo.

Así que sí, había razones prácticas que justificaban seguir cavando, y eso debería haberle bastado a cualquiera. Pero la verdadera razón, la que era incapaz de admitir por aquel entonces, era que, por primera vez desde que había aterrizado en este mundo tan demencial y aterrador, ¡tenía la sensación de que lo tenía todo bajo control!

Sabía lo que estaba haciendo y sabía cómo hacerlo. Obtener una victoria tras otra me había hecho sentir más fuerte y poderoso. Es increíble sentirse así, sobre todo después de haberte sentido tan débil e inútil. ¿Acaso tú habrías renunciado a esa sensación?

Quizá nunca hubiera parado si el mundo no hubiera decidido pararme.

Supe que algo iba mal en el momento en que abrí los ojos y noté un cosquilleo en la mano izquierda. ¿Me había dormido encima de ella? No, eso era imposible. Este mundo no me dejaba dormir de costado. ¿O sí? ¿Podía girarme a un lado después de quedarme dormido?

Probé a sacudir la mano para desentumecerla, di vueltas por la habitación, me puse la armadura, desayuné e hice todas las cosas que hacía normalmente, pero el cosquilleo no se iba.

No era una sensación dolorosa, como si me estuvieran clavando agujas, que era lo que notaba cuando se me dormía la mano en el otro mundo. Era algo más delicado, más como un hormigueo. Aunque no me gustaba esa nueva sensación por el mero hecho de que era algo nuevo.

Me gustaba la normalidad. Por fin, las cosas se habían encauzado por el camino de la normalidad. Cuando todo iba como yo quería, lo último que necesitaba era que las cosas cambiaran.

Descendí a las minas, como solía hacer, saqué el pico y busqué otra veta de mineral.

Cavé sin ningún problema y, por un rato, me olvidé de lo que me pasaba en la mano izquierda. Entonces oí a un zombi gemir.

—El primero del día —le dije a *Protectora* mientras el muerto viviente se adentraba encorvado en la zona iluminada—. Acabemos con él.

Alcé la hoja para atacar, y fue entonces cuando me di cuenta de que la normalidad se había ido de parranda. Ya no pude matarlo fácilmente con sólo cuatro espadazos. A ese cacho de carne lo tuve que castigar al menos el doble para que cayera, y él, a su vez, me propinó unos cuantos golpes muy dolorosos.

Retrocedí sorprendido, temblando mientras el zombi pasaba a ser humo.

—¿Tal vez fuera el único de su especie? —le pregunté nervioso a *Protectora*—. ¿Algún tipo muy raro de súper zombi?

—Piénsalo bien —respondió el mundo en forma de una flecha que pasó silbando muy cerca de mi cara.

Me giré para ver quién había disparado la flecha y, como vi que sólo había un esqueleto, decidí arremeter contra él de la manera convencional. Recibí unos cuantos flechazos, hice una mueca de dolor mientras las heridas se curaban y pronto descubrí que este nuevo saco de huesos era tan resistente como el zombi.

—¡¿Qué está pasando?! —exclamé, a la vez que mi séptimo u octavo espadazo convertía por fin a mi atacante en abono.

Como si fuera un viejo amigo al que no veía hacía mucho, el pánico regresó y me empujó a subir corriendo hasta la superficie.

—Está ocurriendo algo. Cada vez me cuesta más matar a las criaturas. ¡Todo cambió!

Muu se limitó a mirarme serenamente y respondió como era habitual en ella.

—Bueno, al menos tú sigues igual —dije, sintiéndome un poco aliviado.

Muu quizá no fuera un interlocutor muy interesante, pero su actitud serena y firme me calmaba los nervios.

—Okey —susurré—, a lo mejor estoy exagerando un poco. Pero —me miré la mano— algunas cosas son distintas, sin duda.

Muu me miró con despreocupación y se alejó sin prisa. Yo la seguí, sin parar de hablar en ningún momento.

—¿Crees que eso puede pasar? ¿Que este mundo puede cambiar literalmente de la noche a la mañana?

Miré a nuestro alrededor, para comprobar si todo lo demás seguía igual.

—Si eso es cierto —deduje, a la vez que intentaba contagiarme un poco de la serenidad de Muu—, ¿qué se supone que debo hacer al respecto?

—Muu —me contestó de manera escueta.

—¿Qué quieres decir con eso de «adáptate al cambio»? ¿Qué clase de consejo patético de mierda es ése?

—Muu —repitió, mirando, más o menos, hacia donde se encontraba mi mano izquierda.

Levanté esa extremidad donde sentía el cosquilleo y reflexioné sobre las palabras de Muu.

—Adáptate al cambio —murmuré, y a continuación reflexioné—: si este mundo acaba de crear unos monstruos más difíciles de vencer, ¡quizá también me haya proporcionado nuevas formas de combatirlos!

«¡Como armas de fuego!» Era una quimera, lo sé, pero por soñar que no quede.

—Gracias —dije, y me dirigí a todo correr a la colina—. ¡Siempre sabes qué decir!

Una vez más, repetí todas las combinaciones que había hecho el día anterior con la madera y el metal. Una vez más, no obtuve un arma de fuego. Sin embargo, sí conseguí otra cosa; algo que el día anterior no había podido fabricar con esa combinación.

—¡Un escudo! —susurré sosteniendo en alto el largo y ancho objeto—. ¡Hoy puedo fabricar un escudo!

Y si ese nuevo invento no acabó con mi temor al cambio, lo que ocurrió a continuación sí que lo enterró para siempre.

Hasta ese momento había utilizado la mano derecha para manejar las herramientas y las armas y la izquierda para fabricar cosas. Esta última sólo se había abierto para mostrarme lo que podía hacer con los materiales. Pero ahora, ¿acaso este nuevo cosquilleo significaba...?

Estiré el brazo hacia la imagen etérea del escudo y di un grito ahogado al notar que, de repente, se me abría la mano izquierda.

—¡¡Sí!! —exclamé, y salí bailando de ahí para mostrársela a mis amigas—. Fabriqué un escudo, el destino de las criaturas está sellado, ahora sí que estoy protegido, y todo gracias a mi escudo.

«Bee, muu, bee», replicaron al unísono mis jueces al valorar mi talento.

—De acuerdo, tal vez no compusiera canciones en mi antigua vida —contesté riendo entre dientes—, pero al menos ahora cuento con una mayor protección; además, aprendí una nueva lección súper importante gracias a Muu.

—Bee —dijo la pequeña Lluviosa, que ya era una oveja hecha y derecha. Crecen tan rápido.

—Me alegro de que lo preguntes —contesté y, señalando a Muu, aseveré—: si el mundo cambia, adáptate al cambio.

14

Presta atención a lo que te rodea

¡Sí, me alegraba por lo del escudo, pero, amigo, había que aprender a manejarlo!

En primer lugar, era tan grande e inmenso que me tapaba la vista. No podía llevarlo todo el rato, a menos que quisiera ir tropezándome con todo. En segundo lugar, cuando lo levantaba para protegerme, tenía que ir a paso de tortuga. Eso quería decir que intentar escapar estaba descartado. Y en tercer lugar, si lo alzaba para cubrirme, no podía usar la espada al mismo tiempo. Tenía que elegir entre atacar y defenderme, lo cual implicaba usar un estilo de lucha totalmente distinto y mucho más exigente. Ya no podía golpear a ciegas. Ahora tenía que pensar muy bien cada golpe y calcular bien el momento de lanzar el ataque. Supongo que eso era lo que los guerreros ataviados con armaduras debían haber hecho en mi mundo. Al igual que yo, se quejarían al principio, pero, como yo, probablemente también dejarían de quejarse después de su primer combate.

Dicho combate tuvo lugar después de un día de entrenamiento en la superficie. Volví a aventurarme bajo tierra y acabé en la cueva, donde terminé siendo el blanco de un esqueleto. Él alzó su arco; yo, mi escudo.

¡Bonk!

Me tembló la mano por culpa del impacto de la flecha desviada. «¿Fue por pura chiripa? —me pregunté, levantando la vista para comprobar si ese cráneo con patas estaba recargando—. Sí, fue cosa de suerte y de que tiene mala puntería...»

¡Bonk!

Otra flecha se alejó desviada sin hacerme daño alguno.

—Pues no fue casualidad —dije, al mismo tiempo que una tercera flecha caía a mis pies—. No fue porque tuviera la suerte de que el ángulo del disparo me haya beneficiado o de que tengas una puntería espantosa.

Sonriendo de oreja a oreja (unas orejas planas y apenas visibles), me acerqué lentamente a mi enemigo, dando zancadas.

—¡Este escudo funciona! Es total, absoluta e innegablemente...

Dejé de pontificar en cuanto eché un vistazo por encima del escudo.

El esqueleto, que seguía disparando, no sólo inició la retirada, sino que fue de un lado a otro, trazando frenéticamente una especie de óvalo.

—¿Tienes miedo?

Como era incapaz de responder, como lo único que podía hacer era disparar inútilmente contra mi muro móvil, el montón de huesos se movió de aquí para allá de forma disparatada y estruendosa. Bloqueé otro disparo, esperé a que recargara y entonces arremetí con violencia enarbolando a *Protectora*. El esqueleto retrocedió y, acto seguido, recibió otro impacto. Una vez más, bloqueé su ataque; una vez más, lancé mi ataque. De acá para allá, hasta el inevitable final.

—Muchísimas gracias —le dije a la nueva pierna de hueso— de parte de mis zanahorias y trigo.

—Aaah...

Ese alarido quejoso puso punto final a mi ingenioso monólogo. Elevé la mirada y divisé a un zombi que se aproximaba. Alcé el escudo y detuve el primer impacto sin sufrir ningún daño. «Como con el esqueleto», me dije a mí mismo. Entonces bajé el escudo para atacar.

¡Paf!

Me dio un puñetazo de lleno en la mandíbula.

—Se supone que tienes que pararte —vociferé furioso, y volví a alzar el escudo. Tras recibir el siguiente golpe, intenté lanzarle otra estocada—. ¡Uuuf! —susurré. Tenía las costillas magulladas y la armadura abollada.

—Aaargggh... —gruñó el muerto viviente a la vez que arremetía contra mi abollado escudo.

Mientras el torrente de golpes me obligaba a retroceder, me di cuenta de que los escudos no funcionan en el combate cuerpo a cuerpo. La pelea con el esqueleto había sido una danza perfectamente acompasada, pero esto era más bien un combate de boxeo.

—Tal como solía hacer... —dije, retrocediendo unos cuantos pasos y metiendo el escudo en la mochila—, ¡es hora de cambiar de táctica! —grité, y le abrí un buen corte en la cara a mi atacante.

Tras recuperar una mayor agilidad y velocidad, procuré mantenerme a sólo unos pasos de distancia.

—Eres más duro de lo normal —admití—; así que tengo que ser más listo.

Avanzaba, golpeaba, lo obligaba a retroceder y luego me retiraba y esperaba a que avanzara de nuevo.

—Adaptarse o morir —me jacté, dándole otro espadazo al muerto viviente—. ¿No dijo eso algún anciano sabio en su día? ¿No afirmó alguien que la clave de la supervivencia no es la fuerza, sino la capacidad de adaptarse a los cambios?

El torpe matón dio la respuesta adecuada a esa pregunta al continuar haciendo lo único que él y todos los de su especie habían hecho siempre: avanzar lentamente hacia mí.

—Por eso mis ancestros conquistaron mi mundo —le sermoneé mientras *Protectora* lo obligaba a irse hacia atrás—, y por eso los tigres de dientes de sable, los osos gigantes y todos los demás asesinos más fuertes y duros que nosotros acabaron expuestos en museos.

—Aaarrgggh —gruñó el zombi, quien reculó al recibir otra estocada.

—Y ahí es donde van a acabar todos —me vanaglorié, alzando a *Protectora* para darle el golpe de gracia— cuando por fin conquiste esta...

—Aaarrgggh —dijo con voz entrecortada el muerto viviente en cuanto mi siguiente golpe lo empujó fuera de mi vista.

—¿Eh? —pregunté, sonando igual que la criatura a la que acababa de matar y dando un paso hacia delante para investigar.

El zombi no había desaparecido, no hubo una nube de humo. Esta vez desapareció realmente de mi vista, había caído y poco faltó para que me arrastrara con él.

—¡Uuuauu! —exclamé, deteniéndome justo al borde de un precipicio. No había prestado atención adónde me dirigía, porque había estado muy centrado en la lucha.

La batalla con el zombi me había hecho adentrarme más y más en la cueva, dejando atrás las antorchas y obligándome a doblar un estrecho recodo. No me había fijado en que la temperatura y la humedad se habían elevado, ni en que había luz ahí delante. Únicamente cuando empujé al zombi por el borde del abismo, me detuve por fin a mirar.

Ante mí, se hallaba un cañón subterráneo: más profundo, más amplio y, bueno, más enorme que la diminuta isla que había arriba. Por un momento, lo único que pude hacer fue contemplar, sobrecogido, el mundo subterráneo. Ahora podía ver la fuente de ese calor cada vez más intenso: unos arroyos de lava al rojo vivo que brotaban de varias aberturas en los precipicios. Esas columnas largas y brillantes descendían hasta llegar a un vasto lago hirviente. También podía ver agua, unas finas líneas azules que caían de las paredes y el techo y se estrellaban contra la lava, transformando el entorno en un sauna sofocante. El mero hecho de contemplar el espectáculo que tenía lugar ahí abajo me mareó y el mero hecho de imaginarme que podía dar un paso en falso bastó para que me echara para atrás.

Me atreví a echar unos cuantos vistazos más con mucha cautela y me pareció ver tierra firme en la zona donde confluían la lava y el agua. ¡Cómo no iba a investigarlo! Ser curioso no tiene nada de malo, ¿verdad?

«Claro que no —razoné—, mientras uno sea curioso y cauteloso a la vez.»

Me puse a cavar un túnel justo detrás de la pared del precipicio para descender por él. Cada pocos pasos, abría una ventana para poder orientarme. Acabé en un suelo desnivelado pero firme y alcé la vista, asombrado. El cañón hacía que la primera cueva que había descubierto, que en su momento me había parecido monstruosa, pareciera la madriguera de un conejo.

El calor ahí abajo era inmisericorde, tropical. Lo cierto es que tenía la sensación de que, cada vez que respiraba, me ardían los pulmones. También notaba que dentro de la armadura me estaba empapando de sudor, el cual me llegaba hasta las botas. Aun así, mientras cruzaba ese sauna asfixiante y se oían los chapoteos de mis pisadas, no sentí la más mínima sed. «Bueno, al menos este mundo no permitirá que me deshidrate —pensé, sin dejar de parpadear para apartar las molestas gotas de sudor de los ojos—, y no parece que mi sudor huela, lo cual es alucinante. Aunque lo alucinante de verdad sería dar con la forma de combatir el calor que reina aquí abajo.»

Reparé en que la cascada más cercana terminaba a apenas unos pasos de mis pies. A lo mejor si metía los pies en el agua unos minutos podría...

—¡Mala idea! —grité en cuanto la corriente intentó arrastrarme hacia la lava. Medio corriendo, medio brincando, logré acercarme al punto de inflexión de la catarata y pude contenerla levantando un círculo de roca.

Mientras el empuje del líquido azul menguaba y bajaba de nivel, contemplé boquiabierto el material que había estado ocultando. Se trataba de unas suaves piedras negras que, usando mi gran imaginación, decidí llamar «piedras negras». Creo que, a estas alturas, ya quedó claro que en mi mundo no era un geólogo. Fuera cual fuera su verdadero nombre, estas rocas eran muy hermosas e intenté extraer un bloque para llevármelo de recuerdo. Pero me quedé con las ganas, porque la hoja de hierro de mi pico fue tan eficaz como mis manos desnudas lo habrían sido para extraer una piedra normal.

—Bueno, tú no te vas a ninguna parte.

Me encogí de hombros ante esa superficie brillante y negra y me quedé helado cuando esta respondió con un «Aaarrrgh».

Me puse firme, con la espada y el escudo en ristre. Estaba claro que la piedra negra no me había gruñido, quien lo había hecho era otra cosa, algo apestoso y muy familiar, que estaba ahí abajo conmigo.

Giré trescientos sesenta grados. No había moros en la costa. No se veía nada bajo la luz del lago de lava.

—Aaarrrgh —retumbó otro gruñido. ¿Acaso el señor Muerto Viviente estaba detrás de una pared de piedra? ¿O...?

Me acerqué lentamente hasta el borde del lago de lava para comprobar si podía verlo al otro lado. Fue un gran error. Escudriñé aquella sopa turbia y oí un «uuuf» que venía de todas partes.

Pensaba que estaba siendo muy cauteloso. Me hallaba a dos bloques de distancia, lo cual no puede considerarse la orilla. No había ninguna posibilidad de que me cayera accidentalmente, ¿verdad?

—Aaarrrgh —gruñó alguien y entonces...

¡Zas!

Unos puños descompuestos me golpearon en la espalda y me empujaron hacia delante, haciéndome caer en la lava.

Lo único que podía ver era algo rojo, que también estaba respirando; me ahogaba en fuego líquido. Lo que sentí al quemarme vivo fue una pesadilla indescriptible. Primero noté el efecto de la adrenalina, luego el peor dolor que he sentido nunca. Me habían golpeado, me habían mordido, incluso me habían hecho volar por los aires parcialmente y, aun así, todo ese sufrimiento no era nada comparado con cocerme en una sopa de roca fundida. Imagínate que todas las células de tu cuerpo, todas tus terminaciones nerviosas, todos tus receptores capaces de sentir algo lanzaran de repente un alarido infernal al unísono.

Pero fue justamente esa inmersión total (ese ataque total a mi organismo) lo que terminó por salvarme la vida. Justo cuando se me quemaron los receptores de dolor que tenía bajo la piel, hubo un nanosegundo en el que no sentí nada y pude moverme. ¡Y eso fue lo que hice!

Mientras las llamas me consumían ante mis ojos cegados que crepitaban al freírse, nadé con todas mis fuerzas hacia la orilla de piedra negra. No sé cuándo logré salir de ese cocido hirviente o si seguí quemándome en tierra firme. Lo que quedaba en pie de mi mente racional se aferraba al recuerdo de la catarata. Me trastabillé... la busqué a tientas...

¡Santo Dios! Me sumergí en ese líquido salvador que me serenó.

¡Zas!

Unos puños putrefactos emergieron del agua y me empujaron hacia las llamas. Me retorcí violentamente, mientras mis ojos se empezaban a hipercurar y pude atisbar brevemente algo de un color verde pútrido. Blandí a *Protectora*, que cortó carne y hueso; las vibraciones del impacto atravesaron la hoja.

Tanto la vista como la mente se me despejaron a tiempo para poder ver que el zombi se tambaleaba y que, por pura suerte, era él, y no yo, quien estaba de espaldas al turbio lago. Por puro instinto, cargué y lo golpeé con mi escudo.

—Aaarrrgh —gruñó el muerto viviente, mientras yo clavaba los pies en el suelo y lo empujaba lentamente hacia delante, hacia ese mar que lo incineraría.

Ojalá hubiera podido celebrarlo o haberme limitado a verlo arder o haber hecho algo, cualquier otra cosa menos tambalearme hacia atrás en cuanto los receptores de dolor se regeneraron y una avalancha de sensaciones me arrasó el cerebro. Gruñí. Grité. Aullé. Me lancé de nuevo a la cascada para tener un leve alivio. Pero lo único que conseguí fue recordar lo que sentí cuando me estaba ahogando.

«¡Come!»

Tras engullir pan y pescado, pude notar que me recuperaba. Pero justo cuando mis nervios en el plano físico se estaban regenerando, mis nervios en el plano mental se desmoronaron.

«¡Nunca más! —juré, mientras corría en busca de refugio hacia el túnel—. ¡Nunca volveré a descender bajo tierra!»

Totalmente aterrado, traumatizado hasta lo más hondo de mi ser, logré subir hasta la mitad de las escaleras, hasta que otro «Aaarrrgh» hizo que me detuviera en seco.

«¡Me están esperando! —pensé, con la espada temblando como una hierba al viento—. ¡Están por todas partes!»

Entonces oí una voz, pero no con los oídos, sino en mi mente.

—Muu.

Esa llamada reconfortante y bonachona flotaba en mis recuerdos. Allá arriba, en algún lugar, tenía una amiga que me apoyaba siempre en el triunfo y en el fracaso. ¿Qué dirían ella y mis amigas las ovejas si me dejara vencer por el miedo?

«Siempre hay que ser valiente.»

En cuanto dominé mis nervios, la espada se enderezó y subí el resto de escaleras. Entonces vi, por primera vez, que las paredes del precipicio que me rodeaban estaban prácticamente plagadas de túneles. Me había centrado tanto en el tamaño del cañón, había contemplado tan absorto ese alucinante espectáculo de lava, que no me había fijado en aquellas aberturas tan mundanas, pero casi letales. De hecho, el zombi al que acababa de oír me estaba gruñendo desde la abertura de otra cueva situada frente a la mía.

—Así que de ahí venía tu amigo —deduje.

Bajé la mirada y pude ver otro agujero, exactamente por encima de la cascada y justo lo bastante grande como para que uno de esos apestosos lo atravesara encorvado.

—Así que eso era ese «uuuf» —continué, dirigiéndome al otro muerto viviente—; él aterrizando en el suelo justo antes de empujarme.

—Aaah —gimió el monstruo, al mismo tiempo que yo negaba con la cabeza avergonzado.

—Al menos, aprendí algo —afirmé con un suspiro— y se me quedó grabado a fuego en la mente, por así decirlo. Siempre, siempre, presta atención a lo que te rodea.

15

Si cuidas tu entorno, éste cuidará de ti

De pie, al borde del precipicio, mientras sentía que recuperaba el valor y la confianza, grité:

—Aún no me voy de aquí, ¿me oyes? ¡Esto apenas empieza!

—Aaah —gimió el zombi, lo que me llevó a hacerle señas con la mano.

—Ven aquí —lo provoqué, con la esperanza de incitarlo a precipitarse hacia una muerte segura—. Ven por mí.

Probé a agitar aún más los brazos, a provocarlo todavía más, incluso lo intenté bailando; quería engañarlo para que diera un paso más y se cayera. Pero el muerto viviente gruñó un par de veces y después desapareció en los oscuros recovecos de aquel túnel.

—Vaya por Dios —dije, encogiéndome de hombros de un modo sarcástico—, es la primera vez que veo que un cacho de carne con patas hace algo inteligente.

Con una actitud propia de un cazador en estado de alerta en vez de la de un turista pasmado, tomé nota mental de la ubicación de todas las cuevas, de las sombras y de todos los escondites donde podría resguardarse el enemigo. También me fijé en todos los depósitos de mineral, en las vetas de carbón y hierro y...

«¿Eso es hierro?»

Entorné los ojos para escudriñar el fondo del cañón, donde justo al lado del lago de lava había un conjunto de rocas con motas metálicas. Tenían que ser de hierro (¿qué podrían ser si no?), pero su color parecía ser un poco más claro que el naranja al que estaba acostumbrado.

«Conciencia situacional —me dije, aventurándome a bajar de nuevo las escaleras—. Ése es el término técnico, ¿verdad? Presta atención a lo que te rodea.» Al reabrir la entrada al suelo del cañón, miré frenéticamente hacia todos los lados. De la misma manera, escuché con mucha atención para percibir cualquier ruido que no fuera el burbujeo del lago.

Con mucho cuidado, pisé las piedras negras, estremeciéndome al notar en los pies el calor que irradiaban. Un paso en falso, una criatura que se me pasara por alto...

Me detuve a una buena distancia de la orilla, para reflexionar sobre cuál era el mejor modo de llegar al otro lado. La primera opción era rodearlo con un túnel, con lo cual corría el riesgo de que pudiera toparme con más lava. La segunda opción consistía en colocar rocas a lo largo para construir una pasarela, con lo cual corría el riesgo de caerme o ser empujado una vez más.

«¿Vale la pena correr ese riesgo?»

Si no hubiera estado tan ocupado temblando al pensar en cualquiera de estos escenarios, si no me hubiera quedado tan traumatizado por haber estado a punto de ser asesinado diez minutos antes, quizás habría optado por la tercera opción mucho antes. De pie sobre la piedra negra, con el lago detrás y la lava delante, hallé la solución.

—¡El agua enfría la lava! —grité mientras mi mirada volaba rápidamente de una a otra sin parar—. ¡Simplemente, échale agua! —me giré e hice ademán de regresar a la entrada del túnel, pero entonces me detuve, negando con la cabeza—. ¿Para qué voy a volver cuando tengo todo lo que necesito aquí?

Coloqué una nueva mesa de trabajo sobre la piedra negra y me puse a fabricar un horno. De improviso, la mesa estalló en llamas y di un salto hacia atrás.

—Okey —dije, al tiempo que la mesa desaparecía en una nube de humo—. La piedra negra transmite calor. Gracias por la información, mundo.

Coloqué una nueva capa de rocas (la cual, por cierto, fue mucho más compasiva con mis pies, que se me estaban asando lentamente) y, en breve, tenía unos lingotes fundiéndose.

Después construí una escalera de roca que ascendía hasta la base de la cascada y llené mi nuevo balde; a renglón seguido, vertí su contenido sobre el bloque de piedra negra más lejano.

Funcionó tal como había previsto. El cañón se oscureció alrededor de mí a medida que la lava se enfriaba hasta transformarse en algo brillante, sólido y negro como la medianoche. «Bueno —pensé para tranquilizarme a mí mismo—, al menos algo bueno aprendí de aquella vez que inundé el huerto.»

Recogí agua con el balde un par de veces más y después crucé esa superficie caliente, pero sólida.

—Veamos qué eres —dije mientras trotaba hacia ese nuevo y misterioso mineral.

Coloqué una antorcha en la pared y grité con voz ahogada:

—¡Oro!

Esa palabra brilló con tanta intensidad como el botín que tenía ante los ojos. En mi mundo, el oro era el símbolo por excelencia de la riqueza. La gente lo llevaba encima, lo atesoraba y mataba por él. Me vino a la mente una plétora de expresiones que formaban parte integral de nuestro idioma del mismo modo que las rocas que tenía ante mis ojos formaban parte de este entorno: «no todo lo que brilla es oro», «el patrón oro», «una oportunidad de oro» y, ahora en mi caso, «la fiebre del oro».

—Es mío —murmuré como si estuviera en trance, a la vez que pronunciaba el pronombre posesivo regodeándome—. ¡Mío!

Ataqué las rocas como si estuviera batallando contra un enemigo y piqué con furia para extraer aquel irresistible mineral. Dos, tres, cuatro, cinco...

Cuando la sexta piedra con motas de oro cayó, me quedé boquiabierto al ver lo que había tras ella: unos puntitos de un azul blanquecino más tenue que centelleaban como las estrellas.

—Ay, madre —susurré a la vez que, con unos golpes del pico, liberaba las lustrosas gemas bien cortadas—. ¡¡Son... diamantes!!

Unos minutos más tarde, estaba subiendo a todo correr hacia la superficie, con unos lingotes de oro en una mano y un montón de diamantes en la otra.

—¡Soy rico! —proclamé, haciendo la danza de la victoria por el prado.

Los animales se limitaron a mirarme un minuto y, acto seguido, volvieron a engullir hierba.

—¿No lo entienden? —les pregunté mientras agitaba todas mis riquezas ante ellos—. ¿No saben lo que esto significa?

Muu resopló y me miró de reojo.

—Ya, bueno —intenté ignorar su respuesta—. ¡Ya sé que no puedo comprar nada con esto en esta isla, pero míralo! Mira qué hermoso es, qué... ¡útil! —fui corriendo hasta la mesa de trabajo y grité—: o sea, si el hierro es más fuerte que la piedra, entonces...

En breve, sostuve en alto un reluciente casco dorado.

—¡Mira!

—Muu —replicó la vaca, obligándome a comparar ambos cascos. Si bien era cierto que el modelo de oro era más bonito, el metal en sí mismo parecía más endeble, más blando y menos capaz de protegerme que el hierro.

—Ya, bueno, tal vez no suponga mucha diferencia —rebatí, negándome a admitir que tuviera razón.

Volví a la mesa de trabajo, coloqué los dos diamantes que había sacado encima de un solo palo y obtuve la espada más dura, afilada y deslumbrante que puedas imaginar.

—¡Ja! —exclamé—. ¿Qué dices a esto?

Muu no dijo nada, ni tampoco las dos ovejas progenitoras, pero al menos obtuve como respuesta un agradable «bee» de Lluviosa.

—Ya les dije que este material es muy valioso —fanfarroneé, maravillándome ante la centelleante hoja—. Apártate, *Protectora* —añadí, mientras metía en la mochila el alfanje de hierro que había quedado obsoleto—, porque ha llegado la hora de *Destello*.

Regresé a la colina pavoneándome y grité, mirando hacia atrás:

—¡Quién sabe qué más podré fabricar con más diamantes y más oro!

Unas armas, una armadura y quizás incluso unos nuevos artilugios en los que aún no había pensado. Pero todo esto no eran más que excusas para justificar lo que realmente me motivaba a actuar así. Había sido víctima de muchas cosas en esta isla: el hambre, el miedo, la falta de sueño y, ahora, la codicia.

—Si yo fuera rico —canté, al recordar esa melodía que era mucho más vieja que yo—. Yadi dadi dadi didu didu...

Cuando descendí al interior de la cueva, podría haber continuado paseando despreocupadamente por la penumbra, pero me pareció ver una figura delante de mí. No era un zombi ni un esqueleto. Iba vestida de pies a cabeza de negro, llevaba un sombrero de copa y, para gran alegría mía, tenía una piel sana y normal. ¡Era una persona!

—¡Eh! —grité, envainando la espada y corriendo—. ¡Ya no estoy solo! ¡Tengo compañía!

En cuanto me encontré bastante cerca para poder tocarla, balbuceé:

—¿De dónde vienes? ¿Cómo llegaste aquí? ¿Cómo te...?

Un vidrio se hizo añicos al impactar contra mi armadura, eran los fragmentos de un frasco que me había arrojado mi nueva «amiga».

De repente, me volví muy lento y las extremidades me pesaron como si estuvieran hechas de plomo.

—¿Quéemeehiiciiiisteee...? —farfullé justo cuando me partía un segundo frasco en la cara.

Náuseas.

Dolor.

«¡Es veneno!»

Mientras me ardía la sangre y se me colapsaban los pulmones, busqué a tientas mis armas.

—Jajajaja —se carcajeó mi enemiga, que realmente estaba gozando con mi sufrimiento. No se trataba de una bestia idiota que actuara por puro instinto. Este ser podía pensar, podía sentir, podía optar por hacerme daño. Era lo que en mi mundo se considera un ser malvado.

—E-eres u-una bru-bruja —mascullé, y vi que otro frasco aparecía en su mano.

Mi hoja de diamante centelleó y la bruja retrocedió tambaleándose. A la vez que resistía varias oleadas de mareo, corté por lo sano con sus carcajadas, de las que sólo quedó humo.

«¡Necesito comer!»

Pero mi mochila estaba vacía. Como me había dejado llevar por la demencial codicia, se me había olvidado por completo aprovisionarme. Había algo flotando en el lugar donde la bruja ahora descansaba en paz. ¿Era azúcar?

Tomé ese montoncito blanco y subí con él a la superficie trastabillándome.

¡Snap!

Una segunda batalla se estaba librando dentro de mi cuerpo.

¡Snap!

El veneno contra el poder de hipercuración.

¡Snap!

¿Saldría vivo de ésta? ¿Podría llegar a la superficie a tiempo?

Atravesando unos muros invisibles de agonía, logré alcanzar mi búnker dando traspiés y me acerqué al arcón.

«¡Pescado!»

Los dos últimos salmones llegaron a mi estómago justo cuando el efecto del veneno ya iba menguando.

—Argh —gruñí, dejándome caer hacia delante, para entrar en contacto con la lisa pared de roca, cuyo frío me refrescó la cara.

Tardé un buen rato en recuperarme lo suficiente para poder moverme de nuevo. Y cuando mi cuerpo por fin reaccionó, a mi mente todavía le quedaba un largo trecho por recorrer. «¿Es que las brujas son las únicas personas que hay en este mundo?»

—Nunca adivinarán —dije, al irrumpir, arrastrando los pies, en el limpio y nítido aire del prado— qué había ahí abajo.

—Muu —replicó mi amiga compasivamente.

—Gracias por no criticarme por esto —contesté, y me estremecí al recordar el reciente dolor.

Rebusqué el balde en la mochila y añadí:

—Y gracias también por la leche —lo llené hasta arriba y, acto seguido, fabriqué y llené dos más—. Espero que esto funcione tan bien con el veneno como funcionó con la carne de zombi.

—Muu —dijo mi generosa amiga, quien sin duda veía la preocupación reflejada en mi cara.

—No, tienes razón —admití—, no fue una batalla más contra una nueva clase de criatura. Esto fue distinto —me callé mientras intentaba dar con las palabras adecuadas que expresaran lo que sentía—. Esto fue muy descorazonador porque, bueno... después de tanto tiempo, por fin había encontrado a alguien como yo.

—Muu —me corrigió el comprensivo animal, señalando un detalle muy importante.

—Tienes razón de nuevo —reconocí asintiendo con la cabeza—, no era como yo, sino que se parecía a mí, y sólo porque alguien se parezca a ti, no tienes que considerarlo automáticamente tu amigo.

«¡Grrr!», gruñó el estómago, al notar el aroma de la leche.

—Tengo que acabar de curarme —añadí, y fui para dentro por mi caña de pescar.

Al salir por la puerta de atrás, me percaté de que tres cuadrados de trigo habían madurado.

«Con una barra de pan bastará para sanarme», pensé.

Estaba a punto de combinar tres fanegas cuando me di cuenta de algo en lo que no me había fijado antes. ¿Te acuerdas de cuando tiempo atrás había intentado combinar todos los ingredientes comestibles que tenía, como el trigo y el azúcar y la leche, pero que por alguna razón no había obtenido nada? ¿Y te acuerdas de cuando me di cuenta de que la clave para poder combinar el trigo era añadir más trigo? Bueno, pues ahora no sólo tenía más trigo, sino también dos terrones de azúcar, tres baldes de leche y trece huevos.

—A lo mejor ahora... —dije en voz alta, colocándolo todo sobre la mesa de trabajo. Cuatro segundos después—: ¡sí, esto está regalado!

En el éter flotaba un pastel glaseado de color café claro y con virutas rojas que tenía una apariencia deliciosa.

—Sabía que tenía que haber una respuesta —le comenté a Muu, mientras colocaba aquel pastel grande, redondo y delicioso en el suelo. Sí, el suelo. Por alguna razón, en este mundo, puedes comerte toda una barra de pan de un bocado, pero el pastel hay que comerlo en porciones. Ve tú a saber por qué.

Le di un mordisco y solté un largo y grave «mmm» como si fuera un zombi.

Mira, si te gustan los postres, y si no te gustan es porque te pasa algo muy raro, me vas a entender. Imagínate que has estado sin probar uno por casi un mes. Imagínate que has tenido que vivir siguiendo una dieta basada en pescado, pan y zanahorias (por cierto, unos alimentos que tenía que comer sin nada que los acompañara, sin condimento alguno) y, de repente, ¡estás mordiendo una porción de puro cielo!

—Oh —gemí de nuevo, saboreando el esponjoso pastel—. Ya sabes —le dije a Muu—, éste es el primer alimento dulce que he probado desde que comí las...

La palabra se me quedó atragantada por un instante.

—Manzanas.

Súbitamente, el pastel dejó de saber tan bien. No había bastante azúcar en el mundo como para endulzar unos recuerdos tan amargos.

—Eran tan deliciosas —confesé con tristeza—. Tan crujientes y dulces, pero quemé los árboles que podrían haberme dado más.

Mi mente voló hasta el momento en que replanté sin querer los retoños de abedul, cuando fácilmente podrían haber sido robles.

—Nunca volveré a saborear una manzana —aseveré, negando con la cabeza—. Desaparecieron para siempre porque pensé que esos retoños no tenían ningún valor.

Me quité el casco de oro y lo contemplé.

—Valor —le repetí a Muu—. Creo que esa palabra define lo mucho que deseas algo y lo que cuesta conseguirlo. Tengo muy claro que ahora sí entiendo su significado, porque sé que una sola manzana vale más que todo el oro y los diamantes de este mundo.

—Muu —suspiró la vaca con lástima.

—Gracias, amiga —respondí—, pero arrepentirse de un error no es suficiente. Tengo que asegurarme de que no voy a cometer esa misma equivocación de nuevo.

Me giré hacia el resto de animales y anuncié:

—A partir de ahora, voy a dividir esta isla en dos. Desde la Colina de la Decepción a la playa este será mía. Podré alterar ese terreno y construir cosas en él, podré hacer lo que quiera con él. Pero desde el prado a la garra oeste, la isla no tendrá dueño. Dejaré todo tal como lo encontré, llenaré todos los agujeros, replantaré todos los árboles y lo único que dejaré serán mis huellas cuando acabe.

Ante esos «muus» y «bees» con los que me vitorearon, repliqué:

—Si cuidamos nuestro entorno, él cuidará de nosotros.

16

Todo tiene un precio

No pretendía construir una casa entera. Lo único que quería hacer era trasladar el gallinero. Como no había tenido en cuenta esa estructura en mi proclama original de respeto al entorno, fui consciente de que mis opciones eran muy limitadas en cuanto me puse a buscar un nuevo emplazamiento. La playa este era demasiado estrecha (y apenas había sitio, ya que ahí estaba el huerto en expansión), así que la única otra alternativa era la colina.

No había estado allí arriba desde hacía mucho tiempo, desde que había estado asustado y muerto de hambre y medio tarado. Ahora, vestido con una armadura, con la tripa llena, la mente descansada y un montón de objetos (tantos que no podía guardarlos todos), por fin me encontraba en el estado mental necesario para ser capaz de apreciar otro tesoro: la vista.

Costaba creer que antes soliera sentirme tan desilusionado al contemplar esta hermosa isla. Las playas, el bosque, las motas de flores rojas y amarillas entre los cafés, azules y verdes. Y había tantos verdes. Nunca me había fijado realmente en cómo destacaban las hojas más oscuras sobre la hierba de color más claro, la cual, a su vez, no podía haber tenido una tonalidad que la diferenciara más de los tallos cobrizos del trigo en maduración. Qué vista. Qué sensación.

La brisa bastó para que me detuviera a pensar. Era una de esas cosas que había dado por sentado. Ahora, después de haberme pasado la mitad del tiempo atrapado en los confines asfixiantes del mundo subterráneo, su suave caricia era tan deliciosa como un pastel recién hecho.

—¿Por qué no he subido aquí más a menudo? —le grité a Muu, que se hallaba abajo. Entonces, al escuchar su respuesta lejana, me di cuenta de que debería haber hecho una pregunta mucho más importante: «¿Por qué no vivo aquí?».

Y como suele pasar con muchas de las decisiones cruciales que tomo, ésta vino acompañada de una buena dosis de «¡cómo no!».

—¿Por qué me escondo asustado en un búnker como si fuera una especie de refugiado indefenso? —le pregunté a Muu—. Las criaturas no me atacan cuando estoy dentro de un edificio. Bueno, los zombis sí, pero sólo arremeten contra las puertas, da igual que sean las de un búnker o las de una casa.

«Una casa.»

Me estremecí al considerar esa idea. Una casa de verdad en la superficie. Algo civilizado. Algo normal.

—¡Tengo una nueva prioridad! —anuncié a los animales, y me puse manos a la obra para levantar ese edificio desde los cimientos.

Tardé cuatro semanas enteras en completar su construcción, para lo cual tuve que conseguir los materiales necesarios.

Al principio, pensé en hacerla de piedra. Había excavado tanto que tenía varios cofres llenos. El problema estribaba en que no tenía la cantidad necesaria de esas bonitas piedras con motas blancas y rosas para construir la casa entera, y las opacas y sosas rocas eran... bueno, opacas y sosas. Quería que mi hogar fuera luminoso y alegre, que no me recordara que había vivido bajo tierra. Así que opté por la madera de abedul, por lo que talé dos bosques enteros: corté todos los árboles de la isla, replanté los retoños en los mismos sitios exactos, los volví a cortar y luego los replanté de nuevo. No se me había olvidado que tenía que asegurarme de que la tierra recuperara su estado natural.

Al estar constantemente replantando retoños, me asaltaron los recuerdos y reviví la sensación de culpabilidad que había sentido al provocar la extinción de los robles.

—Habría sido tan fácil —les recordé a mis amigas cuando estaba llevando a cabo la segunda replantación—. Si hubiera tenido el mismo cuidado con los robles que con los abedules podría haber sobrevivido comiendo sólo manzanas.

Lluviosa fue la que me respondió con un «bee».

—Bien dicho, niña —dije mientras plantaba un retoño—. Si hubiera preservado los robles, no habría tenido que fabricar nuevas herramientas ni hacer nuevos descubrimientos. ¡Qué demonios!, probablemente tú no estarías siquiera aquí.

Ésa era una verdad muy profunda con la que me había topado muchas veces: las dificultades son el motor del progreso.

—No, no estoy insinuando que no fuera un error —le maticé rápidamente a Muu—, pero de los errores se aprende. Quizá sean los mejores maestros que uno puede tener.

En cuanto concluí la segunda replantación, tenía ya suficiente madera de abedul para construir la estructura básica, ¡y menuda estructura era! Tenía doce bloques de largo, doce de ancho, doce de alto y estaba dividida en cuatro pisos.

La primera planta no era más que un gran recibidor construido justo encima de donde había estado en su día la señal de «¡Socorro!». Tras las puertas dobles, había una habitación espaciosa con ventanas acristaladas en todas las paredes e iluminada por la lava del techo. No es broma, se trataba de cuatro bloques de roca fundida atrapados en un cristal. La idea me había venido al pensar en la razón original que me había llevado a construir una casa: ¡el gallinero!

Todavía tenía que dar con la forma de trasladar las aves y, como la cima de la colina ya estaba ocupada, me había quedado sin ideas.

—¿Qué se supone que debo hacer? —inquirí a Muu, deseando poder rascarme la cabeza—. ¿Hacer que la isla sea más grande?

—Muu —contestó la vaca, lo cual sólo podía interpretarse como un «¿Por qué no?».

Tenía que reconocer una cosa a mi amiga moteada: era capaz de inspirarme como la mejor de las musas.

—¿Por qué no? —repetí mientras corría hacia los cofres repletos de piedras.

Aunque el objetivo lo tenía muy claro, el método para alcanzarlo aún lo tenía que pulir un poco. En un principio, buceaba hacia la pendiente sur de la colina e intentaba colocar un bloque en cada ocasión. Pero no sólo me llevaba una eternidad, sino que, cada vez que me zambullía, me acordaba de cuando había estado a punto de ahogarme.

«Tiene que haber una forma mejor», pensé tras sumergirme en diecinueve o veinte ocasiones. Y como solía ocurrir en este mundo, la había.

—Si pudiera crear una nueva playa entera en un abrir y cerrar de ojos —me lamenté con los animales—; ya saben, como cuando arrojé la lava al agua —entonces me corregí y añadí—: o sea, el agua sobre la lava.

—Bee —me interrumpió el borrego tan negro como el pedernal, la piedra con la que compartía nombre, obligándome a reflexionar sobre lo que acababa de decir.

—Vaya —susurré—. ¿Eso crees?

Más «bees» y un «muu» zanjaron la cuestión.

—De los errores se aprende —afirmé mientras tomaba los baldes vacíos y bajaba con ellos—. Incluso cuando el error es un desliz al hablar.

Aunque se suponía que crear más isla iba a ser otra más de las muchas tareas difíciles y peligrosas que había tenido que realizar con éxito en esta isla, al final resultó ser pan comido. No me preguntes por qué no pasa nada si metes la lava en un balde de hierro y además se enfría, ni por qué cuando la viertes vuelve a estar al rojo vivo, ni por qué cuando la arrojas al agua crea rocas, y no piedra negra, pero te aseguro que todo eso es tal como te lo he descrito. Enseguida tuve una plataforma de roca que sobresalía de la orilla sur de la colina. No sólo era bastante grande para albergar un nuevo gallinero, sino que el hecho de que pudiera llevar la lava de aquí para allá sin ningún peligro me inspiró otra idea.

Tres baldes después, tenía luz en el recibidor, el cual, por cierto, iluminaba todo un piso a ras del suelo de piedra negra. Irónicamente, esa piedra enfriada había resultado más difícil de obtener que en su versión líquida. A pesar de que me había terminado un pico que había fabricado con mis últimos diamantes, acabé teniendo un recibidor de piedra suave y negra iluminado por lava. Y ésa era únicamente la primera planta.

Un piso más arriba, estaba la cocina, donde había un horno en cada esquina, así como cofres y mesas de trabajo en cada pared. Descubrí que las losas de madera, las mismas de las que estaban hechos los suelos y los techos de las plantas de arriba, también podían ser utilizadas como estanterías. Fabriqué ocho estanterías en total, dos para cada pared. Me imaginé cómo quedarían con unos pasteles siempre frescos y deliciosos en cada una de ellas, lo cual sería muchísimo más civilizado que comerlos en el suelo.

En la tercera planta se encontraba mi gran dormitorio. Ahí había una cama doble desde la que se podía contemplar la alfombra. Sí, eso es, una alfombra. Al experimentar con la lana, descubrí que colocando dos bloques, uno junto a otro, obtenía tres cuadrados finos y planos de alfombra que podía poner encima de un suelo ya existente. Y con cinco colores: los colores normales de la lana (el negro, el gris y el blanco) y los de los dos tipos de flores (rojo y amarillo). ¿Te acuerdas de que me había dado cuenta de que esas flores se podían usar para teñir cuando las había tenido en la mano y había intentado comérmelas? ¿Y recuerdas que cuando fabriqué mi primera cama la lana blanca se transformó en una manta roja? Bueno, esos dos recuerdos encajaron como piezas de un rompecabezas para crear una alfombra multicolor ajedrezada que cubría los bordes de la habitación. Pero no la parte del medio, eso no; el centro estaba reservado para el jacuzzi.

Sí, me oíste bien.

Este invento era mi obra maestra en materia arquitectónica. Al recordar que la mesa de trabajo se me había quemado cuando se hallaba sobre el suelo de piedra negra del cañón, me puse a pensar en si habría alguna manera segura de transferir el calor. El resultado final fue un complejo y espectacular logro que me permitía disfrutar de ciertas comodidades en tres de las cuatro plantas.

Se trataba del corazón de toda la estructura; una torre transparente de cristal, lava y agua que iluminaba las dos primeras plantas y me permitía gozar de un lujo inimaginable en la tercera. Cuando me sumergía en esa agua humeante, no podía creer lo que sentía. ¡Qué decadente! Se me relajaban todos los músculos del cuerpo. Era como si me masajearan unos nervios que no sabía que tenía. Me encantaba tanto bañarme en el jacuzzi que incluso puse unas puertitas en el techo, justo encima, para que después de un duro día de trabajo, tras quitarme la armadura, pudiera dejarme caer directamente en él.

¿Ya mencioné que en la planta de arriba estaba mi taller? Decidí que este piso fuera más grande que los demás (era de catorce por catorce) y lo rodeé con unas rejas que iban del suelo al techo. Esto permitía que la brisa del océano se llevara el calor de los hornos.

Al igual que en la cocina, coloqué hornos en las esquinas y llené las paredes con cofres, mesas de trabajo y mi inimitable yunque.

Cuando me encontraba en el tejado, pude contemplar lo que había más allá del horizonte, y eso a su vez me inspiró otra idea: construir una atalaya.

Ya había utilizado parte de las rocas que me sobraban para construir una escalera exterior en la parte trasera de la casa, que nacía en el antiguo espacio que había ocupado mi choza hecha de tierra y me permitía pasar de una planta a otra en un santiamén, y sin alterar el orden que reinaba en mi hogar.

En un principio, me planteé la posibilidad de poner punto y final a la atalaya en cuanto hubiera alcanzado la altura del tejado, pero al contemplar la vista desde ahí arriba y comprobar que me sobraban rocas a paladas, alcé la mirada hacia las nubes y pensé: «¿Por qué voy a parar ahora?».

Y seguí edificando hacia arriba sin parar, construyendo un nuevo piso cada diez bloques o algo así para detener posibles caídas accidentales y colocando antorchas en las ventanas abiertas, por las cuales entraba un viento cada vez más frío. A la mañana siguiente, me castañeteaban los dientes.

—Éste va a ser el último piso —dije, puesto que se me acababan las rocas de la mochila. Al colocar la última piedra, elevé la mirada hacia la abertura cuadrada de arriba y vi algo blanco. Acababa de adentrarme en una nube.

¡Y no estoy siendo poético, sino que quiero decir que la atalaya era tan alta que me hallaba realmente dentro de la neblina blanca y húmeda de una nube que pasaba por ahí! Mientras me dejaba atrás lentamente, bajé la vista y lancé un grito ahogado. La isla se veía tan pequeña; era sólo un trocito verde y café en medio de un azul sin fin. Además, era la única tierra a la vista. Me hallaba tan alto que hasta los bordes cuadrados del horizonte eran visibles, aunque lo único que se divisaba era el océano.

«Realmente, estoy solo en este mundo», pensé, y la confirmación de esa dura verdad podría haber sido la razón por la que subconscientemente decidí añadir un último elemento en concreto a mi mansión.

Al igual que la atalaya, estaba situada detrás de la casa, a la derecha de las escaleras, y se accedía a ella por una puerta ubicada en la parte trasera de la primera planta. Se trataba de una habitación espaciosa, construida por entero con arenisca. Preferí emplear arenisca en vez de abedul por una razón práctica: era más fácil de limpiar y necesitaba que esta habitación fuera lo más limpia posible.

Después de todo, era mi baño.

A la derecha de la puerta, monté un lavabo, para lavarme las manos. En el techo, en la parte de atrás, en el centro, coloqué una puertita para que escaparan por ella los malos olores. Justo debajo de ésta, puse otra puertita en el suelo, que haría las veces de inodoro.

En realidad, no era un inodoro, sólo una tapa que cubría un agujero, y ese invento, al igual que el fregadero, consistía simplemente en un cubo de agua situado justo debajo de la trampilla. Sin embargo, al contrario que en el caso del lavabo, excavé un túnel en diagonal que llegaba hasta el mar.

¡Y el invento funcionó! Arrojé un cubo de tierra café al agua para probarlo y fui corriendo a la playa, donde vi que iba a parar a mar abierto.

—¡Muu! —grité mientras volvía corriendo desde la playa en dirección a la casa—. ¡Muu, ven aquí! Tienes que ver esto.

La vaca resopló, puesto que claramente estaba más interesada en la hierba que tenía delante.

—¡No, es en serio! —insistí—. Tienes que ver esto —al ver que no respondía, saqué un tallo de trigo maduro del cinturón—. ¿Quieres?

—¡Muu! —replicó, a la vez que decidía acompañarme en mi ascenso por la pendiente oeste de la colina. Quizá no era lo mejor eso de sobornarla con comida, pero sabía que lo comprendería en cuanto fuera testigo de mi logro.

Me siguió a través de las puertas dobles y, agitando la mano en la que tenía el trigo, señalé hacia mi obra monumental: el baño.

—¿Qué te parece? —pregunté, y acto seguido le expliqué cómo funcionaba todo.

—Muu —respondió con un tono monótono que aplacó mi euforia.

—Sí, ya sé que no lo necesito —admití— y sé que no puedo usarlo, pero lo construí porque... —intenté dar con una respuesta—. Porque... No sé por qué, ¿okey?

«No lo sé.»

Al detenerme a pensar en mi respuesta, me vi obligado a admitir que no tenía ninguna. ¿Por qué me había tomado la enorme molestia de construir una habitación que nunca utilizaría? Mientras la construía, no me había parado a pensar en eso. Había tirado para adelante y ya está. ¿Por qué? ¿Y por qué había insistido tanto en alardear de mi logro ante Muu?

¿Había una parte de mi cerebro que pretendía darle otro uso a esta habitación por alguna otra razón? ¿Pretendía recordarme que había jurado dar respuesta algún día a cuestiones más profundas e incómodas que ahora trataba de evitar?

Cuando tu subconsciente te hable, ¡hazle caso! Sí, debería haberme dado cuenta de eso ahí mismo, en ese momento. Lo que no debería haber hecho es intentar negar esa incómoda sensación que me indicaba que cada vez me hallaba más confuso. Lo que no debería haber hecho es intentar cambiar de tema.

—La cuestión es que ya terminé la casa —anuncié, a la vez que le daba de comer el trigo a Muu—, ¡y eso hay que celebrarlo!

Subí a toda velocidad al dormitorio y saqué una herramienta muy especial del arcón.

—¿Y qué mejor manera puede haber de celebrarlo que cenando pollo asado?

La reacción de Muu me afectó. Quizá por el momento en que se produjo, después de que su comida se hubiera desvanecido y unos corazones surgieran de ella, justo cuando yo volvía con el hacha en la mano. O quizá fue porque estaba expresando así sus sentimientos, como hizo también con el largo y grave «muu» que dio a continuación.

—No empieces otra vez —le rogué, dirigiéndome hacia la puerta—. Ya hemos tenido esta discusión.

—Muu —me imploró para que cambiara de opinión.

—¡Sé lo que estoy haciendo! —le espeté mientras bajaba hacia el gallinero.

Durante el mes que había estado construyendo la casa, había seguido criando gallinas. Cada vez que un cuadrado de trigo maduraba, cada vez que recogía semillas de más, empleaba esos recursos para tener más aves. Ahora tenía más de tres docenas aplastadas contra las vallas que resistían como podían.

«Comida gratis», pensé, al abrirme camino entre esa avalancha de gallinas, y digo «abrirme camino» porque estaban tan juntas unas de otras que era como intentar nadar a contracorriente. Algunas me miraron cuando me aproximé, esperando, sin duda alguna, que les diera de comer. Incluso cuando vieron que no llevaba nada en la mano, algunas siguieron mirando fijamente el hacha que caía hacia ellas.

No huyeron.

No mostraron miedo.

Se quedaron ahí de pie, echando un vistazo a su alrededor, mirándose unas a otras o con la vista elevada hacia mí, mientras la hoja de hierro acababa con sus vidas entre graznidos y las transformaba en unas plumas sueltas y unos cadáveres rosas y rollizos.

Nunca olvidaré esos ojos: tan diminutos, tan confiados. Nunca olvidaré esos graznidos tan agudos.

No corrió la sangre. Otra de las rarezas de este mundo disparatado. Aunque sabía que debería haberla habido, ya que sabía que debía mancharme las manos porque así lo decía una frase hecha que no acababa de recordar del todo.

Al final, sólo quedaron tres pollitos que contemplaban la hoja mellada.

—Comida gratis —suspiré, y a continuación tracé un arco descendente con el hacha por última vez... contra la puerta del gallinero—. Váyanse —les dije a los polluelos—. Son libres.

Pero los pollitos no se movieron.

—¡Lárguense! —les grité—. ¡Váyanse! ¡Salgan de aquí!

Se limitaron a deambular perezosamente en pequeños círculos, como si el hecho de que hubiera masacrado a sus congéneres no les hubiera afectado lo más mínimo.

—¡Pues bien! —bramé alzando mi arma de nuevo. Destrocé a hachazos el resto de la valla hasta que lo único que quedó fue la base de rocas. Fue entonces cuando, totalmente despreocupados, se fueron picoteando hacia la playa.

A pesar de que la carne asada estaba muy blanda y sabrosa, al final se me revolvió el estómago.

«Así que la culpa sabe de este modo, ¿eh?», pensé entre un mordisco y otro.

Después de cenar, descendí por la colina iluminada por la luz del atardecer para ver a mis amigas. Al menos esperaba que siguieran siéndolo. ¿Qué pensarían de mí tras lo que habían visto? ¿Me odiarían siquiera la mitad de lo que yo ahora me odiaba a mí mismo?

—Primero decidí crear nuevas vidas y luego decidí acabar con ellas —afirmé con los ojos clavados en el sol del crepúsculo—. No tenía que haberlo hecho, pero quise hacerlo. Tomé una decisión.

En ese momento, Muu alzó la vista en silencio hacia mí. «¿Aprendiste la lección?»

—Sí —contesté, negándome a mirarla a los ojos—. Aprendí que nada es gratis. Todo tiene un precio, sobre todo si hace mella en tu conciencia.

Satisfecha, Muu apartó la mirada.

—No te equivoques —continué—. Voy a seguir asando y comiéndome hasta la última de esas aves. Sólo hay una cosa peor que arrebatarles la vida: desperdiciar su carne ahora que están muertas. A menos que algún día me halle a punto de morir de hambre y no me quede más remedio, juro que nunca volveré a alzar mi mano contra otro ser vivo que no me haya amenazado.

Y en ese momento, Muu se me acercó levemente arrastrando las pezuñas y me ofreció un perdón que yo creía que no me merecía.

17

No importa fracasar, lo importante es cómo vuelves a ponerte en pie

Me gustaría poder decir que fue una pesadilla lo que me despertó tan aterrado, ya que habría sido una buena excusa. Pero lo cierto es que, al igual que la primera vez, no recordaba nada. Y aunque lo hubiera hecho, dudo que hubiera podido competir con los espantosos recuerdos de lo que había hecho el día anterior. Sintiéndome todavía culpable, oyendo todavía los espeluznantes graznidos, bajé cabizbajo a la planta de abajo, donde, prácticamente, choqué con un *creeper*.

Se encontraba en medio del recibidor, justo delante de las puertas dobles abiertas, y vibraba mientras se oía el siseo de una mecha encendida.

Rápido como el rayo, me aparté de un salto hacia atrás y hacia un lado, para meterme en el baño. La explosión fue ensordecedora: ¡una detonación capaz de romperte los tímpanos, acompañada por una lluvia de astillas de madera y cristales hechos añicos!

Ileso, me giré para contemplar una visión espantosa. El recibidor había quedado destruido, todos los cristales habían reventado, tanto los de las ventanas como los del techo.

La lava derretida caía y cubría el suelo, bloqueándome la salida. Cerré de un portazo la puerta de madera del baño, pero estalló en llamas súbitamente. Estaba atrapado y desnudo. Me había quitado toda la ropa para irme a la cama. No tenía herramientas para abrirme a golpes una salida, ni siquiera tenía un bloque de roca de sobra para sellar la entrada. Alcé la vista hacia la trampilla de ventilación, pero estaba demasiado alta para poder atravesarla de un salto, así que sólo me quedó una opción: el inodoro.

Mientras la puerta en llamas se desintegraba en medio de una avalancha de piedras ardientes, abrí la trampilla y me metí de un salto en el agujero. Al instante, la corriente me empujó a través del conducto de desagüe. Me zambullí en el mar, ascendí rápidamente a la superficie y boqueé intentando respirar.

Mi casa estaba ardiendo porque las chispas de la lava habían prendido fuego a la madera. La expresión «se propagó como el fuego» tuvo de repente un nuevo significado mientras esos tablones tan nuevos ardían en una reacción en cadena que amenazaba con consumir la mansión entera.

¿Había alguna manera, la que fuera, de sofocar ese incendio? ¿Quizá con un balde de agua? Pero todos mis baldes y el hierro que había guardado se encontraban o en el recibidor o arriba, en el taller.

¿Qué podía hacer? ¡¿Qué podía hacer?! Las llamas se elevaron y se extendieron, devorando toda mi hermosa casa como una bestia hambrienta y titilante, dejando a su paso, como si fueran los huesos sobrantes de una comida, unos objetos ignífugos suspendidos en el aire. Las ventanas, los cofres, los hornos, todo estaba rodeado de cubos de lava que fluía.

La colina era ahora un volcán. El líquido ardiente descendía, rezumante, por la pendiente este ante mí, arrasando mi querido huerto. Y en la pendiente oeste...

—¡Bee!

«¡¡¡Los animales!!!»

Con el corazón a mil por hora, fui nadando hasta el prado. Ese río rojo se acercaba, destruyendo todo cuanto hallaba en su camino. Pronto llegaría a campo abierto y luego al bosque. ¡Los árboles! ¡Toda esa madera! ¿Dónde estaban...?

Podía ver a la vaca y a la familia de ovejas, que todavía pastaban como si no sucediera nada malo.

—¡Huyan! —grité—. ¡Lárguense, lárguense, lárguense!

Siguieron masticando, ignorando el peligro.

—¡¿Es que no lo ven?! —grité, señalando hacia esa avalancha imparable—. ¡Tienen que salir de aquí!

Apenas me miraron, se lo tomaron como si se tratara de otro de mis monólogos.

Tenía que detener la lava.

«¿Y si construyo un muro? Pero si no tengo nada con qué construir... ¡Cava!»

Frenéticamente, excavé con las manos, intentando abrir así un cortafuego entre mis amigas y ese funesto y llameante destino. Unos bloques de tierra volaron hacia mi cinturón mientras la lava alcanzaba el prado; otros dos cuadrados más y sería a mí a quien alcanzara.

Ese calor me abrasaría la cara y me quemaría el pelo entre estallidos y burbujeos. «Allá voy.»

¡Y lo logré! De un brinco abandoné el cortafuego justo cuando una avalancha llameante se encontraba a medio paso de mí. El cortafuego se llenó de lava y aguantó; por un segundo, pensé que había acabado con el peligro, pero entonces una chispa saltó de la zanja y me cayó encima, en la piel. El dolor me obligó a retroceder y, al hacerlo, choqué de espaldas con Lluviosa.

—Ey, pero ¿qué...? —acerté a decir, pero me callé al ver que la oveja me dejaba atrás sin prisa, como si no pasara nada—. ¡No! —grité, sujetándola para que no siguiera avanzando.

Era como si la oveja no pudiera ver el cortafuego, como si no supiera que una muerte segura la aguardaba a sólo unos pasos.

—¡Atrás! —rugí, reteniendo al cegado animal—. ¡Ayúdenme a salvar a su pequeña! —vociferé a sus padres de color blanco y negro.

Cuando vi que también ellos se acercaban deambulando despreocupadamente, fue como si el destino me diera un puñetazo en el estómago con su ironía.

—¡¿Pero qué les pasa?! —grité, empecinado en obligarlas a recular. Estaba empujando a Nube hacia los árboles cuando oí algo que provocó que se me hiciera un nudo en el estómago.

—Muu.

Recorrí con la mirada el prado y vi que mi vaca, mi conciencia, mi mejor amiga en todo el mundo, caminaba directamente al cadalso llameante.

—¡Muu! —grité, y salí corriendo a toda velocidad hacia ella, para apartarla de un empujón con todas mis fuerzas—. ¡Por favor, tienes que entenderlo! —le supliqué—. ¡Vas a morir. ¡¿Es que no lo entiendes?! ¡Vas a morir!

Pero no me hacía caso, no se detenía.

—¡Por favor, Muu! —le rogué, corriendo de aquí para allá entre ella y las ovejas—. ¡Por favor, por favor, escúchame! ¡Escúchenme todos! ¡Por favooor!

En ese momento, oí un nauseabundo «¡Plof!» y me giré para ver que una de las gallinas se metía en la zanja llena de fuego. Todo acabó para ella tras un estallido naranja y rojo, tras una fugaz explosión de plumas que surgían de un cadáver calcinado.

—¡Miren! —grité, histérico, entre lágrimas—. ¡¿Es que no lo pueden ver?!

No lo veían. Era por culpa de algo en su cerebro, de las reglas de este mundo. De un punto ciego fatal. De una broma cruel.

—¡Detente, Muu! —vociferé—. ¡Maldita hamburguesa estúpida!

Le lancé un puñetazo y le acerté en toda la cara.

Soltó un «¡muu!» mientras parpadeaba con un brillo rojo y huyó de las llamas.

—Lo siento —grité, alejando a las ovejas a golpes—. ¡Tenía que hacerlo!

Corrieron hacia los árboles en busca de cobijo y, de repente, se detuvieron. Entonces pude ver con horror y con un nudo en la garganta que, lentamente, se disponían a volver de nuevo. No podía estar pegándoles eternamente. Si les daba otro golpe podría matarlos. Y tampoco podía obligarlos a retroceder a todos a empujones. Al final, alguno o quizá todos acabarían fritos en la zanja.

Tenía que apagar el fuego. ¡Tenía que enfriar la lava!

Miré hacia la colina y vi un tenue rayo de esperanza: el resto del jacuzzi, incluida su agua, todavía se hallaba encima del pozo llameante. Si pudiera romper el cristal que separaba el agua de la lava situada debajo... pero ¿cómo iba a llegar allí? La atalaya de piedra seguía aún en pie. Quizá podría utilizar los bloques de tierra que tenía en la mano para construir un puente.

Fui corriendo hacia la pendiente sur, hacia el único lugar que todavía parecía hallarse a salvo. Subí por la cuesta lo más rápido que me permitieron mis piernas rectangulares y entonces me detuve como si hubiera chocado contra un muro invisible.

Desde la cima de la colina, ahora podía ver que un río hirviente me separaba de la atalaya. Y lo que era aún peor, la lava se estaba adentrando en esa construcción, por lo cual, aunque lograra llegar hasta ahí, seguiría chamuscándose.

De repente, se me ocurrió una idea disparatada, inspirada por los insignificantes cubos de tierra que llevaba en la mano. Era un plan descabellado, una apuesta desesperada y, desde el punto de vista del instinto de supervivencia, un riesgo completamente innecesario.

Pero quizás aquí estuviera en juego un tipo distinto de instinto de supervivencia: la supervivencia del alma. Perder a mis amigas me volvería loco, sobre todo sabiendo que todo había sido culpa mía. Y quizá, sólo quizá, si arriesgaba la vida para salvarlas, podría redimirme un poco por haber masacrado a tantos otros.

Nada de esto lo hice de un modo consciente. No tomé una serie de decisiones en cadena de una manera racional. En ese momento, lo único en que podía pensar era en llegar hasta el agua del jacuzzi. Aceleré al máximo hasta alcanzar el riachuelo ardiente y coloqué el primer bloque de tierra en la masa fundida.

Me imaginé construyendo un paso elevado que llevara hasta la atalaya, pero haciendo unos sencillos cálculos, fui capaz de darme cuenta de que no contaba con los bloques de tierra necesarios. Tenía que espaciarlos bastante, y luego saltar peligrosamente de un bloque a otro. Brinqué hacia el primero y luego hacia el segundo; luego me giré hacia el primero e intenté recuperarlo dándole un puñetazo. Creía que así podría ir recogiendo los cubos de tierra que iba dejando atrás, con el fin de poder emplearlos para construir un puente que uniera la atalaya con el jacuzzi.

Pero me equivoqué. En cuanto sacaba el cubo de tierra del suelo, se incineraba por el calor de la lava. No había tiempo para detenerse a pensar. A cada instante que pasaba, mis amigas estaban más cerca de morir.

Brinqué, boté y salté, siendo consciente en todo momento de que, si cometía un solo error, sería el último. Si no me había sentido agradecido por el superpoder de alcanzar las cosas a larga distancia en el pasado, ahora ciertamente sí lo estaba.

«Brinca. Coloca el bloque. Salta. Coloca el bloque. Salta.»

En cuanto me hallé a pocos pasos de la atalaya, puse los últimos bloques en la entrada. La lava se fue apartando, pero no lo suficientemente rápido.

«Espera hasta que sea seguro saltar. Sólo unos segundos más.»

Entonces oí un «muu» lastimero que procedía del prado.

Por mi mente, pasó fugazmente la imagen de la gallina quemada, que a continuación pasó a ser un filete ardiendo, y entré en la torre de un salto, a pesar de que lo único que hacía falta para prenderme fuego era un fino minicubo de lava.

Con la vista borrosa por las llamas y rodeado por el atroz olor de mi propia carne quemada, subí a toda velocidad los tres tramos de escaleras.

El jacuzzi no era más que cuatro cubos azules que me aguardaban tras la puerta abierta. Una isla de agua en un océano de fuego.

Sólo tenía una oportunidad. Una pequeña posibilidad. Si fallaba y caía...

—Muu.

La vaca casi había llegado al cortafuegos, sólo unos cuantos pasos más y...

—¡Yaaa!

Salté, dejando una estela de humo y cenizas a mi paso. Tracé un arco hacia arriba... me estabilicé... descendí... y descendí... El tiempo se ralentizó. El vuelo se eternizó. ¿Me había pasado de largo? ¡No, me había quedado corto!

«¡Fallé!»

¡Paf!

Una sensación de alivio y frescor.

«¡Golpea!»

—¡Muu!

«¡No te duermas! ¡No te pares!»

Con unos puños desnudos y quemados, reventé el suelo de cristal.

¡Crac!

El agua brotó rauda y veloz, y apagó la lava, transformándola en piedra negra, ¡impidiendo así que alcanzara la colina!

«¡Sigue!»

Hice añicos las paredes transparentes y, una vez más, me vi arrastrado por el agua.

Descendí por la colina, por una rampa de rocas nuevas y humeantes, y aterricé suavemente en el cortafuego, justo a los pies de mi amiga.

—Muu —que quería decir «gracias».

Pero no me fijé en ella, ni en el resto de los animales a los que había salvado, sino únicamente en lo que antes había sido mi hermosa casa. No quedaba nada en pie, salvo una cascada suspendida en el esqueleto de unas ventanas que pendían en el aire. Todo había desaparecido; no quedaba nada de mis logros, de mi obra. No quedaba nada después de invertir tanto tiempo y esfuerzo, tantas ideas y recursos. No quedaba nada.

¿Y qué sentí en ese momento?

Nada.

Estaba aturdido. No sentía ni ira, ni pena; me sentía tan vacío como las ruinas que tenía ante mí.

«Qué fracaso.»

Esas dos palabras se cernieron sobre mí como el anochecer. Había fracasado. Lo había fastidiado todo.

No sé cuánto tiempo estuve contemplando las ruinas. Supongo que casi todo el día. No sentía hambre ni notaba el dolor de las heridas a medio curar. No sentía los empujoncitos de mis amigas, no oía sus llamadas. No quería escuchar, ni sentir, ni pensar, y me daba igual todo. No quería existir.

El sol se puso y sus cálidos rayos dieron paso al frío nocturno, pero no me moví. Seguí quieto y callado. Ajeno a todo. Se terminó.

—¡Aaargh!

Recibí un fuerte golpe en la parte posterior de la cabeza, que literalmente me empujó hacia delante y figurativamente al aquí y ahora. Al girarme, vi al amenazador muerto viviente y, sin pensar, le dije:

—Gracias.

Corrí hacia la burbuja de observación, que ahora se encontraba casi sumergida por la cascada, y cerré con fuerza la puerta tras de mí. El zombi no me siguió. No podía. Por la ventana, pude observar que entraba en el cortafuego lleno de agua e intentaba atravesarlo, a pesar de que era empujado hacia atrás una y otra vez.

—Sigue así —comenté al otro lado del cristal—. No pares jamás.

Pensé en esa primera noche, en la que me había escondido aterrado en un agujero negro como la boca del lobo, mientras el hambre me roía las entrañas y un depredador no muerto me acechaba a sólo un brazo de distancia. ¿Cuánto había avanzado desde aquel calvario tan aterrador que me hizo sentir tan vulnerable? Incluso ahora, con las ruinas de mi hogar todavía humeando en la colina por encima de mí, no podía negar que algo había avanzado. Me hallaba a salvo en un búnker bien iluminado y había desarrollado con gran esfuerzo unas habilidades que necesitaba para rehacer mi vida por entero.

Y la reharía.

Esa noche, al cruzar la mirada con ese zombi indómito, le dije:

—Tú no vas a parar y yo tampoco. Mañana volveré. ¡Fabricaré nuevas herramientas, plantaré nuevas cosechas, construiré una casa nueva y saldré de esta experiencia siendo más fuerte y listo!

El muerto viviente balbuceó.

Y yo respondí:

—Gracias por despertarme de nuevo, aunque haya sido a golpes. Gracias por hacerme ver que no importa fracasar, lo importante es cómo vuelves a ponerte en pie.

18

Cuando tu subconsciente te hable, hazle caso

—¿Saben qué? —les dije a mis amigas a la mañana siguiente—. Perder esa casa podría ser una de las mejores cosas que me ha pasado jamás en esta isla.

—Bee —contestó Lluviosa.

—Sí, de veras —continué—, porque añadí otra pe a mi camino.

La oveja me miró perpleja.

—Lo siento —me disculpé—. Tú aún no habías nacido cuando descubrí las cinco pes: planear, preparar, priorizar, practicar y paciencia. Y ahora —alcé un puño de manera teatral— añado una más: perseverancia, lo cual no es más que una forma bonita de repetir la primera lección que aprendí: ¡nunca te rindas! Pero cuando la colocas con las demás pes, ¡forma un cubo!

En ese instante, todos se dieron la vuelta.

—Qué apropiado —dije, hablándoles a sus traseros—, en más de un sentido. Si se colocan todas esas pes en el suelo, se pueden plegar hasta formar un cubo, que es de lo que está hecho este mundo.

Me callé un momento para asimilar esta profunda epifanía y, por el ruido que hacían los animales al masticar, deduje que estaban tan impresionados conmigo como yo mismo.

—El camino del cubo —anuncié con grandiosidad mientras caminaba entre ellos con los brazos extendidos— es la filosofía perfecta para mi próximo proyecto.

—Bee —dijo Nube.

—Ah, no —le contesté a mi pálida compañera—, no se trata de una casa nueva, aún no. No hasta que aborde por fin la razón por la que perdí la primera.

Alcé la vista hacia las ruinas quemadas de la colina, donde sólo quedaba en pie la cascada, y pregunté:

—¿Cuánto hace que me di cuenta de que la luz de las antorchas evita que las criaturas cobren forma? ¿Y cuántas veces dije que iba a iluminar toda la isla? Pero nunca lo hice porque me distraje con otros proyectos y, si he de ser sincero, me parecía algo aburrido. Y miren qué precio pagué por eso. Pero se acabó. Ese *creeper* destructor de casas me enseñó otra lección vital de un valor incalculable: nun...

Me giré hacia mis amigas y vi que todas se habían ido distanciando mientras yo recitaba mi monólogo.

—¡Nunca pospongas las tareas importantes por muy aburridas que sean! —les grité mientras se alejaban.

De este modo, me puse manos a la obra, decidido a iluminar la isla. Gasté todo el carbón y casi toda la madera en la fabricación de las antorchas necesarias para dar luz a aquellos terrenos. Las coloqué en los árboles, la hierba, las playas, incluso en medio de la laguna en una sola columna de rocas. No quería correr ningún riesgo.

Sí, ya sé que había prometido dejar esa parte de la isla tal como me la había encontrado, pero pensé que si no protegía el entorno de las criaturas colocando las teas, me arriesgaba a que sufriera más daños al soportar más ataques de esos monstruos. A veces no conviene ser más papista que el Papa.

Y me alegro de haber obrado así.

—Ni una criatura —le comenté a Muu mientras me hallaba en el prado a medianoche, contemplando cómo la luz de las antorchas se mezclaba con la de las estrellas—. Ni una sola cobrará forma, ni una sola de una punta a otra de la isla.

—Muu —respondió ella plácidamente.

Observé las estrellas, que seguían con su lento y directo viaje hacia el oeste.

—Podría contemplarlas toda la noche —entonces, siguiendo el hilo de mis pensamientos, añadí—: de hecho, ¿para qué necesito ya una casa? —me imaginé en una cama sobre la cima desnuda de la colina, con sólo las estrellas como techo—. La isla es segura y siempre hace una temperatura agradable, así que ¿para qué necesito un techo sobre mi cabeza?

Y en ese momento (y esto sucedió de verdad) empezó a llover. No era una de esas lloviznas que se producían de vez en cuando, sino una tormenta total, con unos truenos que hacían temblar el suelo y unos relámpagos blancos que desgarraban el cielo.

—Por esto —me contesté a la vez que buscaba cobijo bajo un árbol con Muu.

El mero hecho de pensar en que me podía alcanzar un rayo hizo que me estremeciera. Por mucho que me gustara dormir bajo las estrellas, estaba claro que también necesitaría tener un techo sobre mi cabeza.

Y esta vez no sería uno de madera. De hecho, toda la estructura sería ignífuga. ¿Te acuerdas de la historia de los tres cerditos? Pues me inspiré en ella, hasta el extremo de que utilicé ladrillos para construir mi casa.

Además, contenido y forma pueden ir de la mano, ¿no? Descubrí que los ladrillos eran tan robustos como las rocas y, además, estéticamente quedaban muy bien.

Extraje toda la arcilla que había en las fosas subacuáticas de la laguna, pero después de reemplazar las capas inferiores del fondo con arena, volví a colocar la capa superior en su sitio para restaurar su belleza natural. Tuve suerte de poder contar con la arcilla suficiente para fabricar los ladrillos necesarios para edificar un acogedor hogar.

Supongo que no hace falta que te describa la casa. A menos, claro está, que estés leyendo una copia impresa de esta historia o alguien haya llevado la original a otro sitio. Voy a dar por sentado que sigue en el mismo lugar donde la dejé y que viste ese edificio pequeño con forma de C que imita la forma natural de la isla.

Ya viste la cocina y el taller que monté en las alas de la primera planta, y el dormitorio y los vestidores de la segunda. Ya viste la puerta de hierro de la entrada principal y las dos trampillas que hay en cada ala para facilitar la ventilación, así como las ventanas con barrotes que coloqué en las paredes norte y sur de cada piso superior. ¿Verdad que sentir la brisa del mar es genial?

Ya viste que aprendí a hacer jarrones de arcilla, dejé uno al lado de mi cama, y un soporte para la armadura en el vestidor. Y ya viste que di con la manera de colorear los bloques de cristal del techo y fabricar cristales finos y elegantes, como debe ser, para las ventanas de los pisos inferiores.

Aunque lo más importante es que también viste los cuadros.

Eso se me ocurrió cuando estaba fabricando una nueva cama. «Ahora que ya no estoy usando lana inflamable para confeccionar alfombras —pensé—, ¿por qué no hago pruebas con ella para ver si se me ocurre qué otra utilidad puedo darle?»

Y eso hice. Tras combinar de cierta forma concreta unos palos y lana, se formó la imagen etérea de un lienzo blanco estirado sobre un marco de madera. Aunque lo verdaderamente raro sucedió en cuanto tomé ese objeto. La experiencia me indicaba que debía colgarlo en la pared y, cuando lo coloqué sobre esos ladrillos desnudos, ¡su superficie se llenó de repente de unos minicuadrados de colores brillantes! Sorprendido, retrocedí unos pasos y fue entonces cuando distinguí un patrón claro.

Se trataba de una figura humana de mi mundo, alta y rechoncha, con ropa negra y pelo rojizo, que se encontraba sobre la cima de una montaña, contemplando un paisaje nevado.

—Vaya... —masculle, sintiéndome realmente patidifuso.

Esto suponía dar un paso más en materia de creación y elaboración. Ya no se trataba de fabricar objetos básicos y genéricos, como un pico o una cama, sino de crear una imagen muy clara, concreta y única.

—¿Cómo? —pregunté en voz alta. ¿Cómo decidió este mundo qué debía aparecer en el lienzo?

Quité el cuadro de un puñetazo, para intentar examinarlo más detenidamente, y la imagen se borró. Lo coloqué de nuevo en la pared y vi algo completamente distinto. No sólo el marco había cambiado de forma, sino que ahora parecía mostrar dos figuras en blanco y negro que intentaban tocarse.

—¿Qué...? —susurré, y lo quité de la pared otra vez. En esta tercera ocasión, el marco horizontal mantuvo su forma, pero la imagen cambió, ya que mostraba un *creeper* perfectamente reconocible. Fue entonces cuando me planteé ciertas preguntas. ¿Quién estaba eligiendo esas imágenes: el mundo o yo? Los dos primeros cuadros eran pinturas reales de mi mundo. De hecho, el primero, el del hombre de la cima de la montaña, había aparecido en la portada de un libro que había leído un día, que trataba sobre algo relacionado con un hombre que creaba un monstruo. ¿Es que este mundo estaba canalizando mis recuerdos de algún modo? ¿Acaso ésta era la pieza clave que me permitiría recordar quién era?

Dejé el cuadro del *creeper* colgado, para que me sirviera de recuerdo de que siempre debía cerrar la puerta, y me puse a fabricar otro lienzo que coloqué en la pared de mi dormitorio.

«¿Qué más recordaré?», pensé.

Contemplé boquiabierto la pintura que apareció. Al principio, pensé que no podía pertenecer a ninguno de ambos mundos. El sujeto retratado era un hombre, creo, con la piel amarilla, camisa roja, pantalones azules y sombrero triangular rojo y azul. En un primer momento, su tosca silueta tenía un aspecto cuadrado, pero esas líneas tan finas eran distintas a las de este mundo.

Entonces lo reconocí.

—Eres el rey Graham del juego de computadora King's Quest —le dije al cuadro.

«Computadoras.»

Había pensado mucho en las comodidades de mi mundo: los refrigeradores, los hornos de microondas, la televisión y el aire acondicionado. Todos esos aparatos podrían haberme hecho la vida mucho más fácil en este mundo. Pero las computadoras eran harina de otro costal. No sólo me ayudaban en la vida diaria, sino que eran mi vida.

«Por eso no sé pescar, ni cocinar, ni cuidar un huerto. Porque me pasé la vida delante de una pantalla...»

Pero ¿a quién pertenecía esa vida?

Salí de la casa, sin pensar adónde me dirigía ni percatarme de que había empezado a lloviznar. Ni siquiera me di cuenta de que estaba tarareando una canción de mi mundo, la misma que había recordado aquella primera noche tan horrible en la isla.

—Puede que te encuentres —dije en voz alta mientras deambulaba colina abajo— soñando despierto.

Pero al igual que me pasó entonces, no recordaba la letra. Era como intentar oír la radio de un vecino a través de una pared. Lo único que me venía a la cabeza era lo mismo que la otra vez.

—Y puede que te preguntes —le canté a Muu—. Bueno, ¿cómo llegué aquí? —entonces miré a mi amiga y le pregunté—: ¿Y por qué estoy aquí?

No me había dado cuenta hasta ese momento de que podía haber una razón que justificara que hubiera entrado en este extraño mundo hecho de bloques. Había estado demasiado ocupado para plantearme la posibilidad de que algo, o alguien, me hubiera llevado adrede a ese lugar o, seamos sinceros, más bien no había estado muy dispuesto a planteármelo.

—Si estoy aquí por alguna razón, ¿cuál es? —le pregunté a Muu.

El mero hecho de formular esa pregunta en voz alta me hizo sentir incómodo. Noté que se me tensaban los músculos del cuello y se me revolvía el estómago; toda la serenidad que había vuelto a tener gracias a la nueva casa se evaporó como un zombi muerto en una nube de humo.

Como notó que me sentía cada vez más a disgusto, Muu se atrevió a lanzar un mugido inquisitivo.

—No lo sé —contesté, odiando en ese instante esas tres aterradoras palabras—. No sé por qué plantear estas preguntas hace que me sienta tan... ¿insignificante y asustado? O sea, durante todo este tiempo, ¿no he hecho todos estos esfuerzos para poder obtener respuestas? ¿No era esa la razón por la que diseñé la gran estrategia? El objetivo final de obtener comida, cobijo y seguridad era tener tiempo luego para poder centrarme en las cuestiones realmente importantes y, ahora que logré satisfacer todas esas necesidades, ahora que ha llegado el momento...

De repente, me sentí como si me hallara al borde de un precipicio, como cuando había estado a punto de caer en la lava del cañón subterráneo. Y al igual que cuando sufrí ese espantoso calvario, retrocedí en busca de seguridad.

—Y ahora que ha llegado el momento —dije a la vez que me giraba, sumiéndome en la desesperación y negando la realidad—, ¡me merezco disfrutarlo! ¿No?

Muu se limitó a mirarme.

—Después de todo —continué—, esas cuestiones seguirán ahí mañana o la semana que viene, ¿no? Me he ganado el derecho a tener un momento para poder oler las flores o gozar de la puesta de sol —y contemplando el sol que se estaba poniendo como si le hubiera dado pie a ello, concluí—: es el momento perfecto para probar mi nuevo jacuzzi.

Regresé a la casa y podría haber jurado que el mugido que lanzó Muu fue como si dijera: «Espera, tenemos que hablar sobre esto».

—Lo siento —respondí mientras me alejaba de ella dando saltitos—. Llegó el momento de que me centre un ratito en mí.

Había reconstruido mi jacuzzi de lujo sobre los cimientos del antiguo gallinero. No sólo era muchísimo más seguro que tener lava en la casa, sino que la brisa del océano, y ahora la lluvia, hacían que fuera el emplazamiento perfecto.

Tras meterme en esa agua humeante y mientras contemplaba cómo el sol se hundía entre las nubes y el mar, intenté disfrutar de este momento casi perfecto. Pero no era del todo perfecto, ya que las preguntas me habían seguido hasta el jacuzzi.

¿Quién? ¿Dónde? ¿Por qué?

Intenté cerrar los ojos, centrarme en la brisa y la lluvia. Traté de centrarme en las tareas que debía realizar a la mañana siguiente, como ocuparme del huerto que había replantado o reparar la armadura y las herramientas. Intenté imaginarme algunos nuevos ornamentos, como hileras de flores o tal vez una fuente.

Pero nada funcionaba. Me di cuenta de que ciertas preguntas no se pueden esquivar.

Y no fue porque no lo intentara. Por segunda vez en diez minutos, me levanté y me marché.

—Es hora de ir a la cama —me dije, a pesar de que la puesta de sol se había convertido en mi momento favorito del día. Me dirigí a la casa, dispuesto a pasar mi primera noche en mi obra maestra recién acabada. Esperaba que una noche de sueño reparador y una mañana sumido en una reconfortante rutina me ayudarían a centrarme en el aquí y ahora.

Fue entonces cuando me fijé en las antorchas, o más bien me percaté de que no había suficientes. Sólo tenía una en el piso superior y otra en el inferior. Había utilizado todas las demás para iluminar la isla.

—Ay, qué mal —me quejé, a la vez que negaba con la cabeza de un modo dramático—. Muy, pero muy mal.

Miré a través de los barrotes de la ventana del dormitorio y me dirigí a Muu.

—¿Ves eso? ¡Está muy oscuro! Tengo que fabricar más antorchas y conseguir más carbón. Debo volver a excavar.

—Muu —respondió, lo que interpreté como un «Sabes que eso sólo son excusas».

—No, en serio —repliqué—. ¿Y si una sola antorcha no basta para evitar que cobren forma las criaturas?

Una vez más, me contestó con una reprimenda, con un «muu» con el que me decía que hiciera el favor de enfrentarme de una vez a lo que realmente me preocupaba.

—Recuérdamelo más tarde —le dije mientras tomaba mi armadura y las herramientas—. Ya hablaremos luego.

Con el pico en la mano, la espada y el escudo en el cinturón y unas buenas raciones de pan y zanahorias en la mochila, descendí hasta las entrañas de la tierra.

Al escrutar el cañón subterráneo, me di cuenta de lo mucho que lo había excavado. Los relucientes minerales habían sido sustituidos por unos enormes agujeros. Era como si alguna criatura hambrienta le hubiera dado unos mordiscos enormes a las paredes, lo cual no distaba mucho de la verdad.

Los túneles laterales habían sido arrasados del mismo modo. Esos corredores que antes habían estado tan oscuros eran ahora unas galerías muy bien iluminadas. Y, por supuesto, la parte bien iluminada era en lo que no quería pensar. En realidad, no me hacía falta extraer carbón para fabricar más antorchas, ya que podría haber tomado algunas de las que colgaban de las paredes que me rodeaban.

Por un momento, me planteé muy en serio la posibilidad de hacer eso: tomar unas cuantas antorchas, volver a casa e intentar dar con alguna otra forma de esquivar esas preguntas realmente importantes.

—Aaarrgh.

El gruñido hizo que una sonrisa se dibujara en mi cara plana.

—Aaarrgh.

Allá abajo, en algún sitio, en algún lugar oscuro que de algún modo se me había pasado por alto, se hallaba un tipo muerto que me distraería y me demoraría en mi búsqueda de respuestas.

Desenvainé la espada y miré en todas direcciones. En un primer momento, no pude ver nada.

—¡Aaarrgh!

Los gruñidos sonaban levemente distintos a lo habitual; eran más agudos. Escuché con atención, pensando que tal vez fuera debido a la acústica del cañón. Entonces algo salió volando de la oscuridad.

Me quedé lívido al ver que un bebé zombi, un muerto viviente en miniatura, corría hacia mí tras haber surgido de un agujero en la pared. Y cuando digo que corría, no exagero. ¡Ese diablillo era muy rápido! Antes de que pudiera alzar a *Destello*, me atacó; fue como si me hubiera atropellado un tren. Volé hacia atrás y, sorprendido, apenas logré lanzar un «uuufff» antes de que me golpeara por segunda vez.

No sólo era rápido, sino también muy duro de pelar. No sé cuántas estocadas tuve que lanzar para que *Destello* acabara con él y se disolviera en una nube de humo.

—Pero ¡¿qué era eso?! —exclamé con voz ronca mientras engullía sus restos para calmar el dolor. Examiné el interior del escondite de medio metro, pero no hallé ningún tesoro. Ni carbón, ni hierro ni nada de valor. Sin embargo, esa abertura me ofrecía la oportunidad de fingir que realmente quería explorar.

Con el pico, abrí un hueco de mi tamaño, que atravesé con cautela. Alcé el escudo, a la espera de la inevitable flecha. Pero no llegó. Esperé unos instantes más, con los oídos bien abiertos por si oía el gruñido de un zombi o el siseo de una araña, pero ahí reinaba el silencio.

Avancé con precaución y me pareció ver un objeto bajo la luz de la entrada del túnel.

Daba la impresión de que era una planta o algo que se asemejaba a una planta, que crecía directamente del suelo rocoso. Al acercarme más, pude distinguir tres arbustos achaparrados de color café. Debí de rozar alguno con el pie, porque saltó del suelo de piedra y se me metió en el cinturón. Al examinarlo más de cerca, pude ver que era una seta.

—Puaj —dije con un gesto de asco, pensando que o bien era venenosa o bien me provocaría alucinaciones en las que vería a estrellas del rock fallecidas hace mucho. Cómo habían cambiado las cosas desde aquellos momentos en que me moría de hambre, cuando habría matado literalmente por una de esas setas.

Entonces me percaté de que había otra fuente de luz.

Supuse que tenía que ser otra fosa de lava, aunque la temperatura descendía a cada paso que daba en el túnel que se abría ante mí. Sin bajar la guardia, con el arma en ristre, di los últimos pasos para acercarme a un pronunciado descenso en el túnel.

Lo que vi me dejó sin aliento. En el fondo de una pendiente empinada e irregular había una antorcha (que no era de las mías) pegada a un marco de madera.

—¡No estoy solo! —exclamé, aunque irónicamente sólo me respondió mi propio eco. Muchos pensamientos pasaron de forma fugaz por mi mente: pensé en las botas que había pescado en el océano, en las preguntas sobre qué había más allá del horizonte y, con una súbita sensación de peligro, en la bruja.

¿Y si esto era su casa? ¿Y si había más seres como ella?

Buscando un equilibrio entre el ímpetu y la cautela, bajé muy despacio hasta el final de la pendiente y, anonadado, contemplé una galería artificial. Las paredes habían sido excavadas con sumo cuidado, siguiendo un claro patrón de cuatro por cuatro. Cada pocos pasos, el techo estaba sujeto por vigas transversales de madera colocadas sobre postes de doble altura. No podía distinguir hasta dónde llegaba el túnel porque la oscuridad tapaba todo lo que se hallaba a más de una docena de pasos.

«¿Quién excavó esto? —me pregunté—. ¿Y cuándo? ¿Dónde están?» La cabeza me daba vueltas con tantas preguntas.

¿Es que la isla había estado habitada algún día? ¿Hubo otro individuo como yo (o un grupo de gente) que había venido aquí y se había marchado después de construir esto? Si era así, ¿por qué no había más evidencias de su presencia en la superficie, como estructuras y casas? ¿Acaso los mineros originales decidieron restaurar la isla y devolverla a su estado natural antes de marcharse? Si ése era el caso, ¿por qué no se habían llevado todos los demás minerales que yo había encontrado hasta entonces?

Quizá se habían llevado sólo lo que les hacía falta o (se me aceleró el pulso) quizá la isla no había sido el punto de inicio de su aventura, ¡sino su final! Tal vez esta galería minera atravesaba el océano por debajo e iba a dar a la realidad o a un nuevo mundo o a una isla distinta...

Pensé en llamar a gritos a quienesquiera que pudieran seguir aquí, pero entonces me recordé que podrían ser seres hostiles.

«Sólo porque alguien se parezca a ti, no tienes que considerarlo tu amigo.»

Una vez más, retomé la teoría de que eso era la guarida de una bruja y decidí que no debía anunciar mi presencia.

Reparé en que los bloques de madera y los postes eran de roble, y no de abedul, y como la madera de roble había sido más escasa en la isla antes de que yo, bueno, provocara su extinción, deduje que quizás habían traído todo esto de algún otro sitio.

Tras avanzar algo más y colocar una antorcha en una pared, divisé otra peculiaridad en la lejanía. Ahí había unas secciones de madera y metal construidas para formar una especie de vía. La seguí titubeando, colocando antorchas cada pocos pasos y con los oídos bien abiertos por si oía algo cerca.

Dejé atrás vetas de carbón, hierro y piedra roja, prometiéndome que las excavaría más tarde, y también dejé atrás varios bloques de telarañas situados en las esquinas superiores de la galería. Esto último me puso en alerta máxima y en un estado de tremenda ansiedad. «A lo mejor las tejió alguna especie pequeña e inofensiva del tamaño de un cangrespín, aunque también puede ser que las hayan confeccionado sus primas mayores.»

Continué por la vía y vi que la galería se dividía en dos. A la izquierda, lo único que vi fue negrura; a la derecha, lo que parecía ser una caja metálica.

Me acerqué y vi que no era una caja, sino un vagón, en el que había un arcón normal de madera. Al abrir la tapa, hallé un pico desgastado de hierro y algo que me dejó totalmente alucinado.

Y no porque estuviera hecho de diamantes, ni porque hubieran forjado una armadura con diamantes, ¡sino porque esa armadura había sido diseñada para algo que no era humano! A primera vista, ese enorme atuendo de protección parecía haber sido hecho para un animal cuadrúpedo. ¿Para una vaca? ¿Para una oveja? ¿Por qué alguien querría proteger a unos animales a los que las criaturas ignoraban?

«Quizá fuera para salvaguardarlos de algún monstruo con el que todavía no me he topado —cavilé mientras examinaba la reluciente armadura—. Aunque a lo mejor con lo que no me he encontrado es con el animal y no con el monstruo.»

Si la segunda hipótesis era cierta, eso reforzaría mi idea inicial de que estos materiales procedían de algún lugar situado más allá de la isla.

¿Debería subir a la superficie para probarles esta armadura a mis amigos animales o debería seguir avanzando?

Clic-clac.

Ésa fue la respuesta.

Tres flechas (sí, tres) emergieron silbando de la oscuridad para enterrarse en mi peto de hierro.

Hice una mueca de dolor y me di la vuelta para echar a correr por el túnel, como había hecho en mi primera batalla bajo tierra. Tras doblar una esquina, esperé a que mis perseguidores se asomaran.

Clic.

Clic.

Clic.

Podía oír las pisadas de tres pares de pies huesudos, aunque eso parecía imposible, puesto que siempre me había topado con ellos de uno en uno o quizá por parejas, pero nunca con tantos a la vez.

«Te espera una buena», me dije, y de eso no había duda. Ahí no había posibilidad de aplicar la estrategia del escudo y el espadazo. No había manera de evitar que acabara pareciendo un erizo herido.

En cuanto el trío de arqueros dobló la esquina, arremetí contra ellos con determinación con mi centelleante espada diamantina. No quieras saber con cuántas flechas clavadas acabé. Te aseguro que no quiero recordarlo, pero fueron suficientes para que tuviera que devorar el resto de mi comida y volver de inmediato a la superficie.

—Chicas —dije a voz en grito a mi cuadrilla cuadrúpeda—, ¿esto le puede quedar bien a alguna?

Con mucho cuidado, mostré la armadura de diamante a Muu y a las ovejas. Pero ninguna la reivindicó como suya.

—Bueno, ¿para quién creen que la hicieron? —les pregunté—. ¿Para un ciervo? ¿Para un caballo? ¿Para un búfalo acuático? —la segunda opción era la que más sentido tenía, puesto que había visto dibujos de caballos con armadura de la Edad de la Estupidez de mi mundo—. Supongo que saber de qué animal se trata en concreto no es importante —le comenté a Muu—, sino el hecho de que tiene que haber más tierra firme en otros sitios.

Miré hacia el horizonte y noté de nuevo un nudo en el estómago.

—O tal vez no —añadí, volviéndome a montar en el carro de la negación—. Esta isla podría ser la cima de una montaña en un mundo que se inundó. ¿No había una película muy mala con ese argumento?

Los animales se me quedaron mirando.

—Bueno, da igual —dije, y me encaminé a la colina—. La cuestión es que tengo que volver a bajar ahí. ¿Quién sabe lo que encontraré?

Seguía sin estar preparado para escuchar lo que mi subconsciente intentaba decirme.

19

Los libros ensanchan el mundo

Mi segunda expedición a la galería minera acabó casi tan rápido como empezó. Debía de llevar allí abajo sólo unos minutos cuando di con otro de esos vagones. No hace falta que te hable del par de zombis que me encontré por el camino. Gemido, chop, puf... ya lo entiendes.

Lo que realmente importa es lo que hallé en el cofre del vagón. Y no me refiero a las pocas pizcas de piedra roja o la barra de pan que todavía sabía a recién hecha después de... ¿cuánto?, ¿mil años?

Lo que me hizo volver a todo correr a la superficie fueron los dos tipos de semillas que encontré. Ninguna de ellas se parecía a las semillas normales de un verde brillante que estaba acostumbrado a ver. Las del primer tipo eran pequeñas y negras, mientras que las del segundo eran más claras y un poquito más grandes.

Enseguida estaba de vuelta en el huerto, cavando nuevas hileras y escardando el primer cuadrado con mi azadón. En cuanto planté las nuevas semillas, vi lo diferentes que iban a ser.

De las de trigo, e incluso de las de zanahorias, surgían varios brotes. Pero de éstas no. De estos dos tipos nuevos de semillas sólo salía un grueso brote verde.

Casi me echo a reír al pensar que hace unos meses me habría pasado días observándolas y a la espera. Pero ahora no; no con toda la harina de hueso de esqueleto que tenía guardada.

Esparcí tres pizcas sobre la primera semilla nueva plantada y vi que el pequeño brote se elevaba hasta transformarse en una planta de un color verde cobrizo que me llegaba hasta la cintura. No tenía ninguna hoja, ni ningún fruto, ni nada que pudiera cosechar. Por eso, como me quedaban dos semillas más, intenté recolectar el propio tallo.

«A lo mejor se trata de una nueva clase de comida —pensé—. Algo que no es una versión cuadrada de lo que he hallado en mi mundo. O quizá sea algo que reconoceré, pero sólo después de...»

Dejé de cavilar cuando, con un par de puñetazos, destrocé por entero la raíz.

—Mira tú qué bien —dije sarcásticamente, e inicié de nuevo el proceso de replantar y abonar el siguiente puñado de semillas.

Sin embargo, esta vez esperé pacientemente. Deambulé un poco de aquí para allá, eché un vistazo a las demás cosechas del huerto y recolecté algo de trigo y algunas zanahorias; después volví al lugar donde estaba esa testaruda plantita.

—Okey, bien —le dije—. Voy a irme a reparar la armadura o a hacer cualquier otra cosa. Cuando vuelva, tal vez venga con Muu; a ver si te encuentra apetitosa.

Como si quisiera responderme, el arbusto o la enredadera o lo que fuera se dobló súbitamente hacia un lado, por culpa del peso de una fruta gigante, cuadrada y con unas rayas donde se alternaban un verde claro y otro más oscuro.

—Sí, así está mejor —dije dándole un golpe a ese cubo sospechosamente familiar.

En cuanto lo tuve en la mano, la fruta se separó en seis rodajas. Dentro de su corteza gruesa y verde, había una pulpa rosa y crujiente que reconocí al instante. Si nunca has probado una sandía, no sabes lo que te estás perdiendo.

—Mmm-mmm-mmm —gemí entre un mordisco y otro, alucinando por tener otro manjar más que añadir a una despensa cada vez más surtida—. ¿Y tú qué me cuentas? —le pregunté a la otra misteriosa enredadera entre mordisco y mordisco—. ¿Qué tienes que ofrecerme?

Pero no tenía nada, al menos por el momento.

—Tú misma —le espeté—. Ya hablaremos cuando vuelva.

Antes de regresar a la galería minera, replanté las demás semillas de sandía. Tras dejar una larga hilera con cuatro enredaderas y otra hilera con un tallo que todavía tenía que identificar, volví a bajar, soñando con nuevos descubrimientos.

Sin embargo, esta vez mis hallazgos no fueron positivos del todo.

Estaba descendiendo por el túnel donde había encontrado el segundo vagón, que ya había dejado atrás, cuando recibí tres flechazos en la cadera.

—¡¿Otra vez?! —grité, girándome para enfrentarme a otro trío de esqueletos. Esta vez, en lugar de intentar emboscar a mis atacantes, doblé una esquina y sellé el espacio entre las vigas de soporte con unas rocas que me sobraban—. Aún no hemos acabado —dije a la vez que urdía un nuevo plan.

Como excavar se había convertido en algo muy habitual para mí, pensé en abrir un túnel a su alrededor para salir por el otro lado, justo detrás de ellos, y aprovechar el factor sorpresa para apoderarme de otro puñado de ese abono que hacía clic-clac.

Y sí, fue una sorpresa total, pero no para ellos. Apenas me había puesto a cavar cuando irrumpí en una cámara de rocas y me encontré cara a cara (o más bien cara a calavera) con otro par de esqueletos. No tuve tiempo de poner en práctica la consabida táctica del combate con espada y escudo, no tuve tiempo de hacer nada, salvo dejar atrás a todo correr a mis atacantes y sellar la verdadera entrada de la estancia antes de que sus tres amigos pudieran llegar. Al mismo tiempo que recibía el impacto de unas cuantas flechas en la espalda, lo cual no tuvo mucha gracia, arrojé unas antorchas al suelo y luego me arrojé sobre los ruidosos asesinos.

Mientras recogía sus restos, me quedé boquiabierto al contemplar la extraña cámara en la que había irrumpido por casualidad. Un pequeño fuego muy raro, encerrado en una extraña jaulita, ardía en el centro de la sala. No desprendía ni luz ni calor y, si no hubiera estado tan distraído por los arcones situados tras él, quizá me habría fijado en el diminuto objeto que giraba entre las llamas.

Pero fui primero a los cofres y, lanzando un exultante «Bingo», extendí el brazo para abrirlos.

—¡¡Ay!! —grité al notar que se me clavaba una flecha entre los omóplatos.

Me giré blandiendo mi arma y se la clavé a un esqueleto que se encontraba justo detrás de mí.

—Pero ¿qué...? —acerté a decir mientras me preguntaba cómo uno de los esqueletos había podido seguirme a través de mi túnel. No podía haber entrado de otra forma, ¿verdad?

En cuanto alcé el escudo, una flecha impactó con un golpe sordo en su superficie y entonces, para mi asombro y alegría, salió rebotada hacia el pecho del esqueleto.

—Ey, mira eso —dije. Ahora contaba con una nueva táctica de combate. Si nunca has probado el rebote huesudo, como lo llamo ahora, te advierto que requiere mucha habilidad. En primer lugar, te tienes que acercar mucho. En segundo lugar, tienes que apuntar bien con el escudo. Pero cuando lo haces, no hay nada más gracioso que ver a un cazador cazado.

En ese instante, la pregunta de cómo era posible que el pobre imbécil hubiera aparecido en la habitación conmigo cayó totalmente en el olvido. Porque eso era exactamente lo que había sucedido. Había aparecido sin más. Yo todavía estaba devolviéndole sus flechazos al primer arquero (mientras hacía toda clase de comentarios ingeniosos tras cada disparo, he de añadir) cuando, de repente, un segundo arquero cobró vida en medio de una nube de humo cerca de su compañero.

Ahí fue cuando la cosa se puso muy seria. Los rebotes huesudos sólo funcionaban cuando había un único tirador, tal como pude comprobar rápida y dolorosamente. Tras recibir varios flechazos en un hombro, pecho y una pierna, bajé el escudo el tiempo suficiente para que la hoja diamantina de *Destello* se cobrara dos víctimas más.

El tercer y definitivo muerto de esa batalla fue el generador. Así es como llamo al fuego encerrado en la jaula que se hallaba en medio de la estancia.

Debería haber sospechado que ese pequeño y extraño artefacto era una fábrica de monstruos. Debería haberme percatado de que eso que giraba en las llamas era un esqueleto en miniatura.

—Seré idiota —dije en voz alta, haciendo un esfuerzo por no mortificarme. «No te obsesiones con los errores, mejor aprende de ellos.»

Por desgracia, en este escenario, lo que acababa de descubrir me hizo sentir aún peor. Tenía una nueva amenaza a la que enfrentarme, una sorpresa que echaba por tierra totalmente mi irrefutable teoría de que las criaturas sólo cobraban forma en la oscuridad. ¿Y si había más fábricas de monstruos por ahí, creando esqueletos y zombis y pelotones de *creepers* silenciosos y explosivos...?

Esta duda bastó para que deseara sellar la sala y la galería y darle la espalda a todo ese nuevo reino subterráneo.

«Pero primero voy a llevarme lo que haya en estos dos últimos cofres.»

En el primero, encontré un disco gris y fino del tamaño de mi mano. «Es una pena que no tenga un reproductor para escucharlo», pensé, mientras abría el segundo cofre.

—¡Un libro!

Y no se trataba de un libro cualquiera, sino de un manual. ¡Una guía de instrucciones técnicas!

Hasta ese momento, era un autodidacta que había acumulado conocimientos a ritmo de un caracol. Había aprendido gracias a la observación, la experimentación y la suerte, o a veces gracias a peligrosos accidentes. Pero eso se había terminado. En esas delicadas páginas, encontré una serie de lecciones a la espera de ser asimiladas. Al abrir el volumen con tapas de cuero, me sentí como si me probara un par de alas; ¡sí, y al leer su contenido mi mente echó a volar!

Sin preguntarme en ningún momento por qué esas palabras estaban escritas en mi idioma (o, pensándolo bien, en qué idioma hablaba yo realmente), volví a todo correr a la superficie, me metí en mi casa y me adentré en sus enseñanzas.

—¡Encontré un libro! —les grité a mis amigas mientras salía al porche de mi hogar. Leí en voz alta *El libro de la música* y enseñé a mis amigos animales cómo se fabricaban tanto una gramola, con la que podría escuchar el disco que había hallado, como bloques de notas para componer melodías originales.

Bien, tal vez no fuera una información muy útil, ya que esa música no merecía ser considerada como tal. No sé qué gustos tenía en mi hogar, pero ese ruido estéril y repetitivo era tan agradable como la carne de zombi.

Respecto a construir bloques de notas, bueno, supongo que podría haber transformado mi antiguo búnker en un estudio. Pero ¿por qué iba a hacer eso ahora que sabía que tal vez hubiera otros libros, con unos conocimientos más útiles, esperándome ahí abajo?

Por eso fui derecho a la galería, soñando con unos fascinantes tesoros intelectuales a cada paso que daba. Por lo que había pasado en mis tres primeras incursiones, creo que esperaba toparme con una biblioteca solamente lo cual no ocurrió, por supuesto, pero tras explorar unos cuantos túneles nuevos, doblé una esquina y lancé un largo y sonoro «Vaya...».

La galería daba a una caverna que hacía que el primer cañón natural que había visto pareciera una zanja. No sólo era vasta, ¡sino que alguien había construido varias estructuras en ella! Había galerías por todas partes y unos puentes de madera que se entrecruzaban en el aire. Podía oír el murmullo de diversas cascadas y ver el brillo de antorchas distantes, así como el fulgor de un estanque de lava lejano.

También podía ver otra luz, que resultó ser un par de finos ojos púrpuras. La criatura era alta, me doblaba en altura, cuando menos, y era tan negra que poco faltó para que no reparara en ella. Estaba en el fondo del cañón, sobre el puente. No era un tiro fácil, pero con ayuda de la gravedad...

Saqué el arco, apunte y entonces me detuve.

«Sólo porque alguien se parezca a ti, no tienes que considerarlo automáticamente tu amigo.»

Al recordar esa lección, aprendí una nueva por razonamiento inverso.

«Y sólo porque alguien sea distinto a ti, no tienes que considerarlo automáticamente tu enemigo.»

Por lo que sabía, este lugar era el hogar de esta criatura y, gracias a ella, tal vez pudiera obtener más respuestas que en todos los libros que pudiera encontrar.

—Si no arriesgas, no ganas —dije, bajando el arco, e inicié el descenso al fondo del abismo. Por ironías del destino, fue entonces cuando di con otro cofre, en el que había un libro titulado *Fauna*. No me puse a leerlo ahí mismo, aunque ojalá lo hubiera hecho.

Metí el tomo en la mochila y me acerqué lentamente hasta el monstruo desconocido alto y oscuro. Me detuve a una docena de bloques. Creía que me hallaba sano y salvo, ya que estaba lo bastante lejos para poder lanzarle unas cuantas flechas antes de que me alcanzara. También creía que, como aún no se había girado en mi dirección como una de las otras criaturas, quizá no me considerara una amenaza.

Nunca se debe dar nada por sentado. Pero yo lo hice.

—Hola —lo saludé con voz potente y con las manos en el arco. No se giró. Podía ver que tenía algo en sus largos y finos brazos: ¿un bloque de piedra?—. ¿Hola? —insistí. Pero no hubo respuesta.

Estaba a punto de aproximarme cuando la criatura se giró hacia mí y nuestras miradas se cruzaron.

—¡¡¡Grrr!!!

Lanzó un rugido escalofriante. Se movió a una velocidad cegadora. ¡Y lo de cegador no lo digo por decir! En un instante, estaba lejos y, al siguiente, zuuum, la tenía delante de la cara, golpeándome y empujándome hacia atrás, abollándome la armadura y rompiéndome las costillas.

El aire abandonó rápidamente mis pulmones y solté el arco.

—¡¡¡Grrr!!! —rugió el monstruo de nuevo, lanzando otro golpe casi letal.

No había tiempo para hacer otra cosa que no fuera correr como alma que lleva el diablo. Crucé el abismo a toda velocidad, con el objetivo de alcanzar la luz más cercana: una antorcha de una galería próxima.

Otro golpe, otro chillido ronco y terminaría. Aunque estaba medio muerto y temblando de arriba abajo, la viga transversal del techo, que no dejaba que la alta súper bestia entrara, me salvó la vida.

Aturdido y confuso, pregunté:

—Pero ¿qué dije? ¿Qué hice?

—¡¡¡Grrr!!! —respondió aquel ser, sin dejar de golpear la viga.

—¿Es por esto? —inquirí, sosteniendo el libro en alto—. ¿Te robé tu libro?

—¡Grrrr!

—Toma —le dije, y dejé caer el libro lo más cerca de la bestia que pude—. ¡Llévatelo!

Pero ni agarró el libro ni se calmó.

—¿Qué quieres entonces? —pregunté mientras me estiraba para recuperar el manual—. ¿Cuál es el problema? —y a la vez que retrocedía, añadí—. ¿Qué eres?

»Se les llama los hombres de Ender —le conté a Muu cuando regresé a la superficie con la guía *Fauna* en la mano—. Pero no explica mucho sobre ellos; sólo dice que son neutrales.

—Muu —replicó Muu, sorbiendo la hierba, mientras yo me tomaba un tentempié de pastel de calabaza. Ah, sí, había encontrado otro libro mientras ascendía, y éste se titulaba *Comida*. Resulta que la misteriosa enredadera daba calabazas y, gracias al tercer libro que hallé, supe qué hacer con ellas.

—Se supone que no hay que mirarlos a los ojos —proseguí entre un mordisco y otro que me llevaba a la bendita gloria de la calabaza—. Según parece, eso fue lo que lo enfureció. Tal vez se trate de alguna costumbre que no respeté, ¿no? Y no corría muy rápido como yo creía, sino que en realidad se teletransportaba.

Mientras seguía leyendo, comenté:

—Aquí también habla de otras cosas que no entiendo, como los ácaros de Ender y las perlas de Ender, a saber, y da cierta información muy críptica que parece indicar que los hombres de Ender construyeron este mundo. No me preguntes por qué, porque no lo sé, pero debe de tener algo que ver con el bloque de piedra que sostenía.

Dejé el libro y reflexioné:

—Ellos no pudieron construir las galerías porque el que me encontré no cabía por ellas y no pudieron escribir este libro porque en él se refieren a estas criaturas como «ellos» y no «nosotros». Pero, entonces, ¿por qué...?

Otra vez esas dos malditas palabras: «¿por qué?».

—No importa —dije con cierto desdén, para poder olvidarme de mi confusión y malestar—. Ya sé lo que tengo que saber: no los mires a los ojos y no los molestes y ellos no te molestarán. Okey, a otra cosa.

Me salté unas cuantas páginas y llegué a unos capítulos sobre una fauna que me resultaba más familiar. Entonces comenté:

—Hay muchos animales en este mundo —después, corrigiéndome a mí mismo, añadí—: o al menos los había antes de que el continente se hundiera en el océano.

—Bee —comentó burlonamente Nube, que no logró hacer mella en mi estado de negación.

—Sí, es muy triste —contesté, y seguí leyendo—. Nunca veré a todos estos ocelotes y lobos. La armadura que encontré estaba hecha para un caballo, por cierto, y un cerdo. ¿Sabías que en este mundo la gente solía usarlos como montura? Al puerco se le guiaba con una zanahoria colocada en una caña de pescar. Imagínatelo.

Después de leer otra página, comenté:

—Puedes pescar en cualquier masa de agua —eché una ojeada a las gallinas cercanas e, ignorando la punzada de arrepentimiento que sentí en el pecho, agregué—: pero ya nunca me hará falta pescar.

Hojeé las partes sobre las criaturas, donde pude ver a los sospechosos habituales. Resulta que a los cangrespines se les llama en realidad «lepismas o peces plateados», como si eso tuviera algún sentido.

—Por lo visto, se puede fabricar lana con un montón de telarañas —dije, y luego, dirigiéndome a la oveja, añadí con una carcajada—, aunque nunca me hará falta hacer eso.

Como daba por hecho que ya sabía todo lo que había que saber sobre la mayoría de las criaturas, cuando llegué a las arañas de las cuevas, di por sentado que se trataba de una variedad más pequeña y menos peligrosa que sus hermanas mayores.

Pero nunca hay que dar nada por sentado.

Eso lo sé ahora, aunque entonces, cuando estaba leyendo el libro saltándome páginas enteras, no lo sabía. Cualquier sección que me hiciera sentir más a salvo, más listo o más poderoso, la leía. Cualquiera que me hiciera plantearme alguna pregunta que me asustara, la ignoraba. Echando la vista atrás, supongo que no era muy distinto a mucha gente de mi mundo, a ese tipo de personas que no leen algunos libros, o se saltan ciertas partes de ellos, o incluso los queman, por cómo les hace sentir lo que dice en sus páginas. No quería admitir lo que sentía al leer sobre nuevas tierras y criaturas que perfectamente podrían existir más allá de mi estrecho horizonte. Eso hizo que me acordara del momento en que saqué del océano aquellas viejas botas de cuero y cómo, de repente, me sentí mucho más insignificante. Por esa razón, a pesar de mi supuesta alegría, todavía no podía asimilar la verdadera lección que me estaba dando lo que había descubierto:

Los libros ensanchan el mundo.

20

La venganza te destruye

No estoy seguro de si este mundo te permite andar con brío, pero a la mañana siguiente no cabe duda de que tuve esa sensación. Mientras bajaba a la mina dando un paseo para vivir otra aventura seguramente exitosa, no podía hallarme de mejor buen humor. Equipado con herramientas y armas reparadas, así como con una mochila repleta de toda clase de comida, me sentía preparado para cualquier cosa. Pero no estaba preparado para que un viejo enemigo estuviera esperando la oportunidad de poder acabar con mi nueva y, al parecer, imbatible racha ganadora.

De todos los adversarios que me aguardaban ahí abajo, el único para el que realmente debería haber estado preparado era yo mismo.

Al regresar al complejo minero, me topé con el habitual comité de bienvenida compuesto por zombis, esqueletos y un par de *creepers*. Me los eché al plato, recogí sus restos y me adentré en un túnel inexplorado y oscuro.

Se veía interrumpido por una sección de una cueva natural iluminada por una columna de lava. Tras rodear el punto donde entraba en contacto con el suelo liso y gris, me fijé en que había incrustado en él un bloque de diamantes. Esto me recordó que sólo me había topado con algún diamante natural cuando me encontraba cerca de lava, así que tomé una nota mental de que debía comprobar si esa teoría era cierta más adelante.

Después de recoger tres piedras relucientes, seguí avanzando hasta que la cueva natural se convirtió en una galería reforzada con madera de roble. Esta vez las vías de los vagones me llevaron hasta otro cofre y otro hallazgo que ensanchó el mundo.

No di con un libro, ¡sino con tres! Todos trataban sobre la piedra roja, que resultó ser su verdadero nombre oficial. Durante todo este tiempo había considerado que ese mineral carmesí era casi inútil, pero ahora estaba descubriendo que podía ser el material más útil de este mundo. La antorcha de piedra roja que había considerado inferior a la versión de carbón, ya que esta última daba más luz, era en realidad una fuente de energía, y esa energía podía ser transmitida mediante un reguero de polvo de piedra roja.

Y eso sólo era el primer libro. Al hojear los otros dos, descubrí que la piedra roja era un material básico para construir máquinas.

¡Sí, máquinas! ¡Por fin, tras pasar de la Edad de Piedra a la Edad del Hierro, había llegado la Revolución Industrial! Y si hubiera sido un poco más paciente, si me hubiera llevado los libros a casa en vez de leer páginas sueltas, es probable que todo hubiera ido bien.

Pero no fue así.

—¡Sssp!

Conocía ese siseo. Lo había oído demasiadas veces.

—¡Sssp!

Levanté la cabeza, con *Destello* lista y los libros a buen recaudo en la mochila, y me giré para encararme con esa amenaza.

No había nada a la vista. Detrás de mí, se hallaba el corredor vacío perfectamente iluminado. Delante de mí, sólo había oscuridad. Ahí no había un montón de ojos apiñados y aun así...

—¡Sssp!

Recorrí el túnel con cautela, colocando antorchas a medida que avanzaba, aferrándome aún a la idea de que las arañas de las cuevas eran únicamente unas alimañas de pequeño tamaño muy molestas.

Al menos tenía razón en lo de que eran pequeñas.

Ese bicho de color azul verdoso, cuyo tamaño era la mitad que el de sus primos de la superficie, emergió de la oscuridad a gran velocidad y se abalanzó sobre mí. Blandí mi espada, fallé y esperé a recibir la habitual picadura de araña, o incluso una más leve.

¡Me equivoqué!

El dolor se apoderó de mí al sentir el ardiente y asfixiante picor del veneno. Retrocedí tambaleándome, mareado, dolorido, mientras agitaba a *Destello* descontroladamente ante el depredador turquesa. Tras empujarla hacia atrás con el escudo, arremetí contra ella con un golpe letal.

Mientras me hallaba todavía bajo los efectos del veneno, tomé un balde de leche y asimilé una nueva y dolorosa revelación: el tamaño no importa. Fue entonces cuando me di cuenta de que seguía oyendo siseos. «Bueno —pensé nervioso—, ¡esta vez las demás no me sorprenderán!»

Volví a equivocarme.

Recorrí el pasaje, dispuesto a repeler cualquier amenaza que tuviera delante. Pero mis adversarios no se encontraban delante de mí, sino debajo. Pasé por encima de un agujero abierto en el suelo de madera; una abertura de un solo bloque. Como estaba distraído y ansioso, había dado por supuesto que las arañas no podrían atravesar un hueco tan diminuto. No había tenido en cuenta que existía esta nueva y pequeña variedad de arácnido. El pánico ahoga la razón.

Justo cuando había dejado atrás el agujero, algo se abalanzó sobre mí de un salto por detrás. Mientras las toxinas me recorrían las venas, pude girarme a tiempo para atacar al segundo de los dos arácnidos, que se tambaleó por el golpe, a la vez que su compañero atacaba, inoculándome otra dosis mortífera. ¡Bloqueo, espadazo, humo! Otra dosis de antídoto lácteo y más barras de pan sanador. Como al examinar el agujero no vi nada, supuse (más bien, esperé) que no podía haber más bichos de esos ahí abajo.

Permíteme que deje constancia de que no había sufrido tal agotamiento mental en mucho tiempo. Me había acostumbrado tanto a ganar, me había acostumbrado tanto a que todo saliera como yo quería, que al tener que enfrentarme a un verdadero reto, necesité un tiempo ridículamente largo para recuperarme mentalmente.

Por eso no me retiré en cuanto atravesé de un salto el agujero y vi que toda la galería que tenía delante estaba llena, de arriba abajo, de telarañas.

Menuda ironía... En su momento, la telaraña había escaseado tanto, había sido tan valiosa, que había arriesgado la vida para conseguirla. Ahora iba a arriesgar la vida para poder dejarla atrás, para acabar con el generador que veía al final del pasillo.

Al menos, no fui tan tonto para intentar atravesar las telarañas sin más, aunque tratar de abrirme paso entre ellas a golpe de espada era igual de estúpido. Apenas había rajado cuatro de esos cubos estirados y espeluznantes cuando vi otra araña que avanzaba sin hacer esfuerzo alguno, como si esos hilos pegajosos no existieran.

Rajé y rompí aquellas hebras y la criatura saltó haciendo un gesto de dolor. Aunque no me inoculó veneno con la picadura, el impacto me empujó hacia una telaraña.

¡Y me quedé pegado a ella!

Pateé inútilmente, con los pies colgando en el aire, y, poco a poco, fui cayendo hacia el suelo. Se abalanzó sobre mí de nuevo y me mordió por segunda vez, clavándome profundamente los colmillos en esta ocasión. Grité por culpa del líquido nocivo, mientras que, furioso, cortaba con mi arma la red en la que estaba atrapado. Toqué el suelo con los pies justo cuando la primera araña decidió saltar y aterrizó sobre la hoja diamantina de *Destello*.

Me aparté de la pared de telaraña el tiempo justo para poder beber mi última dosis de leche antiveneno. Antes de que pudiera tomar algo de comida sanadora, otro par de arañas me atacaron. Pero esta vez estaba preparado. Ataqué a una y luego a la otra, las obligué a retroceder a golpes, como si se tratara de un disparatado partido de tenis en el que sólo jugaba yo. Una vez más, arremetieron contra mí; una vez más, yo contraataqué. Escudo y espada, golpe y corte.

En cuanto la segunda se evaporó, divisé otro par que cobró forma delante de mí gracias al generador distante.

—¡Volveré! —grité mientras la furia bullía dentro de mí—. ¡Volveré y las mataré! ¡Las mataré a todas!

Debería haberme despejado mentalmente mientras corría de camino a casa. Pero no fue así. Debería haberme calmado lo justo para darme cuenta de que tenía que reparar mi abollada armadura, arreglar mi espada agrietada, disfrutar de una buena noche de descanso y diseñar un plan razonable y racional.

Pero no fue así. Me limité a tomar algo de comida y unas cuantas plumas más para las flechas, y me fui corriendo a batallar de nuevo. Si me hubiera parado para ordeñar a Muu, habría tenido una última oportunidad de recuperar la cordura, pero claro, no fue así.

Sólo pude imaginarme lo que mi salvador cuadrúpedo podría haber dicho si fuera un ser humano, lo que sus múltiples e ingeniosos «muus» podrían haber significado.

—Por favor, no hagas esto. ¡No vuelvas ahí sin pensar! ¡Piensa en los errores que has cometido, en las lecciones que has aprendido, en todas las ocasiones en las que has estado a punto de morir! Por favor, para un momento, respira hondo y no lo tires todo por la borda sólo porque quieres...

«Venganza.»

Por eso no les hice caso ni a ella ni a mi subconsciente. Esas criaturas me habían hecho redescubrir el miedo. Me habían recordado qué se experimentaba al sentirse indefenso, débil y asustado hasta el tuétano.

El miedo me hacía odiar, y el odio me cegaba. La lección era clara y obvia, pero la ignoré: la venganza te destruye.

Pronto la aprendería por las malas.

Bajé a gran velocidad hasta las entrañas de la tierra y me metí directamente en el túnel donde había empezado todo. Después de sellar el agujero del suelo por el que había saltado antes, intenté abrir otro con el pico justo encima del generador. Mi plan, si se le podía llamar así, consistía en destrozar la jaula desde arriba antes de que ningún otro arácnido se me pudiera echar encima.

Pero el plan fracasó. En cuanto abrí el agujero, una araña se abalanzó sobre mi cara. Retrocedí por culpa del veneno que me inoculó y, con gran rapidez, le abrí varios cortes a la criatura. «No importa fracasar, lo importante es cómo vuelves a ponerte en pie, ¿no?»

Esta vez, me volví a poner en pie de un modo deprimente.

Sellé el agujero y, mientras engullía la leche, concebí de forma precipitada un temerario plan B. ¿Tú habrías intentado excavar una escalera para descender hasta la pared situada junto al generador? ¿Tú habrías creído, o querido creer, que, por alguna razón, no podía haber ninguna telaraña al otro lado del pasillo? No, claro que no. Porque para eso tiene uno los sesos.

Pero yo no y, por ese motivo, unos segundos después de sacar de su sitio a golpes los últimos bloques, un trío de criaturas venenosas arremetieron siseando contra mí. Sinceramente, no recuerdo cómo las maté a todas. De lo único que me acuerdo es de que, cuando intenté tomar una segunda dosis de leche, me di cuenta de que sólo había traído una.

Durante el minuto siguiente, tuvo lugar una lucha atroz entre mi poder de hipercuración y los jugos digestivos de la araña. Intenté engullir toda la comida que pudiera caberme en la tripa a la vez que rezaba para que pudiera regenerarme antes de que el ácido me devorara por dentro.

Mientras las venas se me enfriaban y los músculos se me regeneraban, oí otro rugido agudo. Dos artrópodos más se acercaban raudos y veloces hacia mí a través de sus protectoras telarañas, impidiéndome el acceso a la escalera.

Retírate. Huye. ¡Corre!

Escapé por el túnel inexplorado y oscuro. No me dio tiempo a colocar antorchas. Estaba desorientado. Me limité a correr hasta que dejé de oír siseos.

«Es hora de descansar y reorganizarse.»

Ahora podía ver que la galería había dado paso a una tosca cueva natural. Justo cuando colocaba una antorcha, recibí el impacto de dos flechas en la espalda.

Me giré y vi otra cámara de roca, en la que había un generador, justo detrás de mí. De su salida emergieron un par de esqueletos. Blandí mi espada, los alcancé y oí un crac cuando la reluciente hoja se hizo añicos.

Destello había sido un arma magnífica, pero no le había curado las heridas. Había visto que tanto combate, sobre todo tanto cortar telarañas, le había pasado una horrible factura a su hoja fracturada y mellada, pero no había hecho nada al respecto. Y como no había cuidado de *Destello*, ahora ella no podía cuidar de mí.

Mientras mis juramentos retumbaban en la oscuridad, rebusqué en la mochila y el cinturón. No tenía ningún hacha. Ninguna espada de repuesto. Nada, salvo dos flechas para mi arco. Tenía plumas de sobra, pero había olvidado traer algún pedernal.

Dos esqueletos más salieron de la cámara. Dos flechas rebotaron con un ruido sordo en mi escudo. Volví al túnel, a la oscuridad total e ignota. Huía a ciegas mientras flechas sibilantes me perseguían.

Corriendo, jadeando, iba dejando atrás piedras tenebrosas que me rodeaban por todas partes.

Por fin reinó el silencio.

Y la confusión en mi cabeza. «Come, cúrate... No tengo comida. Estoy solo en la oscuridad... Me perdí.»

Corrí de un túnel a otro, colocando antorchas por todas partes. «¿Cómo voy a volver? ¿Adónde voy?»

El pánico ahoga la razón.

—Socorro —gimoteé. Tenía la sensación de que volvía una y otra vez sobre mis mismos pasos—. ¡Por favor, que alguien me ayude! ¡Quien sea! ¡Por favor, ayúdenme!

Volvía a estar como al principio, volvía a estar en el océano, solo y asustado, deseando que alguien me encontrara.

Y alguien lo hizo, pero no como yo deseaba.

—¡Aaarrrgh!

Oí el gemido en cuanto doble la esquina. Había entrado en una cueva de techo bajo, en otra cámara donde había un generador. «¡Zombis! ¡Se me acercan un montón de zombis!»

Me metí a todo correr en otro túnel nuevo y, una vez más, acabé dando tumbos en la oscuridad.

—¡Aaarrrgh!

Los zombis nunca se rinden. Avanzan despacio, pero sin pausa. Nunca te dejan escapar.

Los gruñidos retumbaban por las paredes. Se encontraban detrás de mí, a escasos pasos.

Algo parpadeó a mi derecha: ¡un *creeper*! Me giré para lanzar una flecha rápidamente.

¡Zas! Justo en su cara moteada.

Pero no fue suficiente. Oí el chisporroteo de una mecha encendida. Un flechazo más y...

—¡Yiiii!

Un murciélago, que se interpuso volando entre ambos y recibió la flecha.

¡Buum!

Salí despedido hacia atrás y el peto, destrozado, se desintegró y yo me quemé.

Aterricé violentamente en unas aguas poco profundas, que me arrastraron aún más hacia la penumbra.

—Grrr...

Seguían estando detrás de mí, podía ver sus tenues siluetas recortadas ante el leve brillo de las antorchas lejanas.

Atravesé corriendo el agua y choqué con una sólida roca. Miré a izquierda y derecha, pero no podía ver nada. No tenía adónde huir, no podía luchar.

El olor a carne podrida era abrumador. A carne podrida y a... ¡tierra!

Había unos cubos de tierra en la pared, que me hicieron acordar de la primera noche que pasé en este mundo. ¡Si me enterraba, podría salvarme!

Tomé las rocas sueltas que llevaba en la mochila y levanté un muro en la tosca abertura del túnel. Lo construí frenéticamente, como un autómata, y justo cuando un zombi se asomaba, coloqué el último bloque en su sitio.

21

El conocimiento, como las semillas, necesita tiempo para que dé sus frutos

—¿Cómo voy a sobrevivir? —le pregunté a la oscuridad—. ¿Cuál será mi próximo paso?

Estaba atrapado, acorralado, solo.

Bueno, casi.

—Aaarrrgh —gimió el zombi al otro lado de la pared, completando así mi *déjà vu*.

—Ya estamos como siempre —respondí—. Igual que la primera noche.

Entonces sucedió algo que nunca hubiera previsto: sonreí.

—Sí, la primera noche —repetí, y dejé en el suelo una reconfortante antorcha—, y mira lo que tenía entonces comparado con lo que tengo ahora.

—Aaarrrgh —gruñó el muerto viviente. En realidad, eran dos, ya que pude oír a otro que se aproximaba.

—No, no me refiero a lo que tengo en la mochila, ¡sino aquí arriba! —me reí, pensando que ojalá pudiera señalarme la cabeza—. Todas esas valiosas lecciones, toda esa experiencia obtenida con gran esfuerzo, están guardadas en mi memoria. Eso no me lo pueden quitar. Nadie puede. ¡Esto no es igual que la primera noche, porque yo no soy la misma persona!

'—Aaarrrgh —rezongaron los monstruos.

—Ya hablaremos luego —dije, dando la espalda a la pared—. Tengo que ponerme manos a la obra.

Respiré hondo y visualicé el camino del cubo: planear, preparar, priorizar, practicar, paciencia y perseverancia.

Ahora mismo tenía que priorizar mis necesidades, y la principal era obtener comida. La picadura de la araña me había dejado sin ninguna caloría. La cabeza me daba vueltas, me apestaba el aliento y volvía a sufrir esos pequeños temblores tan reveladores. Me moría de hambre.

«Cuánto tiempo», pensé mientras rebuscaba en el cinturón y la mochila.

Lo único que tenía era una seta café, totalmente incomible sin su compañera rojiblanca.

El resto de mi inventario estaba compuesto por dos docenas de bloques de abedul, veinte bloques de roble que había sacado de los soportes de la galería, tres baldes de metal vacíos, un balde de agua, una pala desgastada, un arco desgastado, un pico desgastado, una tonelada de rocas, algo de pólvora, algo de piedra roja, tres libros sobre la piedra roja, un montón de plumas y telaraña suficiente para fabricar un ejército de cañas de pescar.

—Qué pena que no haya ningún océano cerca —murmuré. Pero justo cuando acababa de pronunciar estas palabras plagadas de derrotismo, lancé un exultante—: ¡pero sí lo hay!

Como si fuera un relámpago, el recuerdo de un pasaje del libro sobre comida pasó velozmente por mi mente: «En cualquier masa de agua»; sí, eso era lo que había leído. ¡En cualquier masa de agua! A ese dato que podía salvarme la vida sumé la experiencia de primera mano que había tenido con el canal de irrigación. ¿Te acuerdas de cuando hace tiempo te maté de aburrimiento contándote la historia sobre cómo vertí agua en una zanja? ¿Te acuerdas de que te dije que más adelante sería muy importante? Bueno, pues ese «más adelante» ya llegó.

—¡El agua genera agua! —les grité a los zombis de ahí afuera—. ¡Lo único que necesito es un segundo cubo!

—Aaah —respondieron, recordándome que había más agua... justo ahí afuera, donde estaban ellos.

Me refiero, por supuesto, al pequeño arroyo subterráneo en el que había caído después de que la explosión casi me matara. Creía que había visto dónde nacía: de una pared en la que había un pequeño cubo, que hacía las veces de manantial y que se hallaba a sólo unos pasos de esta cueva. Pero ¿cómo iba a llegar ahí?

Pensé en las dos ocasiones en que había empleado un túnel para llegar a un sitio dando un rodeo. Había sido una táctica muy arriesgada que no había acabado bien ninguna vez.

Pero ahora, con el agua tan cerca...

—¡Si no arriesgas, no ganas! —vociferé a mis carceleros zombis y entonces levanté el pico que estaba casi roto.

Me puse a picar, calculando a ojo de buen cubero dónde estaba el nacimiento del arroyo.

—Y allá va...

Me giré bruscamente hacia la izquierda. El bloque cayó. Ahí no había agua, sólo un par de manos putrefactas.

Grité cuando un puño verde me golpeó directamente en la nariz.

—Gracias —dije, a la vez que sellaba el agujero. Pensaba que los zombis no podían reírse, pero sin duda alguna esos gemidos sonaban muy alegres. Claramente, esos muertos vivientes me estaban siguiendo por el otro lado del túnel. ¿Y si cometía otro error? ¿Y si al atravesar la pared sufría más daño y ya no podía curarme...?

Crac. La herramienta de hierro se me rompió en las manos.

—¡No pasa nada! —grité a los zombis. Acto seguido, fabriqué primero una mesa de trabajo y luego un pico con una punta de piedra—. ¡Perseverancia!

Resultó que sólo me quedaba un bloque más. Piqué, piqué y piqué y, entonces, ¡¡¡Fluooss!!! ¡El agua subterránea brotó!

La recogí en un balde de leche vacío y cavé un gran rectángulo en el centro de la cueva.

Me metí de un salto y arrojé los dos cubos de agua hacia dos de las esquinas. Mientras fluían a la vez, se formó un tercer cubo entre ellos. Repetí el proceso una y otra vez y otra, hasta tener una piscina totalmente llena.

—Allá vamos —dije, y a continuación comencé a fabricar una nueva caña de pescar.

—Aaarrrgggh —se burló uno de los zombis.

—Tienes razón —respondí gritando—. No hay ninguna razón para pensar que «cualquier masa de agua» pueda ser también una que yo haya creado. Pero nunca debes dar nada por sentado —añadí al tiempo que retrocedía para arrojar el sedal.

Nada. Ni siquiera vi unas burbujas en la superficie.

—Paciencia —aconsejé a mis captores zombis—. Ya verán, sólo tengo que ser pa...

¡Sí, ahí estaban las burbujitas con forma de V que me iban a salvar la vida!

—Vamos —las animé mientras esperaba a que la V zigzagueara hacia el anzuelo. El corcho se hundió, algo tiró de la caña y un salmón imposible voló hasta mi cinturón, enseñándome una nueva lección. El conocimiento, como las semillas, necesita tiempo para que dé sus frutos.

Mientras terminaba el día, o la noche o lo que fuera, las faltriqueras de mi cinturón se llenaron de peces. Mi nuevo horno llenó la cueva de aromas deliciosos y, de esa forma, dejó de rugirme el estómago y los zombis fueron los únicos que siguieron gruñendo.

Oh, y en caso de que te lo estés preguntando, sí, me molestaba tener que matar para poder sobrevivir, pero si retrocedes unos cuantos capítulos, podrás leer esta salvedad, y cito textualmente: «A menos que algún día me halle a punto de morir de hambre y no me quede más remedio». A veces no conviene ser más papista que el Papa. Pasé de ser vegetariano a ser un pescetariano temporalmente. ¿De acuerdo? ¿Todo en orden?

Después me ocupé de la siguiente prioridad: construir una cama. Nada despeja la mente mejor que una noche de sueño reparador.

Mientras intentaba recordar lo que había leído sobre cómo fabricar bloques de lana a partir de telarañas, coloqué el resto de hilo de araña sobre la mesa de trabajo. Aunque parezca un disparate, se combinaron de tal manera que obtuve varios cubos de una lana muy suave. Tres tablones de madera después, tenía una cama igualita a las que había fabricado algún día. Incluso la manta y la almohada eran tan blandas y suaves como las de lana de oveja.

—Todo va a ir bien —me dije a mí mismo, a la vez que las paredes de la cueva se fundían en negro—. Mañana saldré de aquí. Mañana será otro día.

Y sí, fue otro día, pero para nada optimista. A la mañana siguiente, me di cuenta de que, si intentaba huir de manera precipitada, era muy probable que acabara igual que ahora, o incluso en una situación peor.

No tenía ningún arma y la armadura ya sólo me cubría la mitad del cuerpo. Como no tenía leche, necesitaba diez veces más comida para contrarrestar el veneno de las arañas y, además, no olvidemos que no tenía ni idea de adónde iba.

Por mucho que quisiera escapar de los asfixiantes y estrechos confines de la cueva, tenía que reparar lo reparable, reabastecerme y repensar mi estrategia de huida en general. Me gustara o no, esta cámara subterránea iba a ser mi hogar durante un tiempo.

Me pasé dos días enteros pescando peces a montones. En cuanto esa prioridad ya estuvo satisfecha, pasé a la siguiente de la lista: la armadura y las armas.

Empleé la pala, que estaba en las últimas, para extraer una sección de tierra de la pared, y hallé ahí tres cubos de hierro. «Y esto es sólo el principio», pensé con optimismo y, tras sacarlos, irrumpí en otra cueva.

—Vaya —dije, echándome para atrás rápidamente.

No apareció ninguna criatura y ningún ruido me alertó de su presencia. Eché un vistazo y lo único que pude ver fueron unas motas rojas y blancas en el suelo. Setas.

—Quién se lo iba a imaginar —me quejé con amargura—. He estado un montón de tiempo pescando cuando aquí mismo tenía comida.

«No obstante, has aprendido a crear un estanque para poder pescar en cualquier sitio, lo que significa que nunca más pasarás hambre», me recordé.

Las dificultades son el motor del progreso.

En pocas palabras, que no me gusta mucho el guisado de setas. Es demasiado cremoso y blando. Pero, al menos, ya no tenía que matar a nadie más. ¡Ves, me importan los seres vivos!

Además (y éste es un además muy importante) las setas crecen solas. Sólo hay que poner una en un suelo de piedra con una luz tenue y brotan un montón por sí solas. Así que no sólo me aliviaron el cargo de conciencia, sino que me permitieron tener más tiempo para centrarme en extraer mineral.

Y eso fue lo que hice. Al noveno o décimo día, había dado con suficiente hierro y carbón para forjar herramientas, armas y una nueva armadura.

Había llegado el momento de volver a casa, pero ¿cómo? Seguía sin saber adónde iba y el camino que había recorrido antes era muy peligroso.

Pensé en abrir un túnel directo, como había hecho en su momento con la escalera de caracol. Con suerte, emergería en la isla, tal vez al lado de Muu y las ovejas.

Pero no lo hice. Aunque debía de estar bastante cerca, quizás al pie de una de las pendientes, ya que acabé topándome con una columna de arena. «¡La playa!», pensé feliz y, con la pala, extraje el cubo café, así como el que cayó en el sitio que el anterior había ocupado antes y el siguiente y el siguiente, hasta que el agua del mar me empujó hacia el interior de la cueva.

«Habrá que pasar al plan B», me dije, y empecé a sellar la brecha con tristeza. El plan B suponía intentar cavar un túnel que rodeara los corredores infestados de criaturas con la esperanza de poder irrumpir al final en otra galería abierta.

Pero las cosas no fueron exactamente como había planeado. En el primer intento, acabé en una cueva abierta de lava, cuyas paredes estaban repletas de oro y diamantes.

—Ahora no me sirven de nada —dije con desdén a ese tesoro, y seguí cavando en otra dirección.

Esta vez logré dar con lo que estaba buscando: una galería silenciosa y despejada, donde no hubiera ninguna criatura a la vista. Y lo que era aún mejor, como ahí no había ninguna antorcha, eso quería decir que yo nunca había estado en esa zona.

—Mi casa —susurré, paladeando ya el aire marino. Aunque al dar un paso en el corredor, me giré a la izquierda y vi otro vagón.

Abrí la tapa y hallé algunos lingotes de hierro, algo de pólvora, una barra de pan que recibí con sumo agrado y, lo más importante, otro libro. Éste se titulaba *Orientación*.

En ese momento me sentí la persona más afortunada del mundo.

—Aaarrrgggh.

De repente, un zombi dobló la esquina dando tumbos y me dio un puñetazo en la cara. Retrocedí tambaleándome sólo medio paso y mi nuevo escudo recibió el impacto directo de su segundo golpe; acto seguido, lancé una serie de estocadas con mi nueva espada de hierro. Cuando el pasillo se llenó de ese humo que anunciaba su muerte, me sentí muy orgulloso. Había vuelto a ser el de antes. Estaba preparado. Estaba...

... delante de tres zombis más que avanzaban por el pasillo.

«Debo de estar cerca del generador», pensé a la vez que bloqueaba el túnel a mis espaldas. El plan B quedaba descartado. Era hora de implementar el plan C, el cual aún no había urdido. Con suerte, este nuevo libro sobre orientación me ayudaría en ese sentido.

¡Y así fue!

En el manual se indicaba que necesitaba cuatro elementos: un mapa, una brújula, letreros y, sobre todo, un diario. No podía crear un mapa porque me hacía falta una caña de azúcar para fabricar papel, y no podía tener un diario por la misma razón; no obstante, fabricar unos letreros era fácil, ya que sólo estaban hechos de madera, y para la brújula únicamente necesitaba hierro y piedra roja.

Al contrario que en las brújulas de mi mundo, la aguja no apuntaba al norte, sino que, según indicaba el libro, siempre señalaba al «punto original» donde yo «había cobrado forma», lo cual no resultaba muy útil en esos instantes, si tenemos en cuenta que se trataba del fondo del océano, pero como siempre señalaba en la misma dirección, podía valerme de esa constante para evitar volver sobre mis propios pasos.

Al colocar los componentes de la brújula sobre la mesa de trabajo, me acordé de lo inútil que me había sido en un principio la piedra roja, lo cual, a su vez, me recordó que todavía llevaba los tres libros sobre dicha piedra en la mochila.

No les había vuelto a echar un vistazo desde que los descubrí, e incluso entonces sólo los había hojeado. «¿Y si me salté algo útil?», me pregunté, y me dispuse a releer con sumo detenimiento cada página.

Y así era, en efecto. Como había echado una ojeada muy rápida a toda esa maquinaria tan alucinante, me había saltado párrafos enteros que no habían llamado mi atención a la primera.

Y los detalles marcan la diferencia.

En el libro tres, página cinco, había una frase muy sencilla: «Las antorchas de piedra roja se pueden usar como detonadores de TNT».

¡¿TNT?!

¡La pólvora! ¡Para eso era!

TNT, que son las iniciales de... bueno, no lo sé, ¡pero sí que sabía lo que hacía!

El libro no decía nada más al respecto, y tampoco me hacía falta saber nada más.

Tampoco hace falta que sepas todo lo que hice durante todo el mes siguiente que pasé bajo tierra. Sí, estuve todo ese tiempo ahí abajo, aprendiendo a fabricar TNT a partir de pólvora y arena, que luego probé en la cueva que había descubierto en su momento, en la que habría enfriado la lava con agua. No hace falta que sepas cuántos diamantes tuve que extraer para tener una nueva espada y una nueva armadura, ni cuánto pedernal reuní para hacer más flechas, ni cómo usé esas flechas para realizar ataques silenciosos, cuando salía sigilosamente de la cueva para disparar a los *creepers* y apoderarme de su pólvora. Por último, pero no por eso menos importante, no hace falta que sepas todos los detalles sobre las innumerables máquinas que aprendí a construir, a las que sometí a diversas pruebas antes de incluirlas en mi elaborado y meticuloso plan. Lo único que tienes que saber es una cosa.

Seguía queriendo escapar, pero antes iba a destruir todos los generadores y todas las criaturas con las que me pudiera cruzar. No se trataba de querer vengarme por un capricho, sino que todo formaba parte de un frío cálculo. De ese modo, iba a lograr al fin que la isla fuera totalmente segura tanto en la superficie como bajo tierra. Esto es lo único que tienes que saber, una palabra que en mi mundo no es nada agradable, pero que a veces resulta necesaria. Una palabra que iba a añadir al vocabulario de este mundo.

Iba a ir a la guerra.

22

El final y el principio

Me desplacé silenciosamente, o al menos tan silenciosamente como me permitía este mundo. Tap-tap-tap, resonaban las botas de mi armadura, acompañadas ocasionalmente del pop que se oía al colocar un letrero. Mientras avanzaba en la dirección que marcaba la aguja de la brújula, tuve la sensación de que me dirigía hacia el pasillo de las arañas.

—¡Sssp!

—Y así comienza —susurré doblando la esquina para acabar en el mismo corredor donde había sido derrotado anteriormente, el situado justo encima de las criaturas tejedoras de telarañas. Como sabía que me podían tender una emboscada, sellé rápidamente ambos extremos de la galería con unas rocas y unas puertas de madera. A continuación, bloqueé la escalera que había fabricado para descender al pasillo inferior y, por último, me acerqué a hurtadillas al agujero del suelo y aparté la piedra que lo bloqueaba.

Dos racimos de ojos carmesíes centellearon al verme, dispuestos a saltar sobre mí.

—Es la hora del baño —dije, y, acto seguido, arrojé un balde de lava por el agujero. En unos segundos, el fuego líquido quemó a mis atacantes, sus redes y la llama generadora de la jaula que se hallaba debajo de ellas.

No me regodeé. Ni siquiera reaccioné. Recogí el cubo fundido, observé cómo se disipaba la lava residual y me preparé para acabar con más arácnidos rezagados. No apareció ninguno. Gracias a mi estrategia, había ganado el primer combate con rapidez y sigilo y sin ni siquiera un arañazo.

Después entré en la cámara de los esqueletos, donde también había un generador de criaturas, y oí un coro de clics mucho antes de que aparecieran a la vista. Había cuatro afuera y, sin duda, unos cuantos más adentro. Ellos me vieron; yo los vi. Aunque alzaron sus arcos, yo no elevé mi escudo. Valía la pena recibir unos cuantos flechazos mientras preparaba mis nuevas y prodigiosas armas.

Se les llamaba dispensadores, y el libro los describía como una especie de máquinas expendedoras. Estaban diseñados para albergar un montón de objetos, que disparaban cuando uno los activaba. Supongo que eran aparatos diseñados para ahorrar trabajo, pero era muy fácil utilizarlos como armas.

Con estos dispensadores, no utilizaba ninguna herramienta o antorcha, sólo montones de mortíferas flechas. Coloqué un hilo de telaraña y unos ganchos de hierro (¡gracias, libros sobre la piedra roja!), conformando una línea que separaba los dispensadores de los esqueletos, y retrocedí para observar a los arqueros que se aproximaban.

—Dispénsense —dije, riéndome yo solo de mi chiste mientras esas flechas implacables acribillaban a esos cráneos con patas como lo harían las ametralladoras de mi mundo. La lluvia de proyectiles no acabó con ellos de inmediato. Tampoco tenía por qué. Mi objetivo era retrasar su avance y distraerlos. Mientras los esqueletos recibían una sobredosis de su propia medicina, abrí un túnel para rodearlos y salí por la pared del fondo de la cámara del generador.

Irrumpí en la oscura sala justo a tiempo para ver cómo emergía de la llama enjaulada un saco de huesos recién creado.

—Buenas noches, figura —lo saludé, riéndome entre dientes, con mi hoja diamantina centelleando.

Tras destrozar la jaula del generador, asomé la cabeza por la puerta y vi cómo los dispensadores acababan con su última víctima.

Me cercioré de recorrer el mismo camino por el que había venido, puesto que, al igual que el fuego, las trampas no son leales a nadie, y a continuación me dispuse a desmontarlas. Aún quedaba mucho para que acabara la guerra, y tanto las flechas como los dispensadores todavía tenían mucho trabajo que hacer.

Para mi siguiente trampa iba a utilizar un dispensador y un pequeño objeto, que nunca antes había usado, llamado yesquero. Se trataba de un trozo de hierro con forma de C que se golpeaba contra un pedernal para hacer saltar chispas. Tiempo atrás, había fabricado uno de estos artilugios por casualidad, pero no se me había ocurrido qué uso podía darle.

Aunque ahora sí lo sabía.

Primero se metía un yesquero en un dispensador, que luego se colocaba a su vez junto a una placa de presión, para que este invento funcionara como una suerte de mina terrestre que protegía mi retaguardia. Recuerda que, además de los generadores, todavía había zonas de oscuridad distribuidas al azar donde cobraba forma alguna criatura de vez en cuando.

Mientras estaba preparando la primera trampa, el gruñido de un muerto viviente reverberó por el corredor. Alcé la mirada y lo vi abandonar dando tumbos la penumbra. Retrocedí unos cuantos pasos, pero no demasiados, pues no quería arriesgarme a perder el contacto visual. El zombi avanzó, lenta y estúpidamente, ajeno por completo al peligro.

—No pares —lo animé—. Ven aquí.

Pisó la placa de presión, la cual activó el dispensador, el cual activó el yesquero, que prendió fuego al muerto viviente. Ardiendo como una tea, gruñó, balbuceó y se dirigió hacia mí.

—¡Arde, nene, arde! —canturreé, retirándome a la misma velocidad que él avanzaba. Después de unos segundos, me di cuenta de que el fuego no iba a acabar con él, aunque sí lo estaba debilitando. Sólo hizo falta darle un fuerte espadazo.

«Estupendo», pensé, y empecé a colocar más minas en el corredor situado detrás de mí. Los artefactos cumplieron su cometido espléndidamente. Pude escuchar los chillidos de los muertos vivientes en llamas retumbando por los túneles.

—Pronto voy a acabar con su miseria —los amenacé a gritos, mientras me concentraba en la siguiente trampa.

Ésta no era muy imaginativa, pero en contrapartida era de lo más letal. Consistía en una placa de presión, una puertita y un agujero lleno de lava.

—Ey, bomba con patas —le grité a un *creeper* cercano—. ¡Ven aquí!

Extrañamente, ese explosivo viviente se giró en la dirección contraria.

—¡No, imbécil! —exclamé, y entonces alcé el arco—. ¡Aquí!

Le clavé una flecha en la espalda, con la esperanza, si te lo puedes creer, de sólo herirlo. La columna silenciosa y verde se giró, clavó su mirada en mí y avanzó lentamente.

—¡Eso es! —lo animé al tiempo que reculaba para alejarme del alcance de su invisible radio de detonación—. ¡Aquí tienes tu objetivo!

El *creeper* pasó por encima de la placa de presión y, al instante, cayó por la puertita. Mientras se bamboleaba y ardía, asumió en silencio su fatal destino.

—Qué pena —añadí al ver cómo se desintegraba mi enemigo—. Su pólvora me habría servido.

Regresé a la caverna principal por el mismo camino que había venido; en concreto, por una galería que se abría justo por encima del estanque de lava. Mientras preparaba mi nuevo espectáculo de terror, oí unas carcajadas cada vez más potentes. Me había tocado el gordo: dos brujas doblaron la esquina, con unos frascos en las manos que ve tú a saber qué contenían.

—¡Perfecto! —les dije a voz en grito a esas villanas que se aproximaban—. De entre todas las criaturas, ustedes son las que más se merecen lo que les va a pasar.

Con sólo accionar una palanca, lancé un vagón a toda velocidad por el riel propulsor. Esta nueva combinación de madera, oro y, por supuesto, piedra roja lanzó el misil automático contra las brujas que se acercaban.

Carcajeándose de un modo demencial, se cayeron por el precipicio y se sumergieron en el fuego líquido.

—¿Y ahora quién ríe? —vociferé, y, un segundo más tarde, me di cuenta de que, de hecho, seguían riéndose—. Ya, bueno... quien ríe al último ríe mejor, y ése voy a ser yo.

Me subí de un salto a una carretilla, con un montón de vías en la mano. Me incliné hacia delante, como había hecho antes en la barca, y descubrí que era capaz de hacer que la carretilla avanzara sola. Fui colocando nuevas vías por delante, uniéndolas con las ya existentes, de tal manera que podía ir rápidamente de una galería a otra como si fuera montado en un coche de carreras.

Si no hubiera estado en guerra, es probable que me hubiera divertido mucho montado en esa cosa.

«Pronto. En cuanto haya limpiado todo este laberinto, construiré una montaña rusa aquí abajo. ¡Sería genial!», pensé mientras atravesaba a toda velocidad aquella infinidad de túneles.

Mientras avanzaba e iba colocando vías, para seguir un rumbo muy concreto, fui tachando de mi lista todas las victorias que había logrado. «Arañas: eliminadas. Esqueletos: eliminados. Zonas de oscuridad distribuidas al azar: iluminadas. Pasillos aleatorios: repletos de trampas. Sólo queda uno más —pensé emocionado—. ¡Un solo generador más y habré ganado!»

Tras detenerme en la base de una cámara en la que había un generador de zombis, salí de un brinco de la carretilla y corrí como alma que lleva el diablo hacia la puerta.

—Aaarrrgggh —gruñó un muerto viviente que estaba asomando la cabeza por la entrada.

—¡No salgas! —le ordené, obligándolo a meterse con un buen golpe de mi escudo. Quería atraparlo ahí dentro, no matarlo. Antes de que pudiera lanzar otro ataque, coloqué dos bloques de cristal en la abertura.

¿De cristal? Sí, de cristal. No los empleé únicamente para sellar la entrada, sino también para reemplazar toda la pared de roca con cubos transparentes. Tenía algo muy especial preparado para mis amigos encorvados.

Después de acabar la primera pared de cristal, construí una segunda barrera idéntica a un solo bloque de distancia por detrás y, acto seguido, llené el espacio entre ambas con agua.

¿Por qué agua?, te preguntarás. Porque es la única sustancia capaz de absorber la detonación del TNT.

El primer *creeper* explosivo con el que me topé me inspiró esa idea. ¿Te acuerdas de que había abierto un agujero en la orilla de la laguna? Bueno, me di cuenta de que el estallido sólo había destrozado la propia orilla, mientras que los bloques subacuáticos de aquellas aguas poco profundas habían quedado indemnes.

Pensaba que estaba siendo sumamente cuidadoso. Incluso había probado la teoría de la pared de agua en la cueva donde había enfriado la lava. Y había funcionado.

Después de llenar la pared de agua, coloqué unos peldaños de piedra que ascendían hasta el techo de la cámara del generador, abrí un hueco en la parte superior y lo llené con cargas explosivas.

Sí, pensaba que estaba siendo sumamente cuidadoso.

Extendí un reguero de polvo de piedra roja hasta la parte inferior y coloqué en el último peldaño un simple botón de madera. Qué poético era que ese botón fuera el primer objeto que había fabricado jamás. Sí, el círculo realmente se estaba cerrando.

—Fueron la primera amenaza a la que me enfrenté y van a ser la última —les dije con desdén a los zombis.

Un leve recuerdo sepultado emergió a la superficie de mi memoria cuando me incliné para apretar el botón, algo relacionado con otro botón y otra gran explosión. La imagen de una nube con forma de hongo cobró forma en mi mente, lo cual era muy raro.

—Abracadabra —dije, y apreté el cuadrito de madera.

Y entonces el mundo se acabó.

O al menos así es como me sentí cuando la ensordecedora explosión voló por los aires la habitación, a los zombis y las antorchas que iluminaban mi «victoria».

—Yuuuju —grité, pero de repente se me vino encima un diluvio.

«La parte superior de la pared de cristal debió de hacerse añicos», pensé, y retrocedí para poder escapar.

Pero no podía hacerlo. Algo me bloqueaba la vía de escape. Me giré y vi grava, toda una pared hecha de ese material, que había caído justo detrás de mí.

Al alzar la vista para ver hasta dónde llegaba la barrera, vi de dónde procedía realmente el agua. Se me heló el corazón. Había cometido un error letal. Era imposible que supiera lo cerca que estaba del lecho oceánico. Había dado por sentado que encima de mí había una montaña de roca.

Nunca des nada por sentado.

La explosión no sólo había reventado el suelo, sino también un descomunal depósito de gravilla situado a mi espalda.

Estaba atrapado. Me ahogaba. ¡Al único sitio al que podía ir era hacia arriba!

Tan lejos.

Tan lento.

Frío. Oscuridad.

¡Crac!

Punzadas de dolor recorrieron mis músculos, hambrientos de aire.

Estaba más cerca, pero seguía muy lejos. Me dolía todo el cuerpo, me ardían los pulmones.

«¡Nada!»

¡Crac!

Abrí la boca para lanzar un grito ahogado.

«Así empezó todo. Termino igual que empecé.»

¡Crac!

Intenté alcanzar la luz, buscando aire, aferrándome a la vida.

¡Crac!

«¡El final es el principio!»

¡Crac!

«Ya lo entiendo. ¡Ya lo capto!»

Epílogo

—Ya lo entiendo —fue lo que le dije entre toses a Muu. Medio muerto, chapoteé hasta la superficie y me arrastré dolorosamente hasta la orilla, hasta hallarme a los pies de mi leal amiga—. Lo entiendo todo —repetí, en respuesta a su mugido cómplice de «Ya era hora».

Respirando entrecortadamente, cojeé hacia ella.

—Todo cobra sentido —le dije mientras los dos nos adentrábamos en el bosque—. Mientras estaba ahí abajo, ahogándome en las profundidades, no paré de pensar en cómo el círculo se cerraba en todos los sentidos, en los finales y en los principios, y en cómo son lo mismo.

A estas alturas, ya había llegado al lugar donde pastaba la familia de ovejas.

—Acérquense todas —les pedí—. Tengo algo importante que decirles.

No me hicieron caso, por supuesto, pero ¿eso impidió que hablara?

—Sigue adelante —continué—. Ésa fue la primera lección que aprendí aquí y será la última —aguardé un momento para que asimilaran mis palabras—. Tengo que aceptar que llegué al final de una aventura y al comienzo de otra. Tengo que seguir adelante. Tengo que abandonar la isla.

Antes de que pudieran decir algo, antes de que pudieran darse la vuelta para comer y fingir que no les importaba, añadí:

—No, no, escúchenme con atención. Como dije, ya lo entiendo. De hecho, hace tiempo que lo entiendo. Por eso tuve constantemente esa sensación desde que terminé la segunda casa. Por eso actué de un modo tan demencial desde entonces. Porque no quería admitir la aterradora verdad.

—¿Qué verdad? —mugió Muu.

—Que después de esforzarme tanto para crear un sitio seguro que me permitiera plantearme las preguntas importantes, me di cuenta de que las respuestas a esas preguntas no se pueden hallar en un sitio seguro —respondí.

Señalé hacia el horizonte.

—Las respuestas están ahí afuera, en lo desconocido.

—¿Bee? —preguntó Lluviosa mientras toda la familia de ovejas me miraba.

—Buena pregunta. Espero que haya más tierra y más gente. Espero ser capaz de hallar el camino de vuelta a casa.

Muu lanzó un suave y triste «muu», y ahí fue cuando me eché a llorar.

—No, tienes razón —le dije, a pesar del nudo que tenía en la garganta—. Éste también es mi hogar y lo recordaré con cariño, porque aunque no encuentre las respuestas que estoy buscando, es la búsqueda lo que realmente importa.

Ésa era la última lección de este mundo.

—Me esforcé tanto por alcanzar una meta que no me di cuenta de que la verdadera meta es la lucha, el esfuerzo. Eso es lo que me hace más fuerte, más listo, mejor. No avanzas si te quedas donde te sientes cómodo y seguro, avanzas cuando abandonas ese lugar.

Una semana después, ya tenía preparado todo lo que necesitaba para un largo viaje: comida, herramientas, una brújula y un mapa que tendría que ir completando.

Me aseguré también de que dejaba el huerto en buenas condiciones y de que la casa estaría lista para aceptar a un nuevo visitante.

Ese visitante, como bien sabes, eres tú. Espero que la casa te parezca acogedora, y si quieres construir un estudio en el sótano, te dejé el libro donde se explica cómo hacerlo, junto a los demás manuales, en el dormitorio. Este libro que estás leyendo es el último objeto del último manual que encontré, una mezcla de papel de caña de azúcar, cuero de la difunta pareja de Muu y tinta del calamar que maté hace mucho a la que no había encontrado ninguna utilidad hasta ahora. ¿Quién se lo iba a imaginar?

Éstas serán las últimas palabras que escribo antes de descender la colina y subirme al bote, antes de despedirme de mis queridas amigas. Por favor, trátalas bien. Los amigos te ayudan a mantener la cordura.

No sé qué me espera más allá del horizonte, pero sí sé que ahora estoy listo para que mi mundo se ensanche. Quizá conozca a los autores de los libros que encontré. Quizá fueran unos náufragos como yo. Quizá dejaran adrede esos libros para ayudar a futuros viajeros en sus travesías, tal como yo te estoy dejando este libro a ti.

Espero que lo que aprendí te ayude a hallar tu camino. Sobre todo, espero que hayas aprendido que, en este mundo repleto de minas, donde uno tiene que fabricar y dar forma a tantas cosas, lo más importante que puedes moldear eres tú mismo.

Lo que aprendí gracias al mundo de Minecraft

1. Sigue adelante, nunca te rindas.

2. El pánico ahoga la razón.

3. No des nada por sentado.

4. Piensa antes de actuar.

5. Los detalles marcan la diferencia.

6. Que las reglas no tengan sentido para ti no quiere decir que no tengan sentido.

7. Cuando conoces las reglas, éstas dejan de ser tus enemigas y pasan a ser tus amigas.

8. Siéntete agradecido por lo que tienes.

9. La inteligencia no sirve para nada si uno no la usa cuando está bajo presión.

10. Pecar de exceso de confianza puede ser tan peligroso como carecer de ella.

11. En la vida, hay que ir paso a paso.

12. Los amigos te ayudan a mantener la cordura.

13. No malgastes recursos.

14. Los berrinches nunca sirven para nada.

15. Para la mente no hay nada mejor que una buena noche de sueño reparador.

16. Cuando intentas resolver un problema, flagelarte no es la solución.

17. No te obsesiones con los errores, aprende de ellos.

18. Si no arriesgas, no ganas.

19. El miedo se puede dominar, pero la ansiedad hay que soportarla.

20. Siempre hay que ser valiente.

21. Si el mundo cambia, adáptate al cambio.

22. Presta atención a lo que te rodea.

23. Ser curioso no tiene nada de malo si también eres cauteloso.

24. Si cuidas tu entorno, él cuidará de ti.

25. Sólo porque alguien se parezca a ti, no tienes que considerarlo automáticamente tu amigo.

26. Sólo porque alguien sea distinto a ti, no tienes que considerarlo automáticamente tu enemigo.

27. Todo tiene un precio, sobre todo si hace mella en tu conciencia.

28. No importa fracasar, lo importante es cómo vuelves a ponerte en pie.

29. Cuando tu subconsciente te hable, hazle caso.

30. Ciertas preguntas no se pueden esquivar.

31. Nunca pospongas las tareas importantes por muy aburridas que sean.

32. A veces no conviene ser más papista que el Papa.

33. Los libros ensanchan el mundo.

34. La venganza te destruye.

35. El conocimiento, como las semillas, necesita tiempo para que dé sus frutos.

36. No avanzas si te quedas donde te sientes cómodo y seguro, avanzas cuando abandonas ese lugar.

Agradecimientos

Gracias a Jack Swartz, quien descubrió el Minecraft a la familia Brooks.

A la gente de Mojang, Lydia y Junk, por dejarme jugar en su patio de recreo.

A Ed Victor, quien siempre sigue creyendo en mí.

Unas gracias enormes a Sarah Peed, el Spock de mi Kirk.

A Michelle, mi esposa y mi guía.

Y, por último, a mi madre, quien hace mucho pensó que sería una buena idea leerle un libro a su hijo titulado *Robinson Crusoe*.

Minecraft. La isla de Max Brooks
se terminó de imprimir en junio de 2018
en los talleres de
Impresora Tauro S.A. de C.V.
Av. Plutarco Elías Calles 396, col. Los Reyes,
Ciudad de México